DELILAH MARVELLE

Preludio de un Escándalo

Editado por Harlequin Ibérica.
Una división de HarperCollins Ibérica, S.A.
Núñez de Balboa, 56
28001 Madrid

© 2011 Delilah Marvelle. Todos los derechos reservados.
PRELUDIO DE UN ESCÁNDALO, N° 32 - 1.4.13
Título original: Prelude to a Scandal
Publicada originalmente por HQN.

Todos los derechos están reservados incluidos los de reproducción,
total o parcial. Esta edición ha sido publicada con permiso de
Harlequin Enterprises II BV.
Todos los personajes de este libro son ficticios. Cualquier parecido
con alguna persona, viva o muerta, es pura coincidencia.
® Harlequin y logotipo Harlequin son marcas registradas por
Harlequin Books S.A.
® y ™ son marcas registradas por Harlequin Enterprises Limited y
sus filiales, utilizadas con licencia. Las marcas que lleven ® están
registradas en la Oficina Española de Patentes y Marcas y en otros
países.

I.S.B.N.: 978-84-687-2776-9
Depósito legal: M-2651-2013

De la mano de la prometedora escritora Delilah Marvelle nos llega *Preludio de un escándalo,* una historia de amor diferente basada en una obsesión: la obsesión de un hombre por las mujeres.

Un relato ambientado en la frívola a la vez que encorsetada época de la Regencia y salpicado de pequeños retazos de los paisajes y costumbres de la vida tribal del sur de África que aborda, de una manera sorprendente, temas tabúes que siempre han estado presentes a lo largo de la historia, sobre la condición y comportamientos sexuales de las personas.

Queremos recomendar este libro a nuestros lectores convencidos de que los hará reír y llorar al mismo tiempo como nos ha ocurrido a nosotros.

Feliz lectura

Los editores

Querida lectora,

La historia es una criatura muy extraña. Nunca dejan de sorprenderme los detalles que descubro en mis investigaciones, sobre todo los que se refieren a la historia del sexo. Para aquellas de vosotras que os interese lo que intento divulgar (y que no se agota en mis libros...), podéis consultar mi blog *A Bit O'Muslim*, en www.DelilahMavelle.blogspot.com. Ello os dará una idea de lo mucho que la historia *verdadera* ha pasado por alto. Por lo que respecta a la novela de amor histórica, en particular, la gente tiene una visión muy sesgada de que debió de ser la época de la Regencia por culpa de todos los libros que han leído, sin haber buceado realmente en los datos de la historia. El lector moderno tiene tendencia a olvidar que la gente de otras épocas seguía siendo gente. Gente que amaba. Que odiaba. Que comía. Que bebía. Y sí, que también practicaba sexo. Mucho sexo. La explosión demográfica de Londres lo demuestra.

La idea de *Preludio de un escándalo* se articuló a partir de la voluntad de reflejar tanto la historia como los temas impactantes que, aún hoy, son objeto de apasionados debates.

Respecto a todos aquellos libertinos que correteaban por Londres corrompiéndose a sí mismos y a todas aquellas mujeres que caían en sus garras, empecé a preguntarme cuántos de aquellos hombres habrían sido verdaderos adictos al sexo. ¡Al menos tenía que haber habido uno! Y aunque hacia la década de los veinte del siglo XIX la adicción sexual no tenía aún un nombre clínico, lo lógico era suponer que hubiera existido. Entonces, ¿cómo habría sido la vida de un adicto al sexo en aquellos días, cuando no existían tratamientos especializados que proporcionaran conocimiento y asistencia? Imagino que habría sido un verdadero infierno personal. Un infierno sobre el cual merecía la pena escribir.

Es mi esperanza que dejéis a un lado todo lo que pensáis que era la vida en 1829 y me honréis con el privilegio de regalaros mi versión de la misma.

Mucha salud y mucho amor,
Delilah Marvelle

Agradecimientos

Este libro nunca habría llegado a imprimirse de no haber sido por el increíble apoyo de mis amigos, familiares y profesionales de esta industria que me animaron de múltiples formas que no sabría poner por escrito.

Gracias a mi supersexy e increíble marido, Marc, que es el amor de mi vida, mi todo y la razón por la que escribo novela romántica. Gracias, Marc, por haber hecho de hada madrina ocupándote de las facturas y de todos los asuntos relacionados con el día a día para que yo continuara haciendo lo que más quería. Gracias a mis dos encantadores hijos, Zoe y Clark, por ser tan cariñosos, generosos, pacientes y comprensivos con la mami que casi siempre estaba escribiendo. Os quiero.

Gracias a la fabulosa Maire Creegan, que ha sido una de mis mayores inspiraciones, mi crítica y compañera de toda la vida, mi mentora, mi mejor amiga y mi hermana gemela. Gracias a las *Novelistas*: Susan Lyons, Christina Crooks y Lacy Danes, cuya asombrosa atención al detalle y talento artístico me animaron a perseverar como escritora.

Gracias a mi agente Donald Maass, cuya sabiduría y orientación me recuerdan mi objetivo y la razón por la que escribo. Nunca deja de admirarme tu capacidad, Don, para escarbar en mis argumentos y tirar de cada hilo y detalle que merece la pena. Gracias a toda la plantilla de HQN y a mi editor Tracy Farrell, cuyo increíble entusiasmo por mis relatos han encendido una nueva chispa de autoestima en mi alma.

Gracias a ti, Deb Werksman, por Sourcebooks, que viste un diamante en el barro y que conseguiste que esta escritora creyera lo suficiente en sí misma como para atreverse a lanzarse al vacío y echar a volar.

Gracias a todas, tanto a mis lectoras como a mis colegas escritoras, que me ayudasteis durante mi transición de una editorial a otra. Todas vosotras me mantenéis viva, y a todas os quiero.

Este libro está dedicado a todas las personas de este ancho mundo que sufren alguna forma de adicción. Creedme que podéis ganar, y que ganaréis, cualquier batalla que os pongan por delante.

Como diría un viejo proverbio español: una gran dote solo puede traer un lecho de zarzas. Así que, me pregunto yo, ¿qué traerá una dote pequeña? Nada más, supongo, que un revoltijo de sábanas sucias. Sea cual sea el tamaño de vuestra dote, mis queridas damas, sabed que encontrar un candidato adecuado siempre será un juego de riesgo.

Cómo evitar un escándalo
Anónimo

Londres, Inglaterra
Finales de abril de 1829

Lady Justine Fedora Palmer sabía demasiado bien que su queridísimo padre, el sexto conde de Marwood, siempre había sido un hombre sensato e íntegro, un ciudadano honorable. Nunca se habría atrevido a provocar un conflicto político o social en cualquiera de las tribus con las que se había congraciado durante sus años de trabajo como naturalista en África. Especialmente en la más notoriamente salvaje de todas las tribus humanas: la alta sociedad británica.

Pero por lo que se refería a sus estudios sobre la reproducción de las especies, su padre podía llegar a perder todo sentido de la contención. Razón por la cual el pobre se encontraba en ese momento encarcelado.

Sus estudios recientemente publicados sobre la sodomía innata entre los mamíferos del sur de África, que ponían en solfa el dogma de su prohibición por el Todopoderoso en *su* reino natural, y por tanto la de Su Real Majestad en el humano, había irritado a incontables gentes. Incluida Su Real Majestad, por cierto.

Aunque su padre había sido declarado inocente del cargo de apología de la sodomía y corrupción moral, seguía encarcelado en la prisión de deudores de Marshalsea, debido a toda una colección de multas exorbitantes que se veía incapaz de pagar. Al contrario que la mayoría de las damas, que habrían languidecido resignadas como consecuencia de la propagación de semejante escándalo, Justine nunca había languidecido por nada. Sus poco convencionales orígenes la habían educado en el convencimiento de que cualquier hembra, sea cual sea su especie y condición, poseía la capacidad de coaccionar físicamente a cualquier macho para conseguir su plena colaboración.

Y sí, sabía bien cuál era el macho al que tenía que coaccionar. Uno al que había querido coaccionar ya desde que arribó a Londres por primera vez, hacía ya dos años, a la edad de dieciocho: el único mecenas o patrón académico con el que contaba su padre, el famoso duque de Bradford. Mejor conocido entre el vulgo londinense como El Gran Libertino, cuya afición a las mujeres no conocía límites y cuyos bolsillos y generosidad eran tan profundas como ancho era el cielo.

Pese a su aspecto de libertino, con aquella lenta e insinuante sonrisa y aquellos ojos de color gris humo de mirada seductora, era mucho lo que ocultaba detrás. Poseía una brillante y aguda inteligencia más allá de las frivolidades a las que recurría siempre para llamar la atención. Justine recordaba una tarde en particular, cuando su admiración por el hombre se había transformado en pasión.

Mientras el duque y sus padres seguían jugando a los naipes con un grupo de damas y caballeros tras una cena, ella había optado por sentarse a leer en una silla del otro lado de la sala para no verse expuesta a más burlas de su padre, excesivamente competitivo en el juego. Casi inmediatamente después de su retirada, el duque había arrojado las cartas mientras declaraba todo serio que ninguna dama debía ser menospreciada u ofendida por su falta de habilidad con los naipes. Tras ejecutar una impresionante reverencia, se había puesto la silla en lo alto de la cabeza y, con ella en precario equilibrio, había atravesado la sala como un artista de circo. Incluso había fingido tropezar en su intención de hacer reír a Justine.

Con un suspiro satisfecho, había bajado por fin la silla y se había sentado frente a Justine, insistiendo en que dejara a un lado el libro y le contara más cosas sobre la fascinante vida que había llevado en África. Aunque su mirada había ostentado una seductora tendencia a posarse en lugares bastante inapropiados, que ella por cierto había disfrutado, había escuchado con gran atención todo lo que había tenido que decirle. Como si hasta la última palabra que había escapado de sus labios le hubiera importado. Como si *ella* le hubiera importado.

Resultaba casi trágico que el conde fuera tan poco aficionado al matrimonio, cosa que sabían mejor que nadie los padres de Justine, quienes repetidamente la habían advertido de que mantuviera su honra lo más alejada posible del hombre en cuestión. Pero pese a todos sus cansinos sermones sobre el asunto, y pese a haber leído tantas veces el libro *Cómo evitar un escándalo,* Justine sabía bien que una dama no siempre podía evitar el escándalo. Especialmente cuando su padre se encontraba en la cárcel por exigir derechos para los sodomitas, sirviéndose del reino animal como argumento.

Después de salpicar una hoja de pergamino con unas gotas de agua de rosas, Justine se atrevió a escribir una carta al duque, semejante a las incontables epístolas semanales que había venido remitiéndole desde su primer encuentro. El duque no la había respondido ni una sola vez, cosa de la que su madre le estaba agradecida, pero no por ello Justine había dejado de hacerlo cada semana.

En aquella carta en concreto, sin embargo, ofreció a Bradford algo más que las habituales y frívolas informaciones sobre su persona y sobre su familia. Le ofreció, de hecho, varias noches a cambio de la liberación de su padre. Careciendo como carecía de dote y de tutor, no le preocupaba demasiado entregar su virginidad a un hombre que no le ofrecía perspectiva alguna de matrimonio. Solo esperaba que sus padres lo entendieran.

Aunque habían transcurrido muchos meses desde la última vez que vio al duque, y habían circulado difusos rumores acerca de que había quedado desfigurado de resultas de su relación con una mujer de dudosa reputación, nada le había hecho cambiar de idea. Como si el bienestar y la seguridad de su padre estuvieran por encima de cualquiera de sus dudas e inseguridades femeninas.

Para su asombro, no pasaron ni tres días antes de que recibiera respuesta del duque, entregada directamente por su criado personal:

Lady Justine,
No puedo más que disculparme por haberos inducido a creer que soy hombre capaz de deshonrar a alguien en la hora más negra de su desesperación, y mucho menos a dama de tan estimadas cualidades como vos misma. Aunque no puedo ni podré aceptar vuestra oferta, me gustaría proponeros otra. A mis treinta y tres años, he llegado al profundo convencimiento de que no seré ya más joven, ni más gallardo tampoco. Hora es ya de que tome esposa. He recibido y disfrutado inmediatamente de cada carta que me habéis remitido, y recuerdo con cariño cada ocasión en que nos hemos encontrado. Por consiguiente, no preveo complicación alguna en pedir vuestra mano en matrimonio. Aunque soy consciente de que circulan diversos rumores sobre mi actual estado físico, puedo aseguraros que disfruto de una salud excelente. La cicatriz que ahora ostento, si bien de proporción considerable, no constituye motivo alguno de inquietud. En el caso de que tanto vos como vuestro padre aprobéis el matrimonio, habrá que tramitar la licencia correspondiente de modo que la boda tenga lugar de aquí a cinco semanas. A cambio, estaré encantado de saldar todas las deudas y multas impuestas a vuestro padre con tal de asegurar su inmediata liberación de Marshalsea.
Esperando vuestra respuesta,
Bradford

Y ella que siempre había estado tan segura de que

nunca la pediría en matrimonio... Maldijo a la ciudad de Londres por el horroroso desdén con que había tratado a su padre. Finalmente iba a conseguir un mínimo de respeto para ella y para su familia. Iba a convertirse en la duquesa de Bradford, y estaba decidida a exigir respeto a todo el mundo, uno a uno, a partir de aquel mismo día.

Escándalo 1

Sin una buena carabina, toda dama está perdida. Recordadlo: se supone que una carabina ha de ser otra cabeza pensante.

Cómo evitar un escándalo
Anónimo

Cinco semanas después, por la tarde

Con la ayuda del señor Kern, su cochero, Justine bajó del carruaje y saltó al empedrado de la plaza. Contempló el edificio de mármol de cuatro pisos de altura, advirtiendo que la mayoría de las ventanas estaban tan oscuras como la noche que la envolvía. Solamente alguna luz dorada brillaba en los cristales de la parte más alejada.

Una ominosa sensación la recorrió. Pese a las incontables cartas que había dirigido al duque suplicándole al menos una audiencia antes de la boda, él había respondido a cada una con una frase inflexible: *No. No hasta el día fijado de la boda.* Simplemente se negaba a verla, lo cual la preocupaba terriblemente. ¿Acaso habría quedado más desfigurado de lo que en un principio le había dado a entender?

Como si eso no resultara suficientemente inquietante, parecían haber surgido algunas complicaciones en torno a la liberación de su padre pese a la inminencia de la boda, para la que solo faltaba una semana. Y aunque el abogado del duque le había asegurado repetidamente que todo se resolvería, Justine necesitaba algo más que una garantía verbal.

El señor Kern, que se demoraba a su espalda, se aclaró la garganta a la espera de recibir el pago de sus numerosas semanas de servicio. Miró su retícula.

–Milady... –se la señaló con el dedo–. Yo creía que se trataba de una visita de cortesía.

Justine bajó la mirada a la retícula que colgaba de su muñeca, atada con un lazo. Las cachas de palisandro de la pistola de su padre asomaban ostentosamente. Simuló una carcajada de disculpa.

–Se trata efectivamente de una visita de cortesía, señor Kern. Esto es simplemente para intimidar a los sirvientes. Lo cual me recuerda una cosa... –sacó de la retícula el frasco de marfil con la pólvora, con la intención de cargar el arma.

El señor Kern, que se había quedado de piedra, esbozó una mueca.

Después de varios intentos por abrir el frasco, Justine soltó un suspiro y hundió las uñas entre el tapón y el borde, dando un último y fuerte tirón. El tapón saltó de golpe, y el señor Kern retrocedió mientras una gran nube oscura cubría la cara, el manto y el vestido de Justine, llenándole la nariz del sulfuroso polvo. La asaltó una arcada al tiempo que el frasco caía y rodaba por el empedrado. Se esforzó frenéticamente por limpiarse la cara y el pecho, maldiciendo para sus adentros.

Se detuvo en cuanto descubrió el frasco entre las sombras. Recogiéndolo, lo cerró y gruñó por lo bajo. Con qué rapidez se había convertido en una dama más de la sociedad londinense: completamente inútil. Incapaz siquiera de cargar una pistola. Su padre se habría quedado horrorizado ante su incompetencia.

Exasperada, puso el frasco en manos del señor Kern, que seguía esperando.

—Aquí tenéis, señor Kern. Marfil fino, mucho más valioso que la deuda que tengo con vos. Esto pondrá fin a vuestros servicios de manera oficial. Gracias.

—Ha sido un placer —se llevó un dedo a su gorro de lana y volvió al coche mientras examinaba su nueva posesión.

Ojalá los guardias de Marshalsea fueran igual de fáciles de complacer y conformar, pensó Justine. Suspirando, miró la pistola que sostenía en la mano. Su sola vista tendría que bastar para franquearle el paso. De esa manera, para cuando llegaran las autoridades, si acaso llegaban, nadie podría acusarla de llevarla cargada. Volvió a guardarla en la retícula y se dirigió a paso firme hacia el edificio apenas iluminado, atravesando la verja de hierro forjado oportunamente abierta.

Subió apresurada los anchos escalones y se detuvo en la entrada. Después de limpiarse cualquier resto de pólvora que hubiera podido quedarle en la cara, inspiró hondo para tranquilizarse y llamó primero con la aldaba, después con la campanilla.

Unos pasos resonaron en el interior. El cerrojo se descorrió por fin y se abrió la puerta, con una suave luz dorada iluminando los escalones. Frente a ella apareció un gigantón rubio, uno que no había visto durante sus anteriores intentos por entrar. Su ancho mentón destacaba sobre el almidonado cuello de su camisa, mientras su redondeada barriga amenazaba con hacer saltar el bordado chaleco de su oscura librea. Dio un paso hacia ella avasallándola con su estatura, ya que le sacaba por lo menos dos cabezas.

El corazón se le aceleró mientras retrocedía. ¿Qué clase de comida le habría dado de comer a aquel hombre su madre? Evidentemente no la habitual dieta inglesa. Forzó una sonrisa, con la esperanza de que, pese a su impresionante aspecto, aquel nuevo sirviente se mostrara más colaborador que los demás.

—Perdone lo tarde de la hora, señor, así como el conjunto de mi apariencia, pero confiaba en poder ver a Su Excelencia. ¿Me haría el favor de informarle de que su prometida, la futura duquesa, está aquí y que desea verlo a la mayor urgencia?

Los ojillos azules del hombre la recorrieron de pies a cabeza.

—¿Habéis estado deshollinando chimeneas, milady? Espero que os encontréis bien.

El hombre parecía tan divertido como la propia situación.

—Estaré mucho mejor una vez que hable con Su Excelencia —intentó no parecer demasiado nerviosa, ya que sabía que en ese caso él no la dejaría entrar.

—Como seguramente el anterior mayordomo ya os habrá informado, milady —suspiró el hombretón—, Su Excelencia no os verá a vos ni a nadie más hasta el día señalado de la boda. Desea, sin embargo, aseguraros que todo marcha perfectamente —hizo una reverencia, retrocedió y cerró de un portazo.

Justine se quedó sin aliento, indignada.

—¡*No* marcha perfectamente, señor! Exijo que abra esta puerta. ¡Señor! —no salía de su asombro. ¿Qué forma era aquella de tratar a una futura duquesa?

Resoplando, dio media vuelta. Aunque siempre había reprimido sus verdaderos sentimientos sobre aquel extraño mundo londinense, había llegado el momento de admitir que los hombres de Inglaterra no eran en absoluto tan refinados y civilizados como proclamaban ser. Si lo hubieran sido, no habrían encarcelado a un anciano por mantener una opinión contraria a las normas sociales, e indudablemente tampoco habrían dejado a una joven dama sola y en plena calle. Y después de asegurarle, además, que todo «marchaba perfectamente».

El lado cobarde de su naturaleza la impulsaba a subir al primer barco que zarpara para Ciudad del Cabo, para eludir todo aquel desastre. Pero su corazón y su alma sabían lo que tenía que hacer. Su padre la necesitaba, y no iba a esperar hasta el mismo día de la boda para descubrir que su padre estaba destinado a consumirse en Marshalsea por el resto de sus días.

Necesitaba seguridades. Y las tendría. Alzando la barbilla, se volvió de nuevo hacia la puerta y giró el picaporte, solo para descubrir que habían vuelto a echar el cerrojo. Entrecerrando los ojos, agarró la aldaba y la golpeó repetidas veces contra su placa de bronce, con la esperanza de que su eco repercutiera en las cabezas de todos los habitantes del edificio. No pensaba volverse a casa, y le importaba un pimiento que Londres estuviera hablando de ello durante semanas.

Finalmente la puerta volvió a abrirse. Justine anunció entonces con su tono más severo.

–Nombre usted su precio, señor, o me veré obligada a proponeros uno.

El mayordomo esbozó una sonrisa, claramente regocijado, y se compuso su ajustada librea.

–Puedo aseguraros, milady, que no seré yo quien se deje comprar.

–Y yo puedo asegurarle a usted, señor, que no seré yo quien ceda en esto –sacó la pistola de su retícula y lo encañonó directamente en el pecho. Acarició el gatillo con el dedo mientras avanzaba hacia él, deseando que el arma estuviera realmente cargada–. Le aconsejo que se aparte –si se veía obligada, lo golpearía en la cabeza con la culata de la pistola.

El hombre se quedó helado y arrugó su rechoncha nariz como si de repente se hubiera dado cuenta de que la sustancia que oscurecía toda su figura era pólvora, que no hollín. En seguida retrocedió y extendió su gruesa mano enguantada hacia el vestíbulo que tenía detrás.

–Se agradece grandemente su colaboración –Justine entró en el amplio pasillo, sin dejar de encañonarlo. Sus zapatos de tacón resonaron en los suelos de mármol italiano mientras un dulce y leve aroma a cigarro asaltaba su nariz. Olisqueó. ¿Desde cuándo Bradford fumaba puros?

Un rápido y enérgico sonido hizo que Justine desviara el cañón de su pistola hacia el recibidor que se abría a su izquierda. Deteniéndose en seco, parpadeó asombrada. Allí vio, puesto a cuatro patas, a un joven sirviente vestido de librea pero con un delantal blanco y arrugado... ¡y fregando el suelo como si fuera una criada!

El joven sirviente se detuvo, claramente consciente de que lo estaban observando. Soltando un suspiro exageradamente profundo, hundió el cepillo de crin de caballo en un balde de agua jabonosa y retomó su rápido fregoteo.

El mayordomo se apresuró a cerrar la puerta del recibidor y la miró nervioso mientras echaba el cerrojo.

—Espero que no os importará esperar mientras informo a Su Excelencia de vuestra llegada.

Justine volvió a apuntarlo con la pistola.

—¿Para que Su Excelencia pueda así escapar por alguna puerta trasera? —sostuvo con firmeza el arma, en un intento de exudar confianza—. Mejor será que me lleve con él.

Alejándose hacia la curva escalera de madera de caoba, miró las paredes forradas de seda gris, decoradas con espejos de marco dorado y enormes retratos de antepasados y familiares. Nada había cambiado. De hecho, aquello le recordaba la primera noche que había pasado en aquella casa. Aquella mágica noche en la que sus padres y ella habían cenado con el duque para celebrar su regreso de África.

Se había quedado tan impresionada... Pero lo que más la había impresionado aquella noche, mucho más que la suntuosa casa, fue el propio duque de Bradford. El hombre más gallardo, encantador e inteligente que había conocido. Por supuesto, sus padres habrían argumentado que cualquier cosa habría resultado impresionante a una joven de dieciocho años que había vivido en tiendas de campaña y chozas de hierba desde los siete años.

El mayordomo soltó un suspiro de cansancio y se adelantó, señalando la escalera.

—Si sois tan amable, milady. El dormitorio del duque es por aquí.

Le dio un vuelco el corazón mientras miraba boquiabierta al mayordomo, que ya estaba subiendo los escalones. Circunstancias al margen, ¿resultaba de poco gusto admitir para sus adentros que siempre se había preguntado cómo sería el dormitorio del duque?

El mayordomo se detuvo a mitad de la escalera y se volvió para mirarla, como esperando a que subiera de una vez. Justine carraspeó mientras se recogía las faldas del vestido, esforzándose por permanecer tranquila. No iba a dejarse amilanar. Al fin y al cabo, una mujer debía conservar una cierta dosis de orgullo y dignidad, por muy escandalizada que estuviera por dentro.

Sin dejar de apuntarlo con la pistola, empezó a subir las escaleras. Una vez en el rellano, continuó por un ancho corredor mientras se esforzaba por alcanzar al mayordomo, que parecía moverse con la misma gracia que un elefante a toda velocidad.

El silencio se hizo aún más pronunciado. Recorriendo con la mirada toda una galería de retratos, Justine aminoró el paso y se detuvo ante uno particularmente impresionante, que representaba a una joven ataviada con un vaporoso vestido blanco. La mirada de sus enormes ojos grises era de una belleza desgarradora, provocadora a la par que tímida.

Las velas del pasillo parecían emitir la luz precisa para envolver el rostro de la joven en un perfecto halo dorado, dejando a oscuras el resto de la pintura. Tenía un cutis cremoso e inmaculado, enmarcado por rizos rubios. Una leve y juguetona sonrisa bailaba en sus labios.

Justine bajó la pistola y parpadeó asombrada. Aquella hermosa joven, ¿qué sería para Bradford? ¿Alguna hermana o prima de la que ella nada sabía? ¿O sería quizá, el cielo no lo permitiera, su amante? Indudablemente el duque era conocido por su afición a rodearse de damas de dudosa reputación, lo que tristemente, si había que dar crédito a los rumores, había motivado su actual estado físico.

–¿Exigís ver a Su Excelencia y no mostráis urgencia alguna? –le espetó el mayordomo.

Justine se encogió por dentro y se apresuró a alcanzarlo.

El mayordomo abrió entonces una puerta al fondo del pasillo y desapareció dentro. Siguiéndolo, Justine entró en una alcoba inmensa. Se quedó helada cuando el sirviente pasó por delante de una enorme cama de dosel con gruesas cortinas de terciopelo color burdeos. Almohadas, sábanas y colchas estaban revueltas, como si el duque hubiera acabado de levantarse.

El mayordomo se detuvo ante una puerta cerrada al otro extremo de la habitación, que daba a otra cámara. Se aclaró la garganta y llamó.

–Su Excelencia. Perdonad la intrusión, pero lady Palmer está aquí. Insiste en tener una audiencia privada con vos, y espera ardientemente contar con vuestra atención dentro de vuestra misma alcoba.

Justine hizo un gesto de exasperación con la mano en la que sostenía la pistola. ¡Aquel hombre se expresaba como si ella fuera una mujerzuela! O como si hiciera esa clase de cosas todos los días...

Se oyó un ruido al otro lado, seguido de un chapoteo como del agua de una bañera... «¡Dios santo!», exclamó Justine para sus adentros. ¿Se estaría bañando el duque? Una voz profunda tronó al otro lado:

–¿Es que nada significan mis órdenes? ¡Apenas llevas trabajando aquí una maldita semana! Por mucho menos he cambiado de mayordomo.

El mayordomo esbozó una mueca y se ajustó su librea, cambiando el peso de un pie al otro.

–Sí, soy consciente de ello, Su Excelencia. Pero probablemente debería señalaros que, al margen de la pistola que está blandiendo y de las amenazas que ha proferido, y teniendo en cuenta lo avanzado de la hora, me preocupaba tener que rechazarla. Su apariencia, en conjunto, resulta algo... inquietante.

Justine bajó la mirada a su vestido amarillo narciso, en ese momento cubierto por pólvora suficiente como para garantizar un arresto en nombre de la seguridad pública. Y pensar que se había puesto el mejor que tenía...

Se oyó un refunfuño al otro lado de la puerta, seguido de un fuerte chapoteo.

–Déjanos. Te llamaré cuando llegue el momento de que la escoltes a casa. Cosa que harás, Jefferson. Como castigo, tengo también intención de suspenderte temporalmente el sueldo.

–Oh... sí, Su Excelencia –el mayordomo se giró, avanzó aún más su macizo mentón sobre su almidonado cuello y se dirigió hacia Justine, sin cruzar una sola vez su mirada con ella.

Justine soltó un suspiro, incapaz de sobreponerse a sus remordimientos. Guardando la pistola en su retícula, se la tendió.

–Reciba esto, Jefferson, junto con mis más sinceras disculpas. Quédese tranquilo, que no estaba cargada. Procuraré que Su Excelencia no se lo eche en cuenta.

El mayordomo se detuvo ante ella y enarcó una poblada ceja, como admitiendo tácitamente sus disculpas. Recogió la retícula con dos dedos y salió, cerrando la puerta a su espalda.

«Un alma menos de la que preocuparme», se dijo

Justine mientras, con un tembloroso suspiro, se volvía hacia la puerta cerrada que llevaba a la cámara del baño. Ahora quedaba lo peor. Aquella tonante y agitada voz que había oído no se parecía en nada a la suya característica.

Al fin y al cabo, antaño al menos, todo Londres habría podido estar ardiendo que el duque habría conservado sin problemas aquella juguetona cadencia de voz y aquel malicioso brillo en los ojos. Nunca se enojaba con facilidad y sabía bien cómo hacer que cualquiera, incluso un mísero estañador, se sintiera como un igual en su presencia. Aunque libertino, era sin embargo el hombre más bueno y sincero que había conocido.

El pulso le atronaba en los oídos mientras miraba la leve luz que se filtraba por entre las tablas de la puerta.

—¿Bradford? —sabía que siempre había preferido que se dirigieran a él de esa forma.

—¿Tenéis alguna idea de la hora que es? ¿No os dais cuenta de que tenéis una responsabilidad hacia vos misma y hacia mi nombre?

Justine enarcó las cejas. ¿Desde cuándo Radcliff Edwin Morton, cuarto duque de Bradford, se preocupaba por la hora o la respetabilidad? Echó a andar hacia la cámara del baño, curiosa por lo que podría encontrar al otro lado de aquella puerta. Consciente de que se hallaba a la distancia de un brazo, se detuvo. ¿Qué demonios estaba haciendo? El hombre se estaba bañando, por el amor del cielo. Y al contrario que los hotentotes y demás habitantes de la sabana africana, que se cubrían los genitales con tiras de piel incluso cuando se bañaban, dudaba que él hiciera lo mismo. Se humedeció los labios, procurando no imaginárselo desnudo, y menos aún olvidar la razón de su visita.

—Ha pasado algún tiempo desde la última vez que nos vimos —empezó. Exactamente doscientos cincuenta y siete días—. ¿Os encontráis bien?

Se oyó una ronca risa al otro lado.

—¿Pretendéis decirme que habéis irrumpido en mi hogar, armada y en mitad de la noche, solo para preguntarme cómo estoy?

Justine arrugó la nariz, dándole en silencio la razón.

—Er... no. Por supuesto que no. Veréis... He estado muy preocupada por vos y por nuestro... arreglo. Aparte del hecho de que no deseéis ver a vuestra prometida hasta el día de la boda, algo que ha extrañado incluso a mi propia madre, que ya sabéis que encuentra extrañas muy pocas cosas... vuestro abogado todavía no nos ha explicado del todo las complicaciones surgidas acerca de la liberación de mi padre. No entiendo por qué está tardando tanto. Han pasado ya cinco semanas.

—Mi queridísima Justine —su voz ronca hacía que aquellas zalameras palabras sonaran insinceras—. Al igual que Su Real Majestad y que lord Winfield, que fue el primero en llamar la atención del monarca sobre las investigaciones de vuestro padre, yo mismo continúo estando muy enfadado con él. Aunque por razones muy distintas. Llamadme estúpido, pero lo que se apoderó de su persona para desoír el consejo de su propio patrocinador, yo mismo, y publicar no ya una, sino *trescientas* copias con sus investigaciones, podría ser calificado de auténtica bestialidad. Evidentemente Su Majestad se planteó sentar ejemplo con él. Diablos, si yo mismo quise hacerlo cuando descubrí que hasta el último de aquellos malditos estudios me había sido dedicado. A *mí*. Dándome las gracias por el financiamiento que le concedí durante años. ¿Tenéis alguna idea de la cantidad de cartas que tuve que remitir a Su Majestad disculpándome por mi implicación financiera?

Justine esbozó una mueca. Sí, entendía que estuviera enfadado. Pero no se daba cuenta de una cosa: que la dedicatoria le había sido dirigida con el más profundo respeto y gratitud. Al fin y al cabo, si no hubiera sido por su generoso financiamiento, que ningún otro señor de Londres había estado dispuesto a ofrecerle, los estudios de su padre en Sudáfrica nunca habrían sido posibles. Porque aunque era conde, su padre siempre había sido un hombre de humildes recursos, que apenas había podido permitirse una casa en una zona respetable de la ciudad.

Justine se quedó mirando el picaporte de bronce labrado que tenía delante. Pese a que los ojos le escocían por las lágrimas, deseaba mostrarse optimista.

—Por favor, decidme que esto no ha afectado a vuestra decisión de asistirlo. Está cansado, Bradford. Y débil. Y se niega a comer. Nunca lo había visto tan frágil.

Bradford suspiró. Lo suficiente para que incluso ella lo oyera.

—No soy yo quien impide su liberación.

Justine alzó la mirada del picaporte.

—¿Qué queréis decir?

Hubo un momento de silencio, seguido por un leve chapoteo.

—Como ya sabéis, mi abogado ha estado negociando diligentemente el caso. Lo que no sabéis es que lord Winfield, en cuanto supo de mis intenciones de asistirlo, volvió a llamar la atención de Su Majestad, que intervino para que el juzgado elevara las multas en otras dos mil libras. Tan pronto como mi abogado satisfizo esas nuevas exigencias, las multas fueron nuevamente elevadas. Así una vez, y otra más.

Justine abrió mucho los ojos mientras exclamaba:

—¿Qué es lo que lord Winfield tiene contra mi padre para empeñarse en perseguirlo de esa forma? ¡Si antes eran amigos!

—Lo eran, efectivamente. Lord Winfield desprecia la sodomía, Justine. Corre el rumor de que su propio hijo fue brutalmente sodomizado muchos años atrás, cuando solo contaba dieciséis.

Se quedó aterrada. No le extrañaba que el hombre odiara tanto a su padre. Sacudió la cabeza, suspirando.

—No lo sabía. Y aparentemente mi padre tampoco.

—No es un tema del que cualquiera hablaría abiertamente.

—No, supongo que no —se quedó callada por un momento—. Entonces... ¿a qué cantidad ascienden las multas?

—Cincuenta mil libras. Por eso es por lo que vuestro padre aún sigue en Marshalsea. Porque yo no dispongo de esa cantidad en efectivo. La mayor parte de mi fortuna está inmovilizada en tierras e inversiones que no puedo tocar. Y Su Majestad lo sabe.

Justine contuvo el aliento de asombro. Tanto se tambaleó que tuvo que apoyarse en el marco de la puerta.

—¿Cincuenta mil libras? ¡Oh, Dios mío! ¿Por qué no me lo dijisteis?

—No quería preocuparos.

—¿Que no queríais preocuparme? —gritó—. Tengo derecho a preocuparme por todo aquello que se refiere a mi padre. No entiendo cómo todo esto puede ser legal. Su Majestad no puede levantarse un día y...

—Sí, sí que puede, Justine. Y lo hará —pronunció con tono tajante, zanjando toda discusión—. Ya he dispuesto que lleven a vuestro padre un mobiliario más cómodo, aparte de mejor comida y vino. Estoy haciendo todo lo posible, y si todo marcha bien, esta situación no se prolongará más allá de otras ocho semanas. Y ahora, sed buena chica y tirad de la campanilla que cuelga al lado de mi cama. Jefferson os escoltará hasta vuestra casa. A pesar de vuestra ostensible negativa a respetar mi intimidad antes de la boda, sabed que sigo deseando sinceramente veros al pie del altar la semana que viene. Me despido deseando paséis una buena noche.

–¡Al diablo con el matrimonio y el mobiliario más cómodo! –estalló Justine, mirando ceñuda la puerta–. Lo peor de lo que mi padre tiene que soportar, al margen de verse confinado a un laberinto de habitaciones y horribles paredes de ladrillo, tiene que ver con el público mismo. ¿Sabíais que Marshalsea permite que cualquiera pueda visitar a los detenidos? *¿Cualquiera?* –cerró los puños solo de pensarlo–. Hombres y mujeres de todas las edades y barrios de Londres entran durante las horas de visita y lo llaman, solo para lanzarle burlonas preguntas sobre la sodomía y la cópula entre animales. Ocho semanas más significarán la muerte. Me niego a dejarlo estancado en aquel abismo un solo día más, para no hablar de ocho semanas...

El duque se aclaró la garganta. Dos veces.

–¿Y qué es exactamente lo que queréis que haga yo? ¿Asaltar esa Bastilla? ¿Guillotinar a Su Majestad? –ante su silencio, continuó–: Justine, incluso aunque pudiera conseguir los fondos necesarios, la situación de vuestro padre no tiene nada que ver con el dinero. Sus investigaciones van dirigidas en último término a exigir derechos para los sodomitas. ¿Sabéis que las leyes de sodomía en Inglaterra han sido recientemente endurecidas? Si vuestro padre no hubiera sido conde, muy probablemente habría sido ahorcado, y Su Majestad, no digamos ya lord Winfield, desean hacer un escarmiento.

A Justine le ardían los ojos por las lágrimas. ¿Cómo podía alguien enfrentarse a la ira de un rey? No podía.

—Entonces... entonces quizá deberías seguir el ejemplo de vuestro hermano. Carlton tuvo la amabilidad de visitarme ayer por la mañana. Se ofreció a plantear personalmente a Su Majestad una petición de indulto. ¿No podríais vos hacer lo mismo? ¿No sería aún más efectivo viniendo de vuestra persona?

—Por mí como si Carlton os promete el mundo entero. Os prohíbo que tengáis más relación con él. No es el mismo hombre que antaño conocisteis y ha perdido el poco juicio que le quedaba. Al igual que vuestro padre, supongo.

Justine abrió mucho los ojos. Comparar a su padre con Carlton era llegar demasiado lejos.

—Ya me he cansado de todo esto, Bradford. Os exijo que dejéis de insultarme, os vistáis y me concedáis debida audiencia. He de veros todavía, y me niego a marcharme antes de hacerlo.

—Justine —gruñó—, me estoy bañando, y por tanto no estoy en condiciones de recibir visitas. Llamad a Jefferson.

Como si fuera a dejarse intimidar por un gruñido y unas pocas palabras.

—Dado que no tenéis intención alguna de mostraros vos mismo —le advirtió con tono helado, empuñando el picaporte de bronce—, no me dejáis más opción que abrir esta puerta. Cualquiera que sea el aspecto en el que os encuentre, dudo que me sorprenda después de lo que he visto en la naturaleza salvaje.

Como no respondió, Justine soltó un suspiro tembloroso. Aunque podía fácilmente renunciar a su derecho a mantener conversaciones corteses, picnics románticos y salidas en carruaje, galanterías que ni una sola vez le había ofrecido durante su breve compromiso, no tenía intención de esperar hasta el día de la boda para verlo. Dejando a un lado el desesperado predicamento en que su padre se encontraba, pensaba poner punto final a aquel juego del escondite.

Y lo mejor de todo era que no tendría que esperar a su noche de bodas para contemplar al duque en toda su gloria.

Escándalo 2

La ropa es lo único que nos diferencia de los animales. Es por ello por lo que resulta absolutamente imperativo conservarla en todo momento.

Cómo evitar un escándalo
Anónimo

Radcliff Edwin Morton, cuarto duque de Bradford, se incorporó de la bañera en medio de un remolino de agua caliente. Con movimientos enérgicos se apartó el oscuro y empapado cabello de los ojos y siseó por lo bajo, como intentando domeñar su pulsante erección. Una erección provocada por el simple pensamiento de la cercanía de Justine.

La maldijo por haberlo colocado en semejante situación. Se negaba a verla mientras no fueran marido y mujer. Porque incluso después de sus ocho largos meses de confinamiento, resultaba evidente que no podía confiar en su propio cuerpo para que colaborara en la tarea.

Radcliff permaneció de pie, chorreando agua. Con los dientes apretados, agarró la toalla del perchero de bronce que se alzaba junto a la bañera y empezó a secarse el pelo.

Salió de la bañera para pisar el suelo de baldosa italiana, blanco y negro, terminó de secarse el resto del cuerpo y arrojó la toalla a un lado. Sacudiendo la cabeza, recogió su pantalón del suelo, agradecido de que su ayuda de cámara los hubiera dejado caer antes de marcharse apresurado para abrir, ya que de otra manera no habría tenido nada con qué cubrirse aparte de la toalla.

La puerta se abrió entonces de pronto, golpeando con fuerza contra la pared.

Todavía inclinado con el pantalón colgando de sus dedos, Radcliffe se quedó paralizado de asombro.

Con el acre olor de la pólvora flotando en el aire, una exclamación femenina resonó en los confines de la cámara de baño, sin duda en respuesta a la plena erección exhibida. Aunque quizá también como reacción a su herida.

Radcliff se cubrió con el pantalón el miembro erecto y se irguió en seguida, dudando de que ella lo hubiera visto *todo* en la naturaleza salvaje. El pulso se le aceleró, temiendo como temía su reacción a la larga y quebrada cicatriz que le cruzaba todo un lado de la cara.

Los ojos castaños de Justine recorrieron toda la extensión de su cuerpo desnudo antes de clavarse en su rostro. Apretó los labios, toda ruborizada, mientras registraba no solo su cicatriz, sino su carencia de ropa y la erección que procuraba esconder con su pantalón.

Radcliff enarcó las cejas mientras la contemplaba. Jefferson había tenido razón: parecía una deshollinadora. Su vestido amarillo claro, en parte oculto bajo el manto oscuro, estaba cubierto de una especie de hollín, pero con un inconfundible olor a pólvora. Incluso su cabello castaño, cuidadosamente recogido en preciosos rizos, estaba lleno de polvo y suciedad.

Intentando aparentar indiferencia, ya que era poco más lo que podía hacer, soltó un leve silbido que no tuvo nada que ver con la admiración.

–Veo que habéis estado cargando las pistolas de una unidad entera de infantería.

La parpadeante luz de los quinqués de la cámara bailó en los rasgos de Justine, visiblemente suavizados.

–Yo... oh, Bradford. Yo no sabía... ¿Qué ha pasado? ¿Qué le ha sucedido a vuestro rostro?

Nada deseoso de explicarle el motivo de la herida, y ciertamente no mientras estuviera desnudo, se encogió de hombros.

–Una simple escaramuza. Nada importante –nada, efectivamente, comparado con la tortura y la humillación que Matilda Thurlow había sufrido a manos de seis hombres.

–¿Una simple escaramuza? –repitió–. ¿Llamáis a *eso* una simple escaramuza? Si no os conociera mejor, diría que alguien se dedicó a tajaros malévolamente todo un lado de la cara.

Lo último que deseaba Bradford era expresar con palabras lo que le había ocurrido a él y a Matilda.

–Lo hecho, hecho está. No hay necesidad de detenerse en un asunto que no puede cambiarse.

Justine se lo quedó mirando fijamente.

–¿Abandonaréis por fin esa actitud de indiferencia? He estado preocupada por vos. Lleváis recluido casi ocho meses. ¿Qué hombre os hizo eso?

–La razón que explica esta reclusión mía nada tiene que ver con mi cara. Hay razones que terminaré compartiendo con vos en uno u otro momento, más apropiado que este. Ahora, os pido que os marchéis. Ya habéis visto mucho más de lo que yo consideraría respetable, y aún no somos marido y mujer.

Justine lo fulminó con la mirada, las manos en las caderas.

–Ni voy a marcharme ni me casaré con vos, Bradford, mientras continuéis eludiendo mis preguntas y permitiendo que mi padre sea tan injustamente perseguido. ¿No hay nada más que podáis hacer por él?

¿Acaso no había ayudado lo suficiente a su padre y apoyado sus estudios?, se preguntó Radcliff. Estudios que había financiado durante años porque siempre había creído en proporcionar a los seres humanos la comprensión de lo que eran realmente: *animales*. El problema era que él no había estado preparado para lo que había sido descubierto sobre sí mismo.

Al describir los hábitos de reproducción de cerca de un centenar de mamíferos sudafricanos, el conde había encontrado consistentes correlaciones entre los rituales de cortejo animales y los humanos, demostrando que existían relaciones más allá de las habituales entre los machos y las hembras. Que también podía existir un vínculo físico entre un hombre y un hombre, o entre una mujer y una mujer, como ocurría en la naturaleza.

El trabajo era fascinante, pero demasiado peligroso y liberal para una nación como la inglesa. Razón por la cual Radcliff había suplicado al conde que se abstuviera de publicar sus investigaciones mientras no hubieran cambiado las leyes contra la sodomía.

Un año después, Radcliff había quedado desfigurado y con un hermano que lo odiaría para siempre, pero una cosa sola había quedado como una constante en su vida: las entrañables cartas semanales de Justine. Aunque él se había negado a responderlas, y mucho menos a estimularla a ella o a su propia obsesión, Justine había continuado escribiéndole, lo cual había logrado mantenerlo cuerdo durante todos aquellos meses de reclusión.

Luego el maldito conde había terminado publicando sus investigaciones, y obligado a su propia hija a hacerle una oferta al duque que había destrozado los últimos deseos de este por permanecer al margen. Porque si sus cartas habían logrado mantenerlo cuerdo en la hora más negra, demasiado bien se imaginaba lo que podía llegar a ofrecerle como esposa...

Justine le lanzó una mirada helada.

—Ni siquiera me estáis escuchando, ¿verdad? Tampoco parece importaros.

Él se encogió de hombros.

—Me importa.

Justine continuó hablando como si su interlocutor estuviera perfectamente vestido.

—Incluso vuestro propio hermano se ha ofrecido generosamente a llamar la atención de Su Majestad sobre esta injusticia. ¿Es que no podéis vos hacer lo mismo?

Radcliff entrecerró los ojos. Nada sabía su hermano de generosidad o de compasión. Ignoraba lo que pretendería Carlton al involucrarse en la petición de Justine, pero de una cosa estaba seguro: no tenía nada que ver con la decencia y la integridad. Solamente un capitán dirigiría aquel barco, y desde luego no sería Carlton.

Sin importarle que Justine pudiera desmayarse, Radcliff dejó de cubrirse y le lanzó el pantalón. Abrió los brazos.

—Quizá debería pedir audiencia a Su Majestad en este mismo momento. Tal como estoy. ¡Desnudo y excitado por vuestra presencia! ¿Os complacería eso?

Una exclamación escapó de los labios de Justine cuando posó la mirada en su erección. Al instante su rostro se encendió con tantos colores como tenía la bandera británica. Alzó una mano negra de suciedad para cubrirse los ojos y giró además el rostro hacia un lado, como si la mano no le bastara.

—Por el amor del cielo, estoy intentando mantener una conversación civilizada con vos.

—Ni siquiera lleváis en Londres el tiempo necesario para saber lo que es comportarse civilizadamente. Diablos, si vuestro padre parece pensar que puede publicar libros que ofendan nuestras costumbres, nuestras leyes e incluso a nuestro rey sin sufrir las consecuencias... mientras que vos parecéis pensar que podéis invadir mi casa e intimidarme con vuestros aires de tribu africana. Dejadme que os diga una cosa: yo no soy hombre que se deje intimidar por nadie. Existía una razón por la que no quería veros antes de la boda. Si no os resulta ya obvia, os la diré de una vez: carezco de autocontrol.

Todavía cubriéndose los ojos con la mano, Justine empujó el pantalón hacia él con una patada nerviosa.

—En cualquier caso, no puedo tomarme seriamente esta conversación con vuestro miembro a plena vista.

Radcliff recogió el pantalón y se lo puso con movimientos enérgicos. Acomodó su erección abotonándose la bragueta y señaló luego la bañera.

—Os sugiero que os lavéis la cara antes de marcharos. Parecéis una nativa africana con toda esa pólvora.

—¡Ja! Dudo que sepáis vos cómo son las nativas africanas —de todas formas, alzó la barbilla y marchó directamente hacia la bañera. Volviéndose de cuando en cuando a mirarlo como para asegurarse de que guardara las distancias, hundió las negras manos en el agua y se lavó la cara. Con el movimiento, Radcliff no fue inmune al balanceo tentador de sus faldas y del trasero que escondían.

Tragó saliva, esforzándose por no imaginar el aspecto de aquellas nalgas y piernas bajo la tela del vestido. O lo que sería sentirlas bajo sus manos. Cruzó los brazos, que le temblaban, sobre el pecho desnudo.

–Ya está –Justine se atusó los húmedos rizos, suspiró y se volvió por fin hacia él. Levemente salpicada de pecas, su piel cremosa resplandecía limpia y fresca. La pólvora se había desvanecido, descubriendo una delicada nariz, unas cejas exquisitamente delineadas y los impresionantes ojos de color castaño dorado a los que nunca había sido inmune.

Era todavía más tentadora de lo que recordaba. Esperar durante una semana más iba a significar una horrible tortura. Porque lo que realmente deseaba hacer era...

Apretó la mandíbula y clavó los dedos en sus tensos bíceps. Debía controlarse. No podía dar satisfacción a su lado hedonista. Tenía que demostrarse a sí mismo, antes de casarse, que había dominado su obsesión.

–No puedo teneros aquí. No puedo teneros en mi presencia mientras no seamos marido y mujer.

Justine cruzó los brazos sobre sus senos, levantando una pequeña nube de pólvora al hacerlo, y continuó allí plantada, ante la bañera.

El duque sabía que tenía que deshacerse de Justine antes de que terminara instalado entre sus muslos. Avanzó a paso enérgico hacia ella, cerrando la distancia que los separaba.

–No me dejáis otro remedio.

La expresión de firmeza de Justine perdió algo de fuerza mientras lo veía acercarse, recelosa.

—No he acabado con esta conversación.

—Sí que habéis acabado —la agarró de la encorsetada cintura y tiró de ella. Con fuerza.

Un chillido escapó de su garganta mientras se volvía desesperada, tratando de escapar.

—¡No soy un bolsón de viaje para que me tratéis así!

Se la cargó bruscamente sobre su hombro desnudo, enterrando los dedos en sus muslos, por encima de las faldas.

Fue hacerlo y quedarse paralizado, demorada su mano en la tibia suavidad de su vestido. Aquello fue un error. Un horrible error. Justine se dedicó a golpearle el trasero repetidas veces, haciéndole todavía más consciente de su cuerpo que del suyo propio. La agarró entonces con mayor firmeza. Su miembro pulsaba insistente contra la lana del pantalón, tentándolo a dejarse llevar. A romper su largo ayuno.

Inspiró hondo. No. No estaba preparado para nada de aquello. La bajó bruscamente al suelo y se apartó.

Justine abrió los ojos asombrada y agitó los brazos desesperada... justo al borde de la bañera.

Radcliff intentó agarrarla, pero ella perdió el equilibrio y cayó hacia atrás. Cayó de espaldas a la bañera, con manto, faldas, medias, zapatos y todo, con un desaforado grito, levantando una gran ola que desbordó la bañera oval.

—¡Oh, maldita sea! Justine... —soltó una carcajada nerviosa, a despecho de su propia incomodidad, y de inmediato intentó sacarla agarrándola de ambos brazos.

Pero ella se sentó en la bañera, rechazándolo.

—¡No me toquéis!

Radcliff se apartó con un respingo, respirando pesadamente y con el corazón acelerado.

–¡Pffff! –largas y empapadas guedejas habían escapado de sus alfileres para derramarse en torno a su rostro y hombros. Sus senos, perfectamente delineados, subían y bajaban a cada respiración, empapada como estaba la tela–. ¿Cómo habéis...? ¡Prácticamente me habéis arrojado dentro!

Un muslo cremoso, bellamente torneado y visible hasta la rodilla, lo tentó mientras se agitaba en el agua, con las faldas del vestido flotando como un globo en torno a su cintura. Sintiendo la presión del miembro aún duro contra el pantalón, Radcliff maldijo por lo bajo mientras se esforzaba desesperadamente por dominar la necesidad que sentía de verter su semilla.

Tenía que marcharse. En ese mismo momento.

Corrió directamente a su cámara y cerró la puerta a su espalda, para apoyarse en ella. Después de unas cuantas profundas respiraciones, casi jadeos, se apartó por fin.

«¡Dios santo!», exclamó para sus adentros. Seguía siendo el mismo hombre, incapaz de controlar sus lascivos pensamientos e impulsos. Pensamientos e impulsos que estaba seguro de haber dominado mientras duró su reclusión. No había previsto que su personal periodo de transición, hasta que pudiera hacer de Justine una figura permanente en su vida, sería tan condenadamente difícil.

Con manos temblorosas, agarró la primera camisa que pudo encontrar y se la puso, dejándose fuera los faldones para esconder mejor cualquier evidencia de excitación que no pudiera controlar. Advirtiendo que tenía las manos manchadas de pólvora mojada, sacudió la cabeza y se las limpió en la pechera de la camisa de lino blanco. Al diablo con su baño, y al diablo también con todo lo demás que tanto le había costado. Tenía tanto control sobre su falo como un perro sobre su amo.

El brusco y furioso chapoteo que oyó al otro lado interrumpió sus reflexiones.

—¡Solo quería vestirme! ¡Os prometo que volveré en seguida!

El chapoteo cesó.

—Prefiero que os quedéis donde estáis, Bradford. Ya habéis hecho suficiente. Saldré yo misma de aquí.

—Yo... —pensó que no parecía muy complacida. No podía culparla. Miró la puerta, preguntándose si debía o no reunirse con ella—. ¿Estás segura de que no puedo...?

—Estoy más que segura. Quedaos donde estáis.

Radcliff se dirigió hacia la cama y se dejó caer en ella con un suspiro. Al diablo con su primitiva idea de dar una buena impresión a su futura esposa.

Se oyó entonces un gran chapoteo, como si hubiera salido del agua de un salto, seguido de un golpe sordo.

—¡Oh!

Radcliff esbozó una mueca, pensando que muy probablemente Justine debía de haber dado con sus huesos en el suelo. Se levantó de la cama.

—¿Justine?

Se oyeron unos jadeos.

—No os importa. Solo es mi vestido. El agua me está poniendo bastante... difícil... hasta mover las piernas.

¿Las piernas? Radcliff enarcó una inquisitiva ceja y miró la puerta cerrada, imaginándose ya a los dos juntos. Su vestido empapado, delineando de manera deliciosa cada detalle de sus bien torneadas piernas. Él retirando la húmeda tela de su cuerpo, con los jadeos de Justine mezclados con los suyos. Un estremecimiento recorrió sus entrañas cuando se imaginó sus dedos deslizándose por la longitud de aquellos muslos y separándolos. Sus jadeos y el aroma de su excitación...

Radcliff forcejeó para desabrocharse la braqueta del pantalón de lana. No podía respirar, ni pensar ni...

Rápidamente alzó ambas manos. Permaneció de pie durante un largo y angustioso momento, concentrado en tranquilizar su respiración, con el pecho tenso y dolorido por el esfuerzo.

«Tú tienes más control que esto. Ya te lo has demostrado a ti mismo», se recordó. Continuó absolutamente inmóvil mientras su piel perlada de sudor, al igual que su pulsante falo, se iban enfriando poco a poco. Bajando las manos, volvió a abrocharse la braqueta, haciendo todo lo posible por no tocarse la erección.

Era un canalla. En aquel instante debería estar ayudando a Justine a levantarse del suelo, y sin embargo...

—Quizá deberíamos quitaros el vestido... —se apresuró a ofrecerle, dirigiéndose hacia la puerta cerrada—. Así os resultará más fácil... —se encogió por dentro. Probablemente quitarle el vestido *no* fuera, después de todo, una buena idea. Al margen de lo más obvio, respetaba demasiado a Justine.

Se hizo un incómodo silencio.

—Quedaos justo donde estáis, Bradford. Ya me las arreglaré sola.

Radcliff soltó un tembloroso suspiro y volvió a la cama para dejarse caer en el colchón. Afortunadamente su erección había decaído.

Oyó un rápido taconeo de pasos en el suelo de baldosa. La puerta se abrió de pronto y salió Justine. Solo el vestido debía de haber recogido la mitad del agua de la bañera. El agua formó rápidamente un charco y se extendió por el suelo, con chorros y chorros que caían del borde del vestido y de las mangas. Lo fulminó con la mirada, encendidas las mejillas.

Radcliffe siseó por lo bajo mientras desviaba la vista, para no mirar ni su rostro ni su cuerpo. Demasiado bien recordaba la primera vez que llegó de África dos años atrás, con sus gloriosos dieciocho años, dulce como un vino de Tokay. Le habían nacido brillantes mechas de oro hilado en el cabello y su tez había adquirido un hermoso bronceado, al contrario de las paliduchas caras por las que las damas de Londres eran tan famosas. Aunque desde entonces su piel había vuelto a aclararse, dejando detrás un leve rastro de pecas, y las mechas doradas de su pelo se habían fundido en un tono castaño claro, tenía un aspecto absolutamente impresionante. Para no hablar del resto de su cuerpo...

Justine alzó la barbilla y pasó por delante de la cama de dosel, dejando un brillante reguero de agua.

—Exijo más respeto que el que me habéis demostrado. El matrimonio está cancelado. Buenas noches y adiós.

Radcliff torció el gesto, consciente de que probablemente estaba hablando en serio, y saltó de la cama. Se negaba a volver a quedarse a solas con sus pensamientos. Necesitaba aquello. La necesitaba a ella. Una esposa que lo ayudara a responsabilizarse de quién y qué era de una manera cotidiana.

Acercándose, la agarró de la manga empapada.

—Justine, yo no...

—¡No me toquéis! —retrocedió, tambaleándose por un momento por el peso de su vestido—. ¿Acaso el diablo habita en vuestra alma? No me imagino otra razón por la que un hombre adulto tiraría a su propia prometida a una bañera para luego marcharse y cerrar la puerta, dejando que se las apañara sola para salir.

El diablo residía efectivamente en su alma. Y nadie lo sabía mejor que él. Pero durante aquellos ocho últimos meses había llegado a creerse más fuerte que el diablo. Y pensaba demostrarlo. A ella. A sí mismo. A todos.

—Perdonadme. Yo... —se interrumpió. Advirtiendo que se le había mojado la mano al tocarla, se la secó en el pantalón. Miró el suelo empapado bajo sus pies desnudos, que seguía encharcándose con el agua que chorreaba de su falda—. Estáis inundando la habitación entera.

—Por supuesto que estoy inundando la habitación entera —resopló indignada—. ¿Tenéis alguna idea de lo mucho que ha costado este vestido? No tengo la menor duda de que ha empapado como una esponja la mayor parte del agua, si no toda, de vuestro asqueroso baño.

Radcliff maldijo para sus adentros: necesitaba volverla a meterla en la cámara del baño y hacer que los criados arreglaran todo aquel desastre. Señaló la habitación contigua.

—Volved allí. Quitaos vuestro vestido. Yo... os conseguiré algo que poneros —aunque no sabía qué, ya que ocho meses atrás había despachado a toda la servidumbre femenina de la casa.

—¿Queréis que me quite el vestido? —Justine soltó una carcajada mientras lo salpicaba con un brusco gesto de su mano—. Si no os conociera mejor, habría pensado que tenéis intención de acostaros conmigo antes de la ceremonia. Y por mucho que me hubiera sentido halagada, no puede decirse que os lo hayáis ganado, ¿no os parece?

Y pensar que la frase acababa de pronunciarla una

mujer que en un principio se habría entregado sin matrimonio de por medio...

—Yo no había querido decir eso.

—Que sea virgen no significa que sea tonta, Bradford.

Radcliff no estaba dispuesto a dejarse insultar. Porque ya no era el hombre que había sido antaño, aunque tuviera que luchar contra aquellos mismos impulsos.

—Ahora escuchadme vos. Me he pasado los últimos meses de mi vida reformándome. Ya no soy el mentecato que conocisteis. Soy un hombre nuevo. Un hombre capaz de controlarse muchísimo mejor de lo que creéis.

—¿Ah, sí? —lo desafió Justine, enarcando las cejas.

—Pues sí —se acercó deliberadamente a ella—. Podría teneros ahora mismo completamente desnuda delante, que me marcharía sin dignarme miraros siquiera dos veces. ¿Queréis que os lo demuestre? Vamos, que os lo demostraré. A vos y a mí mismo.

Era tanta la fuerza de su convicción en aquel instante, que casi deseó que lo pusiera a prueba.

Justine retrocedió nerviosa, dejando más regueros de agua por el suelo de madera.

—¡Qué crudamente burlona es vuestra manera de demostrarme amor y afecto! ¡Os aseguro que no la apruebo en absoluto!

—¿Amor y...? —resopló, escéptico—. Diablos, Justine. Precisamente vos, criada y educada como habéis sido por un hombre científico y racional, deberías ser la primera en daros cuenta a estas alturas de que el amor y el afecto no tienen cabida en este mundo.

Vio que entreabría los labios de asombro mientras se apartaba las guedejas empapadas de los lados de la cara.

—¿En qué mundo vivís vos? Pese a mi educación científica, sucede que yo creo en el amor y en el afecto.

¿Por qué? Porque el sentimiento y la emoción son necesarios: el deseo y la pasión que un alma regala ardientemente a otra.

Radcliff puso los ojos en blanco en cuanto oyó aquellas vibrantes y melosas palabras. Unas muy similares le había dirigido su propia madre a su padre mientras lo engañaba con otro.

–Dadme una daga con la que matarme y pueda así dejar de escuchar más cosas como esta –repuso burlón.

Justine entrecerró los ojos.

–Es obvio que no me guardáis ningún respeto. Ni a mí ni a lo que creo.

–Respetar a alguien no significa estar siempre de acuerdo con él, Justine –pasó de largo a su lado hacia el vestidor, y abrió de golpe la puerta de madera lacada. Sacando un camisón, se lo ofreció–. Tomad. Poneos esto.

Justine bajó la vista y la desvió, sacudiendo la cabeza.

Radcliff la miró: estaba verdaderamente afectada. Maldijo a las mujeres y la capacidad que tenían de reblandecerle el cerebro y endurecerle el miembro. Soltó un suspiro exasperado.

–Dadme cinco días. Si en ese tiempo vuestro padre no ha sido liberado de Marshalsea, la boda quedará anulada y vos no me deberéis nada. Podéis estar segura, además, de que incluso entonces continuaré laborando por su liberación. ¿Os parece eso suficiente muestra de respeto?

Justine alzó bruscamente la mirada, estupefacta.

Su asombro venía a reflejar el de Radcliffe. Porque si aquellos cinco días no daban ningún fruto, él se quedaría sin novia. Y aunque efectivamente había muchas otras mujeres que habrían estado más que dispuestas a convertirse en su esposa a pesar de su reputación y de su cicatriz, ninguna era ni de lejos tan inteligente y determinada como Justine. Necesitaba algo más que una cara bonita en una esposa. Necesitaba un alma hecha de hierro. Un alma capaz de soportarlo todo.

Radcliffe blandió el camisón delante de sus ojos.

—Tomadlo —masculló—. Cualquier caballero habría convenido conmigo en que no debéis quedaros con esa ropa mojada.

Sus labios carnosos se abrieron en una impresionante sonrisa que iluminó su precioso rostro.

—¿De verdad que tardaréis solamente cinco días?

—Solo me queda un hombre altamente situado por tocar. Está reputado como confidente del rey y da la casualidad de que es rival de lord Winfield. Mi abogado me lo mencionó apenas ayer. Y ahora... venga, poneos esto.

Justine se acercó a él, tambaleante. Tras recoger el camisón que le ofrecía, se dirigió a la cámara del baño, sin dejar de sonreír. Una sonrisa que hizo que Radcliff pensara que todo había merecido efectivamente la pena.

Deteniéndose en el umbral, Justine anunció sin volverse:

—Siempre supe que erais un hombre de buen corazón, Bradford. Siempre —y cerró la puerta a su espalda.

Radcliff parpadeó extrañado, consciente de que a pesar de la poco convencional educación que había recibido Justine, seguía creyendo en las típicas cosas femeninas: el romanticismo y las palabras de amor.

Sabía que iba a ocasionarle una amarga decepción. Pero, de alguna manera, eso era precisamente lo único que parecía ser en esos días: una decepción para todo el mundo, él incluido.

Escándalo 3

Permitir que un hombre os bese o toque, en cualquier momento durante vuestro cortejo, incluso ante un ajuar de boda, es permitir mucho. Después de todo, es deber de una dama dar al hombre una razón genuina para que se canse en el camino hacia el altar. Como lo es también darle una razón genuina para que, en el día de su propia boda, sonría.

Cómo evitar un escándalo
Anónimo

Justine alisó el blanco camisón de Radcliff y se recogió apresurada las largas y holgadas mangas. Bajó la mirada al profundo escote que revelaba provocativamente su húmedo corsé lila y su camisola. Se lo cerró todo lo que pudo. Al menos estaban comprometidos.

—¿Estáis vestida?

Dio un respingo al escuchar la profunda voz de Radcliff al otro lado de la puerta cerrada.

—Dudo que podáis calificarlo así —gritó.

—No necesitáis preocuparos. Os echaré un manto o dos por encima y os despacharé a casa. Aunque tengo la sensación de que vuestra madre me hará responsable tanto de vuestra ausencia como de vuestra escasez de ropa. ¿Querréis transmitirle mis disculpas?

Justine se sonrió.

—Yo, la verdad, no me preocuparía por mi madre. Ni siquiera sabe que estoy aquí. Superó el tiempo establecido para las visitas mientras estaba con mi padre en Marshalsea y, en consecuencia, no la dejarán salir hasta que abran por la mañana —atravesó de puntillas la cámara de baño, evitando los charcos, abrió la puerta y volvió a la alcoba.

Bradford estaba sentado en la cama de dosel, flexionada una pierna, con su pie descalzo y moreno contrastando con la blancura de las sábanas. Su mandíbula, oscurecida por la barba, se tensó mientras la recorría con la mirada.

Como reacción, el corazón le aleteó en el pecho. De la misma manera estúpida que siempre le ocurría en su presencia. Intentó ahuyentar la erótica imagen de su musculoso cuerpo luciendo su impresionante erección, pero fue inútil. Se había grabado a fuego en sus pensamientos, y allí seguiría hasta que tuviera el placer de volver a verlo desnudo.

Pese a su larga y fruncida cicatriz, Bradford no había perdido su atractivo. No se había cerrado la blanca camisa de lino, exhibiendo su cuello musculoso y la sombra de vello oscuro de su pecho. Con o sin ropa, aquel hombre tenía una imponente presencia que resultaba tan cruda y avasalladora como excitante. ¿Sería por eso por lo que sentía el extraño deseo de consumar su matrimonio en aquel mismo momento?

Radcliff bajó al suelo el pie que tenía sobre la cama mientras continuaba mirándola. Como si no hubiera visto a una mujer antes.

El tenso silencio que se prolongó entre ellos parecía enfatizar lo solos que estaban, así como el hecho de que estuvieran rompiendo todo convencionalismo social. Dada su reputación, Justine estaba completamente segura de que aquello no era nuevo para él. Al contrario de lo que le sucedía a ella.

Deseosa de demostrarle a él, y a sí misma, que no se sentía en absoluto intimidada, y que podía rivalizar con cualquier otra mujer que hubiera tenido, se acercó para detenerse apenas a un paso de distancia.

–Os habéis quedado mirándome con fijeza, Bradford –se burló.

Radcliffe se aclaró la garganta y desvió la mirada. Lo brusco del gesto hizo que varios mechones de su pelo húmedo cayeran como una cascada sobre sus ojos, ocultando de paso la cicatriz.

–Yo... os pido disculpas –carraspeando de nuevo, se levantó y se irguió cuál alto era–. Deberíais cubriros un poco más. Vuestras piernas... er... las estáis mostrando.

Justine reflexionó sobre lo muy encantador del detalle. El duque de Bradford, muy pronto *su* duque de Bradford, El Libertino Extraordinario, estaba balbuceando y disculpándose por comportarse como un hombre. ¡Incluso le estaba pidiendo que se cubriera!

Aquello se merecía ciertamente un estudio y observación más detenidos por su parte. Consciente de que seguiría siendo su prometida al menos durante otros cinco días más, tenía derecho a saber lo que un hombre de su edad, educación y experiencia encontraba o no encontraba atractivo en ella. No importaba que lo que estuviera a punto de preguntarle pudiera escandalizar a medio Londres.

–¿Qué pensáis de ellas? –murmuró.

—¿Qué es lo que pienso de qué?
—De mis piernas. Os recuerdo que las habéis mencionado vos.

Se la quedó mirando fijamente.

—¿Qué pasa con vuestras piernas?
—Bueno... desde que tengo memoria, siempre me he preguntado por el interés que despiertan. ¿Sabíais que las mujeres nativas del África no se cubren las piernas y los tobillos como hacen las mujeres de aquí? ¿Por qué suponéis que será? ¿Acaso una pierna desnuda significa más para nosotros que para ellos? Y si es así, ¿por qué? Al fin y al cabo, no son más que miembros diseñados para que podamos desplazarnos de un lugar a otro. No veréis a jirafas machos fijándose en las patas de sus compañeras, por muy vistosas que sean.

Justine estiró entonces su pierna derecha, que se transparentaba perfectamente bajo la falda de la húmeda camisola. Ladeó la cabeza, examinando su tobillo y su pie descalzo con mirada crítica.

—Me temo que las tengo algo torcidas, algo de lo que solo puedo disculparme, pero aparte de eso, ¿qué pensáis? Desde una perspectiva de varón británico, quiero decir. ¿Son tan atractivas? Seguro que vos habréis visto las suficientes para poder formaros una opinión objetiva.

Radcliff continuaba mirándola fijamente, como avergonzado.

Justine se encontró de nuevo con su mirada y bajó el pie al suelo. Al diablo con la perspectiva del varón británico, pensó. Al parecer estaba siendo demasiado atrevida incluso para un *homo sapiens* tan libertino como él.

—Supongo que debería disculparme. No me había dado cuenta...

–No hay necesidad de que os disculpéis, Justine –le aseguró él–. En respuesta a vuestra pregunta, no son torcidas. De hecho, están muy bien torneadas. También debería señalaros que, si fuéramos jirafas, probablemente yo las estaría contemplando admirado, silbando por lo bajo, y haciendo que todas las demás jirafas se sintieran muy, pero que muy incómodas.

Justine abrió mucho los ojos y soltó una corta carcajada. Ahora sí que la conversación se había vuelto muy traviesa por parte de los dos. Y, lo que era aún peor, le encantaba. Le recordaba el divertido e impetuoso Bradford que antaño había conocido. El Bradford capaz de convertir cualquier cosa en una excitante aventura, nada que ver con el aburrido y alambicado mundo londinense.

Aunque le ardía el rostro de vergüenza, decidió enseñarle un poco más de su cuerpo a su prometido. Ya había arrojado el manual de etiqueta por la ventana, y estaba decidida a demostrarle lo muy agradecida que le estaba por no haber aceptado su crudo ofrecimiento de unas pocas y tristes noches en su compañía...

Esbozando una tímida sonrisa, se recogió la húmeda camisola y se la subió hasta donde acababa el faldón del camisón para facilitarle una mejor vista de la pierna hasta la rodilla. Como si no hubiera resultado suficientemente visible, dada la transparencia de la camisola.

Bradford siseó entre dientes, casi como si hubiera descubierto algo terrible en sus piernas, y cerró la escasa distancia que todavía los separaba. Tomándola con fuerza de la barbilla, la obligó bruscamente a levantar la cara.

–Cubríos –ordenó. Sus dedos se clavaban en ese momento en su piel, haciéndola arder–. Cubríos antes de que yo lo haga por vos.

Justine dejó caer al momento la camisola y se lo quedó mirando asombrada, consciente de que no era el deseo masculino lo que lo había exasperado tanto. Además de que su rostro marcado estaba en aquel momento demasiado cerca del suyo. Tragó saliva, sintiéndose como si estuviera contemplando un lado de su cara a través de un cristal estallado. En lugar de apartarse, le sostuvo la mirada.

–¿Por qué estáis tan furioso? Yo creía que lo habíais disfrutado.

Vio que fruncía el ceño mientras aflojaba la tensión de sus dedos. Movió incluso ligeramente la mano, recorriendo suavemente su piel con las ásperas yemas de sus pulgares como si quisiera aliviar el daño que hubiera podido hacerle.

–No sabéis lo que estáis haciendo, inocente Justine. Perdonadme –se disculpó–. No debí haber utilizado ese tono con vos.

Justine parpadeó asombrada, todavía incapaz de moverse. Resultaba obvio: aquel no era el mismo Bradford de antaño. Estaba demasiado tenso, reservado y serio para su propio gusto.

¿Qué sería lo que había cambiado aquel espíritu juguetón y aventurero en aquel... *ser*? Estaba segura de que su cicatriz encerraba la respuesta a esa pregunta.

–¿Qué os ha sucedido? ¿Qué os ha pasado desde la última vez que nos vimos? No sois el mismo hombre. Antes os encantaba seducir y flirtear.

Le soltó bruscamente la barbilla, suavizado su ceño, pero seguía sin apartarse de ella.

–No quiero ser el hombre que antaño conocisteis. Ese hombre no tenía control ni respeto alguno por sí mismo.

–Al margen de que fuera un libertino... era todo lo que yo podría desear –le confesó Justine, sin aliento–. Era generoso y encantador, bromista e ingenioso. Sabía hacerme reír y ruborizar, y siempre prefería sentarse en el suelo antes que en una silla. Yo lo adoraba. Lo... lo sigo adorando –se mordió el labio, dándose cuenta de que prácticamente se estaba arrojando a sus brazos. Como siempre.

Distinguió un candente brillo de deseo en sus ojos oscuros mientras, bruscamente, la agarraba de la cintura y acercaba sus caderas a las suyas, apretándola contra su duro cuerpo.

Perdió el aliento cuando sintió el contacto de sus manos, estrechándola con mayor firmeza contra sí. Como si quisiera obligarla a sentir el pulsante ardor de su piel, el latido de su corazón, el rígido bulto de su pantalón hundiéndose en su húmedo corsé.

El corazón de Justine dio un vuelco y se le encogió el estómago. No habiendo tenido relación física alguna con un hombre, ni habiéndose dejado abrazar tampoco por uno, el contacto resultaba impactante. Y absolutamente excitante, también.

–Si hubierais sabido realmente quien era yo –le dijo él en voz baja, entrecortada–, dudo que hubierais sentido adoración hacia mi persona.

La tensión de sus músculos hablaba de una poderosa fuerza a duras penas refrenada. Con el corazón atronando en sus oídos, Justine dudaba entre apartarse o derretirse en aquel firme abrazo. Infinitas sensaciones recorrían su cuerpo, motivo probable por el cual no conseguía entender sus palabras.

–Bradford, ¿qué...?

La soltó y retrocedió bruscamente, estableciendo una

notable distancia entre ellos. Su amplio pecho subía y bajaba bajo su camisa abierta como si le costara respirar. Se acomodó su erección dentro del pantalón y se cubrió la cara con manos temblorosas, incapaz de mirarla.

Justine tragó saliva, consciente de que su rotundo rechazo nada tenía que ver con ella. Algo lo estaba atormentando. ¿Pero qué? Se le hacía un nudo en la garganta de verlo sufrir tanto.

Bradford se volvió entonces rápidamente, con un profundo suspiro, dándole deliberadamente la espada. Como si se avergonzara de su excitación, de su necesidad. Como si se odiara realmente a sí mismo.

Justine se retorcía nerviosa las manos, sin saber qué hacer. Pensó que quizá lo mejor sería marcharse.

—Debo irme. Pero antes de hacerlo, me... me gustaría daros las gracias.

—¿Por qué?

—Por todo —se interrumpió—. Bueno, excepto por haberme arrojado a la bañera, claro —forzó una carcajada, pero suspiró al ver que no parecía ni remotamente divertido por su pequeña broma. Deseó que se volviera para poder mirarlo a los ojos y asegurarle lo mucho que siempre había significado para ella—. Desde que os conozco, Bradford, siempre habéis sido solícito y generoso con mi padre. Incluso cuando todo Londres decidió reírse de él. Siempre habéis creído en el valor de su trabajo y lo habéis tratado con respeto. Solo por esa razón, me casaría con vos. Sin dudarlo.

Él se quedó callado durante un buen rato, hasta que por fin se volvió hacia ella.

—Si nos casamos, deseo haceros un regalo de bodas. ¿Qué es lo que queréis?

—¿Perdón?

–¿Qué es lo que queréis? –repitió, extendiendo una mano hacia ella con gesto magnánimo–. Aparte de la libertad de vuestro padre, se entiende. ¿Qué podría haceros feliz, sabiendo que estaríais atada a un hombre con medio rostro y medio corazón? ¿Deseáis joyas? ¿Ropa? Decidlo y será vuestro. Deseo sinceramente haceros feliz.

Avergonzada, Justine retrocedió. ¿Qué había querido decir con que solo tenía medio corazón?

–La felicidad no es algo que pueda comprarse fácilmente. Al contrario que la mayoría de las mujeres, nunca he sido aficionada a las baratijas. Prefiero cosas más... profundas.

Radcliff dejó caer la mano mientras la fulminaba con sus ojos negros.

–Aseguradme que no vais a pedirme alguna basura sentimental que no pueda daros. No soy de esa clase de hombres.

Sí, pensó Justine, pero ella tenía fe en que, con el tiempo, llegaría a serlo. Hasta entonces solo había una única otra cosa, aparte del cortejo, el romance y el amor, que deseaba pedirle.

–Lo único que os pido es vuestro respeto, Bradford. La clase de respeto que Londres nunca me ha dado. Ni a mis padres ni a mí. No quiero que volváis a arrojarme a la bañera, ni que me tratéis con ese irritado desdén que no merezco. Humildemente os pido que vuestro respeto no esté limitado a las apariciones públicas, sino a nuestra intimidad, y que espero incluya también el no meter en vuestra cama a más mujer que yo. En la naturaleza, la poligamia o la promiscuidad resultan perfectamente aceptables, pero yo he sido testigo directo de lo mal que puede terminar una relación cuando *cualquiera* de los cónyuges se siente amenazado.

Vio que se la quedaba mirando antes de lanzar una vibrante carcajada. Aquel hombre no tenía remedio.

–Habláis con *tanta* convicción... –seguía riendo–. Es maravilloso. Absolutamente maravilloso.

Justine supuso que eso era lo que sucedía cuando una mujer nada promiscua intentaba emparejarse con un inveterado libertino.

–Os sugiero entonces que montéis un harén en el ala este de la casa –le espetó, indignada–. Al menos así sabré dónde encontraros cuando requiera vuestra atención.

La diversión se fue borrando del rostro de Radcliff hasta que sus rasgos quedaron convertidos en una tensa, fría máscara.

–Abstenerme de relacionarme con mujeres no entrañará esfuerzo alguno por mi parte. Más me preocupa, sin embargo, la obligación que recaerá sobre vos como resultado de ello.

Justine puso los ojos en blanco.

–No os burléis de mí, Bradford. Se muy bien cuáles son esas obligaciones, y puedo aseguraros que me encuentro más que capaz, deseosa incluso, de satisfacerlas.

Radcliff bajó la barbilla, desafiándola con una dura y penetrante mirada.

–No dudo de vuestra capacidad. O de vuestra disposición. De lo que dudo, sin embargo, es de vuestra resistencia.

¿Su... resistencia? ¿Qué se suponía que quería decir eso?, se preguntó Justine.

–¿Qué estáis diciendo? ¿Acaso necesitáis ocho horas de cópula para alcanzar satisfacción?

Radcliff reprimió una exclamación mientras se pasaba las dos manos por el pelo húmedo.

—Me temo que vuestro padre os expuso demasiado crudamente sus investigaciones. No. Por el amor de Dios, yo... –dejó caer las manos. No dijo nada más.

Justine se lo quedó mirando asombrada. Vio que sacudía la cabeza, empeñado todavía en guardar silencio. Se acercó a él, extrañamente atraída. Y sinceramente preocupada.

—Yo... sí. Tenéis razón. Merecéis saberlo por adelantado –asintió, como intentando comprenderse a sí mismo. Inspiró hondo, soltó el aliento y se lo espetó por fin–: Perdonad mi lengua por atreverse a decirlo, pero estoy obsesionado con el sexo. Pienso en el sexo todo el tiempo.

Justine alzó la barbilla, sorprendida por la confesión, y se echó a reír.

—Perdonadme, Bradford, pero mi padre estaría conmigo de acuerdo en esto: ¿podéis decirme qué macho de especie alguna no lo está?

—Justine... –cerró los ojos con fuerza, como si deseara que comprendiera algo que sencillamente no podía expresar con palabras. Finalmente volvió a abrirlos y pronunció en voz baja y tranquila–: Permitidme que me explique mejor. Si cediera a cada pensamiento o impulso libidinoso que me asaltara, como solía hacer hasta que terminé con la cara cortada, con el tiempo vos solo acabaríais despreciándome. Y yo no quiero eso. Deseo sinceramente llevar una vida normal controlando nuestras interacciones físicas con la mejor voluntad.

Justine arqueó las cejas, impresionada. Parecía ciertamente sincero.

—No sé si lo habéis notado, pero no hay servidumbre femenina en esta casa –continuó Radcliff, volviendo a pasarse una mano por la cara–. Era necesario eliminar toda tentación que hubiera puesto en peligro el autocontrol que he venido ejercitando durante estos ocho últimos meses. No tendréis, por tanto, doncella personal. Ya he contratado a un excelente asistente francés para vos, entrenado en todas las cuestiones referidas a la vestimenta y al peinado de una dama. Puedo aseguraros que Henri es mucho más femenino que cualquier otra doncella que podáis tener. Mi esperanza es que, pese a ser varón, sobrepase todas vuestras expectativas.

«¡Oh, Dios mío!», exclamó Justine para sus adentros. Su doncella personal iba a ser... ¿un hombre? ¿Sería ella la única mujer de toda la casa? ¿Tan incontrolables eran los impulsos de Bradford?

Aunque anhelaba ciertamente acostarse con él, no pudo evitar preocuparse por lo que habría querido decir con aquello de la resistencia. Los requerimientos ocasionales los podía soportar. ¿Pero y si se sucedían a todas horas, y durante el resto de su vida? Tragó saliva, toda ruborizada.

–¿Pensabais revelarme todo esto?

–Sí. En nuestra noche de bodas.

–Encantador –comentó, irónica–. ¿Cómo es que no me siento nada reconfortada por vuestra confesión?

–Podéis estar segura, Justine, de que jamás he forzado a una mujer y que jamás os forzaré a vos. Vuestra sumisión sería enteramente voluntaria –se la quedó mirando fijamente–. ¿Tenéis alguna preocupación más? Porque esta sería la mejor ocasión para nombrarla.

Justine se humedeció los labios mientras se preguntaba por lo que estaba a punto de aceptar y consentir. Aunque... aquel hombre era un libertino. Y eso era lo que hacían los libertinos. Obsesionarse con la cópula y las mujeres. Todo Londres sabía eso. Y nadie, ni siquiera la gente más mojigata, parecía preocuparse demasiado por ello, más allá de su aspecto moral.

—Supongo que me quedaría más tranquila si supiera que no vais a requerir mi cuerpo a todas horas durante el resto de mi vida. O a involucrar a otras mujeres.

—Es tanto un deber como un honor para mí aliviar esas preocupaciones —alzó la mano derecha mientras se llevaba la izquierda al corazón—. Juro solemnemente que no requeriré vuestro cuerpo a todas horas, ni involucraré a otras mujeres —dejó caer las manos—. Ya está. No tenéis motivo alguno para preocuparos.

Justine no pudo evitar quedarse mirándolo fijamente.

—¿Os encontráis gracioso?

—¿Parezco divertido? Estoy hablando perfectamente en serio. Y ahora, os aconsejo que os vayáis a casa.

Sin dedicarle otra mirada, se acercó a la campanilla que colgaba de un cordón y tiró con fuerza repetidas veces.

—Si todo sale bien con el asunto de la liberación de vuestro padre, como confío en que ocurra, volveremos a vernos la semana que viene en la iglesia, a la hora señalada. Mandaré lavar y planchar vuestra ropa mojada y os la devolveré antes de entonces. Jefferson os prestará esos dos mantos y se encargará de acompañaros hasta casa —asintió secamente con la cabeza, se dirigió a la habitación contigua y cerró la puerta a su espalda, dejándola allí sola para que esperara a Jefferson.

Parpadeó asombrada. Si no se hubiera enamorado tan desesperadamente de Bradford... Si realmente había un Dios en el cielo, rezó para que cumpliera todas las promesas que le había hecho esa noche.

Escándalo 4

Una dama debería abstenerse siempre de hablar de temas vulgares. No porque sea algo zafio, que lo es, sino porque una vez que se permite una vulgaridad, se permiten todas.

Cómo evitar un escándalo
Anónimo

Seis días después, por la tarde, cuando solamente faltaban doce horas para la boda, que había sido fijada tras la sorprendentemente rápida liberación de su padre de Marshalsea, la madre de Justine paseaba nerviosa por la sala.

La joven encontraba bastante irritante que su propia madre, que habitualmente era muy tranquila y reposada de naturaleza, estuviera tan inquieta. Las trenzas de color castaño salpicado de gris de lady Marwood temblaban en lo alto de su cabeza a cada paso frenético que daba, con un revuelo de sus faldas floreadas con cada brusco giro. Durante todo el tiempo sostenía delante de sí con ambas manos el libro de etiqueta de Justine, el titulado *Cómo evitar un escándalo*, como si le estuviera rezando. Que era probablemente lo que estaba haciendo.

—Madre —Justine palmeó el otro lado de la cama en la que estaba tumbada—. Siéntate. No hay necesidad de que estés más nerviosa que la corderita que está a punto de ser sacrificada.

Lady Marwood se detuvo bruscamente y señaló el libro.

—No estoy nerviosa. Y tú no eres ninguna corderita. Solo estaba pensando en cómo debía conducir esta singular conversación —bajando la mano con el libro en un majestuoso gesto, lady Marwood clavó en su hija sus ojos castaños—. Acostarse con un hombre no es más complicado que aquellas uniones de las que has sido testigo en la naturaleza salvaje.

Justine no pudo evitar soltar un resoplido mientras, envuelta en la bata, se abrazaba las rodillas.

—Eso no suena muy prometedor, madre. Hay animales que se hieren durante la cópula.

Lady Marwood sacudió la cabeza.

—Bendita seas, hija mía, que siempre tienes que salir con alguna ocurrencia que solo a ti se te ocurre —suspiró—. ¿Tienes alguna pregunta concreta que quieras hacerme?

—Solo una: ¿deberé esperar requerimientos diarios de mi marido?

—Los hombres son criaturas muy libidinosas. Sobre todo al comienzo del matrimonio.

Justine se alegró de oírlo. Porque Bradford lo había presentado como algo tan anormal...

—¿Será placentero? ¿Del todo? Por favor, dime cómo será, madre. No logro imaginarme...

—No lo será las primeras veces, querida. Al fin y al cabo, tu cuerpo necesitará tiempo para adaptarse. Una vez que se haya acostumbrado, entonces sí, será placentero —su madre se interrumpió—. Si él se conduce apropiadamente, claro está.

Justine se removió incómoda en la cama y se cubrió los pies descalzos con las faldas del camisón y de la bata.

—O sea, que me dolerá.

Lady Marwood suspiró.

—Dependiendo del tamaño de su miembro, sí. Te dolerá.

Justine arrugó la nariz, recordando demasiado bien lo que había visto de Bradford en estado de erección. Solo esperaba que su cuerpo se adaptara rápidamente, porque prefería pasar cuanto antes a la parte placentera.

—Hablando de tamaño —continuó lady Marwood—, debo señalarte que el miembro crece el doble durante cada encuentro.

—Sí, ya lo sé. Lo he visto en la naturaleza salvaje —«y en Bradford», añadió para sus adentros. Pero eso no iba a decírselo a su madre.

—Tu abuela, que descanse en paz, me regaló este útil consejo en vísperas de mi boda, que ahora voy a regalarte a ti: no permitas más de dos encuentros por semana. Finge jaquecas, si es necesario. Eso siempre funciona. Porque aunque un marido intentará convencer a su esposa de lo contrario, dos veces por semana es más que suficiente para engendrar hijos y además producir placer.

Justine enarcó las cejas.

—¿Es una sugerencia o una regla?

—Una sugerencia, querida. Limitar el contacto es sencillamente mejor para tu salud. No querrás terminar con quince hijos.

Justine se sorprendió, y una genuina sonrisa asomó a

sus labios cuando se imaginó la casa entera rebosante de alegres y felices niños y niñas. Se encogió de hombros.

–La cantidad de niños no me preocupa. Al menos voy a casarme con un hombre que puede permitírselos. Al contrario que padre, que apenas pudo permitirse tenerme a mí.

Lady Marwood la fulminó con la mirada, las manos en las caderas:

–¡Justine!

–Lo he dicho con cariño.

Lady Marwood puso los ojos en blanco.

–Mi consejo es que te muerdas la lengua todo lo posible durante el primer año de matrimonio. Al menos hasta que se encariñe contigo y no sienta la necesidad de matarte.

–Sí, madre –sonrió Justine.

Lady Marwood suspiró y, acercándose a ella, blandió de nuevo el libro de etiqueta.

–Sé que has leído esto muchas veces. Pero te sugiero que lo releas y dejes que estas palabras gobiernen tu nueva vida. Nuestra familia no siempre se ha atenido a las convenciones sociales. Pero tú serás duquesa, y la sociedad de Londres no le guarda respeto a nadie. El respeto hay que ganárselo.

Justine bajó los pies al suelo y se estiró para recoger el libro forrado en cuero rojo de manos de su madre. Después de palmearlo con entusiasmo, lo dejó sobre la cama, a su lado.

–Te prometo que ganaré pleno respeto no solo para mí misma y para mi marido, sino también para ti y para padre.

–No tengo ninguna duda de que lo harás –lady Marwood se inclinó hacia ella, en medio de una nube de perfume a lilas, y la besó cariñosa en una mejilla–. Duerme. Tienes un largo día por delante –tomándole la mano, sonrió. Las arrugas de alrededor de sus ojos y de su boca se profundizaron–. Para mañana te habrás convertido en duquesa. Y te lo mereces.

Le soltó la mano sin dejar de sonreír y se volvió para abandonar la habitación, aparentemente complacida con el pensamiento.

Alisando distraída la colcha de la cama, Justine murmuró:

–Pues Dios guarde al Rey y a todos sus súbditos, porque estoy a punto de someterme a un ignorado tormento en nombre precisamente del respeto.

Se oyeron unos rápidos golpes en la puerta. Lo primero que pensó Justine fue que su madre se había olvidado de decirle algo importante.

–¿Sí?

La puerta se abrió y entró su padre, lord Marwood, con su larguirucha figura todavía embutida en su traje de tarde. Las profundas arrugas que rodeaban sus ojos azules se fruncieron aún más mientras sonreía, con un grueso libro encuadernado en cuero en la mano.

–Me he pasado la mitad de la noche intentando encontrar esto en las cajas, pero aquí está.

Justine se levantó, sorprendida de que su padre no se hubiera retirado aún. Era muy pasada su habitual hora de acostarse y todavía no se había recuperado de su largo encierro en Marshalsea. El breve paseo que por la mañana habían dado en Hyde Park lo había dejado completamente exhausto. Pero al menos había vuelto a comer.

Le sonrió, especialmente contenta de verlo.

–¿Estás inquieto?

—Sí —asintió, moviendo su cabeza canosa—. Aunque en el buen sentido. No ocurre todos los días que una hija mía se convierta en duquesa.

Justine enarcó una ceja mientras miraba el grueso libro que aún sostenía en las manos.

—¿Y eso que es? ¿Un cuento para que me duerma?

—No, no —se echó a reír. Atravesando la habitación, dejó el libro sobre la cama junto a ella, y lo acarició con gesto entusiasmado—. Es una de mis primeras compilaciones de estudios. Anterior a mi viaje a Sudáfrica. Aquí está lo que en primera instancia convenció al duque de que se convirtiera en mi mecenas. El duque solo contaba veintiún años por aquel entonces, pero se ve que ya tenía ojo para las cosas buenas —se pasó una mano por su espeso cabello plateado—. Deberías leerlo antes de dormirte. Te ayudará en todo lo referido a los asuntos de alcoba.

Justine reprimió una carcajada. Resultaba obvio que su madre y su padre tenían opiniones enteramente distintas sobre cómo debería conducirse como duquesa. Aunque sabía que el consejo de su madre estaba más de acuerdo con lo que esperaría la buena sociedad, sentía sin embargo una gran curiosidad por el libro que había convencido a Bradford de que apoyara a su padre durante todos esos años.

Sonriendo, bajó la mirada al volumen que su padre había dejado sobre la cama, a su lado. Leyó las grandes letras doradas de la cubierta y parpadeó asombrada.

—¿*Principios de la coyunda animal*? —«¡Dios Todopoderoso!», exclamó para sus adentros—. Qué... encantador. Gracias.

Pensó que «humillante» habría sido una palabra más adecuada. Oficialmente había sido clasificada por su propio padre en la misma categoría que las ovejas, las vacas y los caballos. Su padre se aclaró la garganta.

–Las ilustraciones son muy buenas. Y detalladas. Dada la reputación del duque, estoy convencido de que te resultará útil. El problema es que no puedo regalártelo, ya que es el único ejemplar que conservo. Asegúrate de leerlo esta noche para que puedas devolvérmelo por la mañana.

Cualquier información sobre Bradford y sus gustos sería ciertamente apreciada, dado que no tenía intención de decepcionarlo, ni a él ni a sí misma, en su noche de bodas. Se mordió el labio y alzó la mirada.

–Er... ¿padre? ¿Puedo hacerte una pregunta más... comprometida? ¿Acerca de... la cópula entre personas?

Lord Marwood se tiró sonriente de las solapas de su chaqueta, todo orgulloso de poder servirle de ayuda.

–Vaya, esto sí que es inesperado. No has vuelto a hacerme una pregunta comprometida desde que tenías doce años.

Justine soltó una carcajada.

–Eso es porque eres famoso por responder preguntas antes de que lleguen a formulártelas.

–Cierto –reconoció–. ¿Cuál es tu pregunta?

Desaparecida su sonrisa, se aclaró la garganta.

–¿Es verdad que, er... ciertos hombres tienen... buenos, er... hábitos de cópula que podrían calificarse de... *anormales*? ¿A manera de hábitos obsesivos que podrían constituir motivo de preocupación para una mujer?

Alzando sus pobladas cejas grises, lord Marwood se tiró con tanta fuerza de las solapas de la chaqueta que los nudillos se le pusieron blancos.

–¿Por qué lo preguntas?

Justine se encogió de hombros, nada deseosa de revelar lo que le había confiado Bradford. Sospechaba que era algo que no querría que nadie, y menos aún su padre, supiera.

–Simple curiosidad.

Lord Marwood soltó por fin sus solapas y se rascó la lampiña barbilla por un momento.

–En mi opinión, un hombre en posesión de algún tipo de hábito de ayuntamiento anormal probablemente no discutirá de ello con nadie, si no es a la fuerza. Lo cual dificulta el análisis de la cuestión, claro. Pero, en la propia naturaleza, siempre es posible encontrar alguna forma de anormalidad en cada especie. Por ejemplo –la apuntó con el dedo–, ¿recuerdas a aquel curioso animal, la cebra de Burchell, cuya hembra murió de manera inesperada? ¿Recuerdas cómo seguía volviendo a su cuerpo para montarlo, pese a que era muy poco lo que quedaba por montar?

Justine arrugó la nariz. Demasiado bien lo recordaba. Rezó para que ese no fuera el tipo de anormalidad al que se había referido Bradford... Eso daría ciertamente un nuevo significado a la expresión «hasta que la muerte os separe»...

–No me refería a esa clase de anormalidad. Me refería a la urgencia del hombre por alcanzar placer más allá de lo que podría considerarse saludable.

–Oh, entiendo –suspirando, se encogió de hombros–. Al contrario que los animales, los humanos poseen una irritante tendencia a censurar sus propios comportamientos, impidiendo que nadie llegue a conclusión alguna sobre ellos. Reconozco, con tristeza, mi más completa ignorancia sobre ese tema en particular –suspiró de nuevo y la acercó hacia sí. Inclinándose hacia ella, entrelazó torpemente sus largos dedos con los suyos mientras sus cansados ojos azules buscaron su rostro–. Percibo que estás preocupada por tus obligaciones hacia Bradford. No necesitas estarlo. Ese hombre siempre ha estado locamente enamorado de ti. Siempre.

–¿De veras?

–Sí. Antes de meterse en ese estúpido embrollo en el que se metió, intentó de hecho visitarte varias veces aquí, en esta casa. Yo lo rechacé repetidamente, sabiendo que sus intenciones no eran en absoluto corteses.

–¿Él... vino aquí? –preguntó en voz baja–. ¿Por qué no me dijiste nada?

–¿Encaprichada como estabas tú de él? No me pareció adecuado. En aquel entonces no estaba dispuesto a pedirte en matrimonio, pero ahora me complace saber que todo ha cambiado y estamos donde estamos, con lo que mi preocupación ha desaparecido. Conozco a ese hombre lo suficiente como para poder asegurarte que te tratará muy bien. Puede que se haya descarriado a veces, pero su corazón es sincero. Sé paciente con él y te prometo que todo irá perfectamente.

Justine sonrió mientras apretaba su cálida mano.

–Tienes razón. Supongo que estoy un poquito nerviosa, eso es todo. Siempre he sido una especie de paria en Londres, y ahora que estoy a punto de convertirme en duquesa, y a estar en la mira de todo el mundo, me preocupa que acabe decepcionándote a ti y a todos los demás.

–Tú nunca podrías decepcionarme, Justine. Soy yo quien te ha decepcionado –retiró la mano y desvió la vista, frunciendo el ceño–. Son tantas las cosas que no puedo cambiar... Aparte del desastre que he creado creyendo estúpidamente que vivía en una sociedad libre, deberías haber disfrutado de una educación adecuada aquí, en Londres, con las demás niñas. Te fallé en ese aspecto, y solo puedo pedirte perdón por ello.

Justine sintió que se le cerraba la garganta de emoción.

–No consentiré que te arrepientas de la increíble y maravillosa vida que me has regalado. África siempre será mi hogar. Siempre. Un lugar glorioso, de infinita belleza, con el que Londres jamás podrá rivalizar. Sé, sin el menor asomo de duda, que me llevaré a Bradford y a mis retoños allí de cuando en cuando, para escapar de las nieblas y los humos de Londres –asintió con la cabeza mientras lo pensaba, para después subrayar su aserto con una sonrisa–. De hecho, no tendré otra elección que llevarme a mis hijos a África. Porque para entonces sus abuelos estarán residiendo de manera permanente en Ciudad del Cabo.

Lord Marwood volvió a desviar la vista.

–Mis días en África han terminado.

–¿Por qué dices eso? –se le cerró el estómago solo de pensarlo–. Tú y yo sabemos que ese es tu lugar. Y no aquí, entre todos estos estirados incapaces de apreciar los incontables años de trabajo que has dedicado a tus investigaciones.

–Aunque tuviera los medios para volver –suspiró–, ya no sería lo mismo sin ti. Tú, niña mía, has transcrito algunos de mis mejores trabajos y me has hecho compañía cuando tu madre sufría de dolores de cabeza... Algo que ocurría con harta frecuencia.

Justine reprimió una sonrisa, sabiendo como sabía que su madre siempre había simulado jaquecas cuando había querido evitar una cosa muy concreta. Estiró una mano para acariciarle tiernamente el brazo.

–Quizá pueda convencer a Bradford de que nos lleve

a todos a pasar las vacaciones a Ciudad del Cabo... ¿No sería eso estupendo?

–No, no. No debemos abrumar al duque con más cargas económicas de las que ya tiene. Incluso el más hondo de los pozos termina secándose.

Justine se puso a juguetear con los dos libros que tenía al lado.

–Me parece a mí que tendré que estudiar bastante antes de irme a la cama.

Lord Marwood sonrió.

–Buenas noches –palmeó su libro, y luego se inclinó rápidamente para plantarle un beso en la mejilla–. Siempre has llevado mi apellido con orgullo y, como duquesa, sé que seguirás haciéndolo –se irguió, asintiendo, y abandonó la habitación. Cerró sigilosamente la puerta a su espalda.

Justine suspiró, rezando para que su padre tuviera razón. Porque el apellido Marwood ya había soportado suficientes escándalos.

Doce horas después

Una leve fragancia a flores frescas se confundía con el denso aroma de la cera derretida. La mezcla impregnaba el sofocante ambiente de la silenciosa iglesia mientras Justine avanzaba a lo largo de la nave hacia el altar, donde la esperaba Bradford.

Cada banco de madera y columna de piedra había sido meticulosamente decorado con ramos de flores blancas, rosas y nomeolvides. El radiante sol de la mañana se filtraba a través de las vidrieras emplomadas, bañando el altar de mármol de irisados reflejos. Y allí, al fondo de la bancada vacía, al pie mismo del altar, la esperaba Bradford.

Su Bradford. Un hombre, pese a su cicatriz, espléndido. El hombre que había salvado noblemente a su padre y que en aquel momento estaba a punto de convertirse en su esposo.

El corazón le aleteó en el pecho cuando se detuvo a su lado y miró al obispo, en presencia de los únicos testigos de la ceremonia, vestidos con sus mejores galas: su madre y su padre. Les sonrió.

Sus envejecidos rostros resplandecían de orgullo y alegría sinceros. No cabía mayor gozo que contemplar la felicidad en las caras de aquellos a los que más amaba, sabiendo que iba a casarse con un hombre al que ya adoraba. Y al que esperaba llegar rápidamente a amar.

Justine se volvió de pronto hacia Bradford, chocando contra él en su torpe apresuramiento. Sus grandes manos la sostuvieron mientras su pecho embutido en el chaleco gris satinado, con su fila de botones de diamante engastados en plata, llenaba su campo de visión. Retrocedió un paso, con una risa nerviosa brotando de sus labios, y lo miró tímidamente.

Bradford se había peinado el negro cabello hacia atrás, dejando despejada la frente, sin esconder la tosca cicatriz que dominaba todo un lado de su cara.

Justine sintió una punzada de orgullo. Porque, a pesar de aquella cicatriz, seguía siendo un hombre increíblemente atractivo. Parecía un consumado pirata que hubiera decidido convertirse en aristócrata por un día. El pensamiento hizo aflorar una sonrisa a sus labios. Se encontró con su mirada.

Los oscuros ojos de Bradford la observaban, y su expresión sugería que parecía demasiado preocupado para sonreír. Vio que desviaba la mirada para clavarla en el obispo.

La sonrisa de Justine desapareció de golpe, apretado el pecho de dolor. ¿Y si nunca había deseado sinceramente casarse con ella? Hasta ese momento no se le había ocurrido pensar en ello. Había estado tan concentrada en conseguir la libertad de su padre, que no se había detenido a pensar en lo que podía pensar realmente Bradford acerca de su boda.

Tragó saliva mientras la tranquila voz del obispo parecía envolverla. Se veía avasallada por una inesperada sensación de terror. El peso de su vestido lila, todo de perlas engastadas, amenazaba con vencerla. Casi deseaba ceder bajo su peso y derrumbarse en el suelo, pero de alguna manera se las arregló para permanecer en pie.

El obispo miró a uno y a otra, arqueando sus grises cejas bajo su tiara de oro hilado.

—Requiero de ambos y os ordeno, si no queréis responder de ello el Día del Juicio, cuando los secretos de cada corazón sean revelados, que si alguno de vosotros sabe de algún impedimento por el que no debáis uniros en matrimonio, así lo confiese. Podéis quedar bien seguros que todos aquellos que se unen bajo otra palabra que la de Dios no están unidos ante Dios, ni su matrimonio es reconocido por la ley. Si alguno de los aquí presentes alega y declara algún impedimento por el cual esta pareja no debiera unirse en matrimonio, por la ley divina o por las leyes de este reino, que lo diga y demuestre ahora.

Justine miró a Bradford, medio esperando que dijera algo. Pero ninguna objeción brotó de sus labios, sino que se limitó a apretar la mandíbula.

El obispo continuó, recitando más palabras con tono monocorde. Palabras que ella no pudo ya entender. Sus pensamientos estaban nublados por el pánico. Después de todo, se suponía que aquel debería ser el día más feliz de su vida. ¿Por qué entonces no lo sentía como tal?

De repente Bradford se inclinó hacia ella. Sus cálidos dedos rodearon tiernamente su muñeca. Justine se tensó, consciente de que le temblaba la mano cuando le alzó la suya. ¿Sería posible que estuviera tan nervioso como ella?

Vio que retiraba el solitario anillo de la Biblia forrada en cuero que sostenía el obispo, y por un instante se encontraron sus miradas. El corazón se le aceleró y le ardieron las mejillas mientras lo veía tomar con dos dedos el elegante anillo de rubí y acercárselo al dedo anular.

Bajando la vista, Radcliff recitó la frase:

—Con este anillo yo te desposo, con mi cuerpo te venero, y te doto con todos mis bienes terrenales. En el nombre del Padre, del Hijo y del Espíritu Santo. Amén.

Deslizó luego el reluciente anillo en su dedo. El frío metal rozó su húmeda piel mientras se lo colocaba.

Ni una sola vez la miró, ni expresó su rostro sentimiento alguno. Justine tragó saliva, reseca la garganta. No pudo evitar preguntarse por lo que estaría pensando o sintiendo. Solo esperaba que no fuera arrepentimiento.

Juntos se arrodillaron ante el obispo, con la ancha mano de Bradford todavía sosteniendo la suya. Más palabras resonaron a su alrededor, pero en lo único que pudo pensar Justine fue en aquella mano, y en la manera en que había tomado la suya. Para siempre.

Por fin se soltaron. Se levantaron y la ceremonia terminó, con el anuncio formal de que debían firmar en el registro parroquial, en una cámara contigua a la sacristía. Justine ni siquiera pudo recordar el momento que entraron allí mientras veía a Bradford estampar su firma con trazos enérgicos.

Luego se volvió y le tendió la pluma de ganso.

Justine la tomó y se inclinó sobre la pequeña mesa de roble. Después de hundir la punta en el tintero, escribió con letra clara y limpia su nombre completo al lado del de Bradford, dominando el temblor de su mano.

Una vez devuelta la pluma a su lugar, soltó un trémulo suspiro cuando el anciano obispo cerró el enorme libro y les otorgó su bendición. Todo había acabado. Fueran cuales fueran las verdaderas intenciones que había tenido Bradford al casarse con ella, ya estaba hecho.

Una firme mano enguantada le tocó el brazo. Dio un respingo y se volvió hacia Bradford, que permanecía a su lado.

—Estás preciosa —le dijo mientras se inclinaba hacia ella, barriendo su boca con la mirada antes de clavarla de nuevo en sus ojos—. Dame tus labios.

Se quedó sin aliento. ¿Quería besarla? ¿Ahora? ¿Delante del obispo? Eso simplemente no se podía hacer. Hasta ella lo sabía.

—Prefiero que me deshonres después —se interrumpió, encogiéndose por dentro. Porque en absoluto había querido pronunciar esa palabra en una iglesia, y menos aún delante de un obispo.

Bradford se irguió mientras se la quedaba mirando con sus penetrantes ojos oscuros, aparentemente nada complacido por su rechazo.

Justine sintió que se le aceleraba el corazón, consciente de que no solo había desafiado a su propio marido, sino que lo había hecho delante de la autoridad eclesiástica que continuaba en la habitación, escuchando.

Bradford retrocedió un paso y se ajustó las mangas de la chaqueta.

–Como quieras –replicó, tenso–. Probablemente debería informarte de que no he hecho preparativo alguno de almuerzo nupcial. Simplemente no deseaba entretenerme, con la intención de pasar el mayor tiempo posible contigo. Estaré esperando afuera, al pie del carruaje, para llevarte a casa –se despidió del obispo con una seca inclinación de cabeza, dio media vuelta y abandonó la pequeña cámara.

El obispo rodeó la mesa y la miró con su redonda cara toda acalorada. Alzando su fláccida barbilla, salió en silencio de la habitación, con un rumor de casullas y el libro parroquial bajo el brazo.

Justine soltó el aliento que había estado conteniendo y tuvo que sujetarse en la mesa de roble. Bradford iba a llevarla a su casa. Incluso en la Casa de Dios, parecía que lo único en lo que podía pensar su marido era el sexo, tal y como él mismo se lo había crudamente confesado.

Que el Todopoderoso se apiadara de su alma, porque albergaba la extraña sospecha de que casarse con él iba a ser como tomar a un rinoceronte como mascota. Un rinoceronte en celo, además.

Escándalo 5

Conteneos de preguntar a un hombre por sus intenciones hacia vos o hacia otra dama, porque, la mayoría de las veces, el pobre ni siquiera será consciente de cuáles son.

Cómo evitar un escándalo
Anónimo

La Casa Bradford.
Aquella misma tarde

Justine permanecía de pie, tensa, al pie de la bañera de la que acababa de salir, mientras su *doncella*, Henri, secaba sus miembros desnudos con suaves toallas. Fruncidos los labios, el hombre se volvió para sacar una camisola color marfil, que diligentemente le metió por la cabeza y dejó caer todo a lo largo de su cuerpo.

Aunque Henri era joven, muy agradable y se movía y hablaba como una refinada dama solo que vestida de varón, Justine no dejaba de sentirse incómoda por tenerlo como doncella. Su madre, para no hablar de toda Inglaterra, se habría quedado de piedra si llegaba a enterarse de que un hombre que no era su marido se ocupaba del aseo de su cuerpo.

Henri se apartó los rizos rubios que le caían sobre los grandes ojos azules y se retiró, mirándola de arriba abajo.

–Os sugiero no os escandalicéis, Excelencia. Una camisola es elegante, y como ropa supondrá una barrera mínima entre Su Excelencia y vos, ¿*oui*?

–Er... *Oui*.

–*Bien* –Henry se dirigió rápidamente a la mesa de tocador de la esquina más alejada de su nueva alcoba y palmeó entusiasta el verde taburete acolchado que tenía delante–. Venid. Su Excelencia me ordenó que os alistara en una hora.

Justine soltó un suspiro tembloroso y se acercó al taburete. Se sentó, y en seguida desorbitó los ojos al contemplar su propia imagen. Su cabello castaño estaba recogido en lo alto de la cabeza. Sus redondos senos con sus oscuros pezones, al igual que el resto de su cuerpo, resultaban perfectamente visibles a través de la camisola de muselina que Henri había elegido. Con alguna curiosidad, se dio cuenta de que apenas había experimentado el impulso de cubrirse los senos con ambas manos delante de Henri. El joven proyectaba un aire amable a la vez que profesional, como si estuviera desempeñando un importante deber para la humanidad.

Así que Justine optó por morderse el labio y alzar la mirada al techo mientras Henri le iba retirando los alfileres del pelo, hasta que cayó la melena derramándose sobre sus hombros. Henri se colocó entonces detrás y recogió el cepillo de plata del tocador. Le dividió el cabello por secciones, que fue cepillando una a una.

–¿Me permitiríais un pequeño atrevimiento, Su Excelencia? –le preguntó mientras trabajaba–. Espero sinceramente no ofenderos.

Justine continuó con la mirada fija en el techo, esperando que no fuera a señalarle lo muy pequeños que eran sus senos.

–No me ofendo con facilidad, Henri. Siéntete libre para comentarme o preguntarme lo que quieras.

Henry dejó de cepillarla y se inclinó sobre ella, a su espalda.

–Decidle a lord Marwood que Henri escupe sobre aquellos que no valoran su genio.

Justine bajó la mirada al espejo del tocador para clavarla en el esbelto joven.

–¿Perdón?

Los vivaces ojos de Henri se encontraron con los suyos en el espejo. Como si alguien pudiera estar escuchando, se inclinó aún más para susurrarle:

–Sus estudios me hacen concebir esperanzas. Quizá algún glorioso día, los hombres no serán injustamente colgados por culpa de los deseos con que nacieron. Al fin y al cabo, si un chimpancé hembra, creado por Dios y ajeno a los pecados de los hombres, no siente vergüenza cuando complace a otro chimpancé del mismo sexo, ¿qué vergüenza debería existir entre dos hombres o dos mujeres que escogen darse placer mutuamente y de manera consentida? *¿Oui?*

Justine se quedó sin aliento mientras se volvía hacia Henri. Nadie le había confesado nunca que había leído las investigaciones de su padre, y mucho menos que había encontrado algún valor en su trabajo. Tomando la grande pero fina mano de Henri, se la apretó cariñosamente.

—¿De modo que has leído sus estudios?

Henri soltó una carcajada mientras se inclinaba un poco más, con su rostro juvenil y perfectamente lampiño muy cerca del suyo.

—*Mais, oui*. Mereció la pena hasta el último chelín de los diez que me costó. Mi admiración por vuestro padre no conoce límites.

Con un nudo de emoción en el pecho, se llevó la mano de Henri a los labios y se la besó.

—Gracias por tus amables palabras. Y gracias también de parte de mi padre, que fue quien dedicó once años de su vida a esas investigaciones. Significan muchísimo para él. Para nosotros.

Henri retiró rápidamente la mano y chasqueó los labios.

—¡Tsk, tsk! Soy yo quien debería besaros la mano —trazó un círculo en torno a su cabeza con un dedo—. Volveos. Debemos terminar ya, o Su Excelencia me echará de esta casa para mandarme de vuelta a Francia.

Justine sonrió mientras se volvía de nuevo para quedar frente al espejo.

—Su Excelencia nunca se atrevería a hacer una cosa así.

Limpia y acicalada, y más que dispuesta a recibir a su marido, Justine se recostó en las almohadas de brocado verde de la gran cama de caoba. Aunque todo en el hogar de Bradford era innecesariamente grande, caro e imponente, se sentía agradecida hacia todos los sirvientes que le habían hecho sentirse maravillosamente cómoda, como si estuviera en su propia casa.

Consciente de que no le quedaba mucho tiempo hasta que apareciera Bradford, Justine sacó su libro, *Cómo evitar un escándalo,* de debajo de la almohada, y buscó apresuradamente el pasaje que recordaba haber leído sobre los asuntos de alcoba.

Se detuvo entre asombrada y decepcionada al llegar a la única página que hacía referencia al tema. Sin ilustración alguna que apoyara el texto, rezó para que la autora mencionara algo sobre la posición que la esposa debería adoptar. Porque no tenía deseo alguno de hacerlo agachada y con el trasero en pompa, como en aquellas ilustraciones de ovejas, cabras y yeguas que aparecían una y otra vez en el volumen de su padre. Sabía lo que se decía allí, y que todo ello redundaba en placer tanto para el macho como para la hembra, pero tenía que haber alguna posición mejor.

Justine se acomodó bajo la manta y entrecerró los ojos para poder leer las letras, decidida a memorizar la mayor cantidad posible de información:

Como recién casada, variadas obligaciones os esperan. De manera especial, las obligaciones referidas a la progenie. Careciendo de expectativas como carece, la autora de este libro puede aseguraros que dichas obligaciones terminarán decepcionándoos. Aunque es verdad que algunos hombres entienden las necesidades de una mujer, la mayoría no. Lo más probable es que vuestro marido tenga la sensibilidad de un ladrillo. Lo único que puedo hacer es animaros a ser tierna. También os recomiendo que solo le permitáis que os desnude lo mínimo posible. La desnudez, después de todo, solo provocará más agresividad, lo cual puede llegar a resultar tedioso en función de su resistencia y nivel de experiencia. Sabréis que él ha terminado cuando no demuestre mayor interés. Aplicarse un paño fresco y humedecido en la zona afectada servirá para aliviar la irritación y el dolor, así como para prepararos para el siguiente encuentro. Cada encuentro deberá ser menos tedioso, aunque eso es algo que esta autora es incapaz de asegurar.

Justine pensó que era una suerte que los animales no supieran leer, ya que en ese caso el peligro de extinción habría sido inminente. Sacudió la cabeza de lado a lado. Aquel libro resultaba inútil. Inútil del todo. Debería haber preguntado a su padre por posiciones más creativas, suponiendo que hubiera tenido la posibilidad.

Exasperada, cerró de golpe el libro y volvió a esconderlo bajo la almohada. Tiró de la manta hacia arriba para cubrirse mejor la camisola y se estremeció. Todavía tenía la piel húmeda por el baño de agua de rosas que Henri le había preparado antes.

Se oyeron unos pasos al otro lado de la puerta. Se quedó helada, sabiendo como sabía eran de Bradford.

El corazón se le disparó mientras miraba la cerrada puerta de roble. Ya estaba. Finalmente iba a reunirse con el resto del reino animal. Llamaron brevemente.

—¿Puedo entrar? —inquirió él con tono tranquilo y educado.

Justine pensó que al menos no había llamado como un chacal hambriento. Aunque quizá eso habría sido más excitante...

—Adelante.

Se abrió la puerta y tembló la llama de las velas de la alcoba, alterando las luces y las sombras que proyectaban sobre las paredes color crema. La gran silueta de Bradford se recortó en el umbral.

Justine se humedeció los labios cuando descubrió que llevaba únicamente una larga bata de brocado verde, y que ni siquiera se había molestado en calzarse unas zapatillas. Un vello oscuro y rizado salpicaba su pecho, al descubierto por la ancha abertura de la bata.

La miraba con una cruda intensidad que hizo que se le encogiera el estómago de expectación. Sus ojos oscuros no abandonaron en ningún momento los suyos mientras entraba en la alcoba y cerraba de un fuerte portazo.

Justine dio un respingo y reprimió una risita nerviosa. Era como si Bradford quisiera anunciar a todos los criados de la casa que se hallaban a punto de consumar su matrimonio. Se hundió aún más en la cama, jugueteando inquieta con el satén de las sábanas. Estaban a punto de acabarse los sueños, las dudas.

Se imponía la práctica.

Vio que se acercaba lentamente, con las tablas del suelo protestando bajo su peso a cada paso. Su continuado silencio, a la luz de lo que se hallaba a punto de hacer, no pudo menos que enervarla dado que no tenía la menor idea de lo que pudiera estar sintiendo. O pensando. Lo único que sabía era que él quería hacer aquello. Al igual que ella.

Se detuvo al pie de la cama.

—No tenemos por qué hacerlo esta noche.

Justine se sentó en la cama, parpadeando asombrada. ¿Acaso se había vuelto loco?

—He esperado dos años enteros a que me desposaras, y no pienso esperar otra noche para recoger lo que por derecho me pertenece.

Consciente de que carecía de sentido cederle la iniciativa, claramente reacio como parecía a aceptarla, decidió adoptar la única postura que sabía podría complacerlo. Porque si había un hombre lo más similar posible a un animal salvaje, ese era Bradford.

Se bajó la manta hasta el regazo, dolorosamente consciente de que sus senos resultaban visibles bajo la fina camisola. Intentó ignorar su ardiente mirada mientras se acercaba al borde de la cama, hacia donde él se encontraba.

Una vez allí, a cuatro patas como estaba, se volvió para presentarle el trasero en pompa. Soltó un tembloroso suspiro con una mezcla de nervios y excitación.

–Poséeme.

Se hizo un completo silencio.

Justine miró por encima de su hombro. Bradford permanecía en silencio, los puños cerrados a los costados, la mirada fija en su trasero.

–Er... –esbozó una mueca, aclarándose la garganta–. Preferiría no hacerlo así.

Avergonzada, se volvió para sentarse.

–No sabía que mi trasero fuera tan poco atractivo –rezongó.

Bradford soltó una nerviosa carcajada, ruborizado.

–Todo lo contrario. Soy el granuja más afortunado del mundo.

Justine sintió que le ardían insoportablemente las mejillas.

–Bueno, ¿entonces qué pasa?

–Dado que este es tu primer encuentro, y el mío en ocho meses, te recomiendo una postura... diferente. Quiero que esta sea una experiencia tan memorable como placentera para ambos –sus ojos viajaron por sus senos con abierta admiración mientras señalaba el borde del colchón, indicándole que se acercara–. No tienes por qué ponerte nerviosa. Puedo asegurarte que, ahora mismo, yo lo estoy mucho más que tú. Porque esta noche determinará lo que los dos podremos esperar de ahora en adelante.

Justine tragó saliva, rezando para no decepcionarlo. Cubriéndose los senos, se deslizó hacia él, con la larga camisola enredándose entre sus piernas desnudas.

Una vez sentada en el borde, se apresuró a cubrírselas cuando quedaron colgando de la cama.

Con exquisita ternura, como si estuviera hecha de pétalos de rosa, Bradford apoyó ambas manos a cada lado de sus muslos y se inclinó hacia ella, envolviéndola en un fresco aroma a jabón y a tónico de menta para el cabello. Aquellas manos grandes y fuertes le quemaban casi la piel a través de la fina tela de la camisola.

El corazón le latía a toda velocidad en una mezcla de ansiedad y excitación. Y con tanta fuerza que estaba completamente segura de que no ya Bradford, sino todo Londres podía escucharlo.

–¿Puedo alzarte la camisola?

Justine sonrió tímida y asintió levemente con la cabeza.

Bajando la mirada, Bradford alzó delicadamente los faldones de la prenda hasta que la mitad inferior de su cuerpo quedó al descubierto. El aire fresco acarició sus acalorados muslos.

Bradford se humedeció los labios mientras contemplaba todo lo que acababa de descubrir.

–Abre ahora esas preciosas piernas y, sobre todo, relájate.

El rumor de la tela de lino fue de pronto lo único que Justine pudo oír aparte de su propio aliento. La humedad que se acumulaba entre sus muslos se incrementó de anticipación. La perspectiva de recibirlo de aquella forma resultaba embriagadora.

Con fluida elegancia, Bradford se instaló entre sus muslos al tiempo que deslizaba sus anchas y fuertes manos hacia su trasero.

Agarrándola firmemente de las nalgas, la levantó en vilo y la atrajo hacia sus sólidos muslos, cerrando cualquier distancia que hubiera podido quedar entre ellos. Le besó luego la frente, con ternura, y se entretuvo en sus labios, dejando un rastro de aterciopelado calor en su piel. En aquel preciso instante, Justine se sintió más ligera que el aire. Nada más importaba. Nada que no fuera él, nada que no fuera aquello.

Deslizó firmemente sus cálidas manos debajo de su camisola para acariciarle la espalda, y de allí acercarse a sus senos. Se los tocó con ternura, rodeándole los pezones con los pulgares, endureciéndoselos.

Justine se estremeció de entusiasmo ante su contacto. No pudo evitar preguntarse cómo había podido sobrevivir durante todo ese tiempo sin experimentar aquello.

Bradford inspiró hondo y le pellizcó luego los senos tan fuerte, que ella soltó un gemido de asombro. Con los pezones doloridos, lo miró alarmada.

–¿Qué estás...? Eso duele...

Bradford adelantó la mandíbula, dominándola con los ojos. Acto seguido, pasó a acariciarle los pezones y los senos con exquisita ternura, como para aliviar el anterior dolor.

–Perdóname. A algunas mujeres les gusta.

–Pues no te olvides de que esta es mi primera vez y que probablemente mis gustos sean muy diferentes.

–Yo... no lo volveré a hacer.

–Bien –sonrió, esperando convencerlo de que sus senos estaban bien y de que podía continuar.

Él también le sonrió y deslizó los nudillos todo a lo largo de su vientre. Detuvo las manos justo sobre el vello rizado de su sexo. Justine abrió aún más las piernas, animándolo tácitamente a que la penetrara. A que la hiciera suya.

Pero entonces se inclinó para susurrarle al oído:

–Abre tu boca para mí.

Perdió el aliento, y la mente se le quedó en blanco cuando él se apoderó de su boca, obligándola a abrir los labios con su lengua húmeda y caliente. Justine permaneció paralizada, los ojos como platos ante la evidencia de que estaba siendo besada por Bradford, y de que su lengua estaba acariciando eróticamente la suya. Era su primer beso.

La habitación parecía girar a su alrededor mientras el corazón le atronaba en los oídos. Incapaz de concentrarse en nada que no fuera aquel maravilloso beso, cerró los ojos y se obligó a mover también la lengua contra la de él, cediendo a la creciente necesidad de recibir más y de sentirlo mejor.

Sintió su boca presionando con mayor fuerza contra la suya mientras sus manos recorrían su espalda y su cintura, exigiéndole más. Su lengua se deslizaba en ese momento por la cara interna de su mejilla, por sus dientes, por ambos lados de la suya.

Necesitada de tocarlo por todas partes, hundió a tientas las manos por debajo de su bata, rodeando sus hombros anchos y suaves, locamente deseosa de sentirlo bajo sus palmas y confirmar así que no estaba soñando. Que lo estaba besando y tocando, y que él era suyo, todo suyo.

Bajó luego las manos hasta su estómago duro y plano y, en un impulso, se atrevió a tocar la erección oculta bajo los pliegues de su bata.

Sintió la tensión de sus músculos ante su contacto. Bradford gruñó y apartó bruscamente la boca.

–No. Basta. Eso no.

Justine abrió de golpe los ojos, dándose cuenta de que el beso había terminado. Y no como ella había esperado. Intentó recuperar el resuello, aunque le ardían los labios y la cara.

–¿Qué pasa?

–No eres tú. Yo... –suspiró profundamente y bajó la mirada a sus propias manos, aún sobre sus muslos.

Con exquisita delicadeza, se concentró en abrir los pliegues de su sexo. Justine tembló de pies a cabeza cuando sintió su dedo deslizándose dentro.

–Dios mío. Justine... –volvió a inclinarse sobre ella y se apoderó de su boca, evidentemente incapaz de apartarse. Un gruñido gutural escapó de su garganta mientras le succionaba impetuosamente la lengua, sorprendiéndola.

Con su lengua firmemente enredada con la suya, hundió aún más profundamente el dedo. Justine gimió contra sus labios. Sintió que aflojaba la presión de la lengua a la vez que aumentaba la de su dedo contra su virgo, causándole un leve pinchazo. Se tensó de inmediato.

Con el dedo profundamente enterrado en su interior, Bradford procedió a frotarle con el pulgar la pequeña y sensible punta escondida en su sexo. Con lentitud, firmeza y constancia.

Estremecedoras sensaciones atravesaron su vientre para extenderse todo a lo largo de sus piernas. Empezó a jadear, consciente de que la estaba complaciendo de la misma manera que secretamente había hecho ella, pensando siempre en él.

Mirándola atentamente, incrementó la presión de su pulgar. Aceleró el ritmo de frotación, haciéndola jadear. Justine sentía que todo su cuerpo se tensaba por las candentes sensaciones que la barrían por dentro.

–¿Te has hecho tú esto? ¿A ti misma? –susurró él, inclinándose más.

–Sí –pronunció con voz ahogada. Le ardían las mejillas por la inesperada confesión que Bradford había hecho aflorar tan fácilmente a sus labios.

–¿Quién te enseñó? –insistió, acelerando el ritmo de sus dedos.

Ella jadeó, concentrándose en las placenteras sensaciones que la asolaban.

–Yo... aprendí yo sola. No me ha resultado tan... difícil.

–¿Alguien te ha tocado alguna vez así? –le preguntó él.

–No–no –se aferró a sus brazos, duros y musculosos bajo el fino terciopelo de su bata, y se los apretó con fuerza mientras se entregaba deseosa a aquella mano. No cesaba de jadear y de gemir al tiempo que él continuaba frotando y acariciando, una y otra vez.

–Demuéstrame lo mucho que te gusta que te toque –la dominaba con la mirada durante todo el tiempo, dejándola saber lo muy consciente que era de todo lo que estaba haciendo.

Justine se agitó y empezó a moverse sobre su mano con mayor fuerza cada vez, más rápido. Él se inclinó de nuevo sobre ella y enterró firmemente la barbilla en su pelo, acelerando al mismo tiempo el ritmo de sus caricias.

Justine apretó por su parte la mejilla contra el delicioso calor de su duro pecho, hundiendo los dedos en sus brazos. Todas sus sensaciones parecieron expandirse y explotar de golpe y, aunque se mordió el labio para no soltar un grito, fracasó miserablemente.

Con las caderas percutiendo contra su mano, echó la cabeza hacia atrás al tiempo que arqueaba el cuerpo. Sus músculos se tensaron en rítmicos estallidos mientras se mecía hacia delante y hacia atrás, nada deseosa de que acabara la explosiva sensación.

Bradford continuaba sujetándola, acariciándola implacable hasta que ella no pudo hacer otra cosa que gritar de nuevo, y otra vez, y otra más.

Finalmente empezaron a remitir aquellos momentos de deslumbrante felicidad, al igual que el movimiento del pulgar de Bradford. Su dedo corazón, que aún seguía enterrado profundamente en su interior, se retiró lentamente. Sus ya húmedos dedos se clavaron en sus muslos desnudos con tácita urgencia.

Todavía jadeante, Justine alzó la cabeza y lo miró, más que dispuesta a todo lo que él quisiera hacerle. Vio que deslizaba sus grandes manos por los lados de sus muslos hacia sus rodillas, morosamente. Le frotaba la piel con ternura, en perfectos y sensuales círculos, aparentemente concentrado en el movimiento de sus propias manos.

Justine abrió aún más las piernas y se reclinó ligeramente hacia atrás, buscando su mirada e invitándolo con expresión tentadora.

Con la mandíbula apretada, de repente Bradford la empujó con fuerza hacia atrás y la dejó sin respiración al colocarse encima y aplastarla con su peso. Justine jadeó de nuevo, medio ahogada en esa ocasión, hasta que él se hizo a un lado y su gruesa erección le rozó la pierna.

Deteniéndose, se la quedó mirando. Acto seguido se levantó a toda prisa de la cama, resollando. Se ajustó la bata para cubrirse.

–No quería hacerlo así –retrocedió un paso, con su prominente verga destacando bajo la tela–. Perdóname. No puedo hacer eso. Hoy no. Buenas noches –volviéndose, se dirigió hacia la puerta.

Justine se sentó en la cama toda sorprendida, respirando aceleradamente en sus esfuerzos por recuperar el resuello.

–No hay necesidad de que te vayas. Puedo perdonarte esta pequeña agresión, Bradford, sobre todo cuando tú mismo eres consciente de ella... No soy una muñequita de porcelana.

Bradford se detuvo ante la puerta y giró la cabeza para mirarla, presentándole el lado marcado, desfigurado de su cara. El pelo le cayó sobre los ojos con la brusquedad del movimiento.

Justine podía percibir su resistencia a marcharse. La tensión de sus anchas espaldas y lo rígido de su postura así lo confirmaban.

–No. No estoy preparado para yacer contigo –dicho eso, abrió la puerta de un tirón y salió, para cerrarla a su espalda. El eco de sus pasos en el corredor se fue apagando por momentos.

Justine parpadeó asombrada. ¿Cuándo un hombre no había estado preparado para yacer con una mujer? Lo maldijo en silencio. La había dejado virgen. En su noche de bodas. ¡Y ella que se había preocupado tanto por sus presuntos requerimientos diarios! Tendría suerte si recibía al menos uno, a juzgar por su reacción.

Se arrastró por la inmensa cama, recogió la manta que él había retirado y se arropó para volver a entrar en calor.

Clavó la mirada en el dosel de terciopelo rojo del lecho, escuchando el silencio de la casa. Sabía que era una estupidez, pero se le ocurrió escribir a los editores de *Cómo evitar un escándalo* para insistir en que incluyeran información más precisa sobre los asuntos de alcoba. Porque ese libro estaba despistando gravemente a todas las damas de Londres. A juzgar por el trato que había recibido, si cada debutante descubría lo muy maravillosa que podía ser la cópula, no quedaría una sola virgen en toda Inglaterra.

Escándalo 6

No cedáis a la más leve de las tentaciones, a no ser, por supuesto, que tengáis el corazón y la cabeza de una santa, cosas que todas sabemos que no tenéis.

Cómo evitar un escándalo
Anónimo

Su obsesión iba a terminar matándolo.

Radcliff cerró de golpe la puerta de su cámara, haciendo temblar la llama de las velas, y echó el cerrojo. Se apoyó en la puerta por un momento, con los ojos cerrados, imaginándose a Justine en la cumbre del éxtasis.

El sudor le perlaba la piel mientras luchaba contra el temblor que recorría su cuerpo. Tenía que hacerlo. Esa vez solo. De lo contrario, no sobreviviría a esa noche.

Siseando entre dientes, todavía apoyado en la puerta de roble, se abrió los pliegues de la bata. Usando deliberadamente la mano con que había tocado a Justine, empezó a frotarse repetidamente el suave glande de su miembro. Cada rápido movimiento lo iba tensando de expectación. La expectación de un desahogo que no se había permitido experimentar en ocho meses.

Los gemidos y jadeos de Justine resonaban en su cerebro. La manera en que su cuerpo dulce y perfecto se había mecido hacia adelante y hacia atrás sobre su mano fue borrando hasta el último de sus pensamientos.

Gruñó de placer. Aunque había sentido el inconsciente impulso de consumar su matrimonio, sabía, por la manera en que había estado a punto de poseerla por la fuerza, que todavía no estaba físicamente preparado. Como virgen que era, se merecía ternura y paciencia: algo que él aún tenía que perfeccionar, teniendo en cuenta el tiempo que llevaba alimentando su obsesión, su necesidad y su deseo crecientes. Cuanto menos yaciera con ella, mejor les iría a ambos.

Radcliff imaginó su propio falo hundiéndose profundamente en la dulce, prieta, ardiente humedad de Justine, con sus senos balanceándose a cada sólido embate. Se humedeció los labios, incrementando la velocidad de frotación. Acabarían consumiendo su matrimonio, eso era seguro. Pero necesitaba aprender a controlarse mejor antes de que eso sucediera. Hasta entonces, tendría que conformarse con darse placer a sí mismo.

Gruñó de nuevo, insoportablemente duro como estaba. Se acarició con fuerza, necesitado de desahogar la culpa, el placer y las crudas emociones que se agitaban en su interior.

El corazón se le disparó, tenso de pies a cabeza, y su grueso falo comenzó a latir, vertiendo su caliente semilla contra su mano. Echó la cabeza hacia atrás, barrido por una ola tras otra, entregándose al inefable placer que se había negado durante todos aquellos meses.

Pero el clímax remitió demasiado pronto. Con las rodillas debilitadas, se derrumbó contra la puerta, apretando la frente contra la dura y tibia madera. ¿Cuándo?

¿Cuándo sería suficiente? Porque ya estaba deseando volver a tener otro orgasmo...

Dejo caer los hombros. Siempre le sucedía. Era un efecto de la obsesión. Apenas se había vertido cuando un nuevo vacío, una nueva necesidad lo urgía a volver a buscar placer.

Limpiándose la mano en la bata con un gesto de asco, se dirigió lentamente hacia la cama, exhausto, deseoso de no pensar en nada.

Sin embargo, los pensamientos del bello cuerpo desnudo de Justine y la sensación de su húmedo y ardiente sexo contra sus dedos no dejaban de asaltarlo. Una y otra vez. La urgencia de irrumpir en su alcoba y montarla a la fuerza por detrás, como ella misma originalmente le había sugerido, le llenaba el pecho...

De repente llamaron a la puerta.

—¿Quién es? —se volvió.

—Excelencia —llamó su mayordomo al otro lado.

Radcliff soltó un suspiro de alivio, obligando a sus hombros a relajarse. Afortunadamente solo era Jefferson. Ajustándose la bata, fue a abrir.

—¿Qué pasa? —parpadeó extrañado, bajando la mirada al pergamino sellado con lacre que le tendía su sirviente.

—Esta carta acaba de llegar ahora mismo, con la petición de que sea leída y respondida de inmediato.

Jefferson, vestido todavía de librea, sostenía un fanal de cristal con la otra mano. A su luz pudo distinguir Radcliff el lacre rojo con el emblema de su hermano, y se lo quedó mirando incrédulo. Era la primera vez que Carlton se ponía en contacto con él desde lo que le sucedió a Matilda. Y aunque le entraban ganas de quemarla y poner fin a tanta palabrería absurda, comprendió que la curiosidad no se lo permitiría. Tenía que saber lo que decía.

Recibiendo la carta de manos de su mayordomo, Radcliff dudó primero y terminó rompiendo el lacre. Desenrolló el pergamino y lo acercó al fanal que seguía sosteniendo Jefferson. Enarcó las cejas. La carta no había sido escrita por Carlton, sino por su amante: Matilda.

Excelencia
No pasa un solo día sin que piense en vos y en la cantidad de sufrimiento que habéis tenido que soportar por mi culpa. Debo admitir que, desde la noche de la agresión, Carlton se ha mostrado muy difícil en su trato conmigo. Y ahora más que nunca. Aunque he debido permanecer aquí durante todos estos meses debido a lo delicado de mi estado, simplemente no puedo justificar mi estancia una noche más. No es mi intención inspirar piedad, pero lo cierto es que no me queda nadie en quien confiar. Nadie. Necesito dinero y un lugar donde quedarme hasta que pueda recobrarme. Por favor, venid a buscarme al número 14 de Craven Street, si podéis. Que Dios os bendiga.
Vuestra querida amiga,
Matilda Thurlow

Radcliff pensó en la gran ironía que entrañaba que hubiera recibido aquella carta precisamente en su noche de bodas. ¡Cómo deseaba desterrar para siempre la repugnancia que sentía hacia sí mismo! Repugnancia hacia sí mismo por saber como sabía que él, y solo él, había sido el responsable del sufrimiento que había soportado Matilda aquella noche a manos de seis hombres. Tragó saliva.

Aunque Matilda era la última persona a la que deseaba ver, le debía satisfacer esa petición. Porque había sido la alocada persecución de sus favores lo que había causado en último término no ya su propia desgracia, sino también la de ella.

Dobló de nuevo la misiva y se la tendió a Jefferson.

–Quémala. En cuanto lo hagas, alista el carruaje. Si en algún momento durante mi ausencia mi esposa... –pensó en lo extraño que se le hacía pensar que tenía una esposa– pregunta por mi paradero, infórmala de que no deseo que me molesten hasta la mañana. ¿Entendido?

–Sí, Excelencia –Jefferson le hizo una reverencia, se volvió y desapareció en el pasillo.

Radcliff atravesó de nuevo la habitación, se quitó la bata y la arrojó al suelo con rabia. Conociendo de lo que era capaz Carlton, temía descubrir el estado en que pudiera encontrarse Matilda.

Se vistió rápidamente y se calzó las botas. Acercándose al gran espejo del aguamanil, se lavó las manos y la cara. El persistente aroma del placer de Justine se mezclaba con el suyo.

Interrumpiéndose, contempló su imagen mientras el agua resbalaba por su barbilla. Aquellos negros ojos lo miraban como si fuera un desconocido. Que lo era, por cierto.

Antaño había tenido un rostro bello. Un rostro que solo había servido para envenenar cada aspecto de su vida y para atraer demasiadas mujeres a su lado: demasiadas, en todo caso, para saber lo que hacer con ellas. Y, en ese momento, tal parecía que ni siquiera sabía qué hacer consigo mismo.

Escándalo 7

Solo los impíos acuden a los burdeles. Es mejor evitar continuamente a tal clase de hombres, porque el que es una vez impío, lo es para siempre.

Cómo evitar un escándalo
Anónimo

Craven Street, 14
Diez y media de aquella noche

Radcliff se bajó aún más la capucha de la capa en un esfuerzo no ya por dejar de llamar la atención sobre su rostro desfigurado, sino por ocultarse del mundo del cual se había prometido no volver a formar parte nunca más. Caminando sin hacer ruido por delante de toda una fila de puertas cerradas, seguía a la rolliza anciana que lo guiaba por el largo pasillo, mal empapelado en papel pardo y adornado con amarillentos grabados de desnudos.

El denso olor a sudor, sexo y orina le daba arcadas. Cada gemido y cada movimiento que se oía detrás de aquellas puertas cerradas le recordaban demasiado bien al animal que antaño había sido. O al animal que, de alguna forma, aún seguía siendo.

La madama que lo guiaba se detuvo por fin al fondo del pasillo, ante la última puerta cerrada, que le señaló:

—Ahí está.

Radcliff se sacó un soberano de oro del bolsillo. Sosteniéndolo con dos dedos, le tomó la mano y se lo puso en la palma.

—Por su silencio.

La mujer cerró su mano pálida y surcada de venas sobre el soberano sin alzar la vista, asintió con la cabeza y se alejó.

Radcliff vaciló, mirando la puerta cerrada, y se preparó mentalmente. La última vez que había visto a Matilda había sido *aquella* noche. La noche en que su rostro y su vida, por no hablar de la de ella, habían cambiado para siempre. Inspiró hondo. Podía hacerlo. Abrió la puerta y entró.

El resplandor del quinqué, en una mesita lateral, iluminaba el papel de pared estampado de flores color marfil y burdeos. Allí, en una gran cama de roble colocada contra la pared derecha, arropada en las sábanas, se hallaba la amante de su hermano, Matilda Thurlow.

Radcliff cerró la distancia que los separaba, con sus botas resonando en el silencio de la habitación, y se detuvo al pie de la cama para quedársela mirando estupefacto.

Secciones de su rostro presentaban un color azul oscuro y amarillento cuando Matilda alzó sus ojos grises hacia él, con mirada asombrada. La rubia y enredada melena colgaba a ambos lados de su rostro.

Radcliff bajó la vista a sus manos, que reposaban

con gesto protector sobre su vientre abultado. Había escuchado los rumores, mientras estuvo recluido, de que Matilda se había quedado encinta de su hermano, pero por su bien había esperado que no fueran ciertos.

Lo que resultaba más inquietante de su aspecto era que hubiera buscado refugio en el mismo burdel en el que antaño había trabajado antes de que Carlton la hubiera requerido como amante. ¿Acaso no tenía otro lugar adonde ir? ¿Nadie más a quien acudir?

Matilda se acomodó mejor en la cama mientras contemplaba su rostro marcado con una expresión mezclada de terror y compasión. Hasta entonces no había llegado a advertir en todo su alcance lo que le había sucedido. Radcliff no había querido que se sintiera todavía más culpable de lo que se sentía por culpa de Carlton.

–Esos salvajes... –susurró sin dejar de mirarlo fijamente–. Ellos te destrozaron. Te destrozaron la cara.

Como si no lo supiera ya de sobra...

–Yo... perdóname, Bradford. Yo soy la culpable de todo esto. Nunca debí haberte seguido aquella noche. Nunca debí haberte implicado en esto...

–No fue en absoluto tu culpa –le espetó, indignado de que todavía se le ocurriera culparse a sí misma.

Matilda se apoyó en la pared, con las deshilachadas sábanas resbalando hasta su cintura para descubrir su burdo camisón pardo. Con manos temblorosas, se alisó la melena a cada lado de su rostro lívido y magullado.

–Menuda pareja hacemos tú y yo...

Bradford pensó que, en verdad, no había misericordia en el mundo. Se dejó caer en la cama a su lado y se bajó la capucha.

–¿Por qué en nombre de Dios te encuentro aquí, con lo delicado de tu estado? ¿No tienes otro lugar adonde ir? Creía que tenías una hermana. ¿Cómo es que no estás con ella? –vio que se encogía de hombros sin decir nada. Inquieto por su silencio, señaló su cara–. ¿Quién te hizo esto? ¿Carlton?

Matilda soltó un suspiro tembloroso seguido de un desgarrador sollozo. Gruesas lágrimas empezaron a rodar por su magullado rostro al tiempo que desviaba la vista.

–Sí.

–Diablos –sabía que su hermano era un canalla, ¿pero aquello...?–. ¿Te había pegado antes?

Le temblaron los labios mientras más lágrimas resbalaban por sus mejillas.

–No. Yo... no puedo evitar la sensación de que aquella noche... cuando aquellos hombres... –cerró los ojos con fuerza, sacudiendo la cabeza, y volvió a abrirlos–. Aquello dejó afectado a Carlton. Llegué a cansarme de discutir de ello con él, día tras día. De tener que defenderme constantemente de sus acusaciones acerca de por qué te seguí aquella noche. Y lo que es peor: ni siquiera piensa que el bebé es suyo. Aunque, al final, puede que incluso tenga razón, porque... ¿cómo puedo saber lo que me hicieron? Por todas esas razones y más, le informé durante esta última semana que ya no quería seguir siendo su amante. Excuso decirte de qué manera me lo recompensó.

Radcliff luchó contra el impulso de estrellar el puño en la pared. Como si Matilda no hubiera sufrido ya suficiente... Se levantó, esforzándose por permanecer tranquilo.

–Carlton se engaña si cree que tiene derecho a hacer lo que le plazca. Pero tú no necesitas preocuparte por él. De lo único que necesitas preocuparte es de conservar las fuerzas para el nacimiento de tu hijo. Ahora tengo que marcharme, pero te prometo que volveré pronto con un médico de confianza. Lo único que te pido es que te quedes aquí. Una vez que el médico apruebe tu traslado, me encargaré de que recibas algún dinero y vuelvas con tu hermana. Con ella estarás a salvo.

Pero Matilda sacudió enérgicamente la cabeza.

—No. No puedo mezclarla en esto. No puedo. Es una mujer respetable. No es como yo. Está casada y tiene dos hijos. Yo nunca podría... —no dejaba de negar con la cabeza—. No puedo confiar en que Carlton no me seguirá. Mi hermana estará más segura siempre y cuando me mantenga alejada de ella. Lo sé.

De modo que era por *eso* por lo que estaba allí... Porque prefería exponerse a sí misma antes que poner en peligro al único familiar que le quedaba.

—Por muy noble que pueda ser la consideración que muestras hacia tu hermana, quedándote aquí te pones innecesariamente en peligro a ti misma y a tu bebé. Ve con ella, Matilda, y ponte en manos de esa buena gente. No necesitas preocuparte por Carlton. Yo me ocuparé de él, te lo prometo.

Ella sollozó de nuevo, con los labios todavía temblando, y volvió a negar con la cabeza.

—No. Con ello, solo conseguiré que me haga la vida aún más difícil. Y a mi familia también. Por favor. Yo... yo apenas acabo de escapar de su casa.

Radcliff siseó entre dientes. Nadie se merecía aquello. Volvió a sentarse en la cama y le sostuvo firmemente la mirada, esperando proporcionarle un mínimo de seguridad y consuelo.

—Carlton no volverá a verte. Te lo juro.

Matilda se quedó callada durante un buen rato. Trémula, tomó su mano enguantada entre las suyas y se las llevó a los labios.

—Tú no eres como tu hermano, ¿verdad?

Le besó repetidamente los nudillos, una y otra vez, y bajó luego su mano hasta sus senos redondeados.

—Ya no pertenezco a él.

Radcliff retiró bruscamente la mano y se levantó. Inclinándose hacia atrás, se ajustó la capa sobre los hombros.

—Por el amor de Dios, mujer, no estoy buscando recompensa. Si te estoy ayudando es porque es lo justo y lo correcto.

Matilda parpadeó asombrada.

—Yo... gracias. Hace meses que quería hacerte una visita, para agradecerte lo que hiciste, pero Carlton no me lo permitió. Comprendo que él me odie, pero no que te odie a ti. Pero quiero que sepas, por favor, que a pesar de lo que piense Carlton, tú no tienes la culpa de nada de esto. Eras uno contra seis. No había nada que pudieras hacer.

—No —gruñó Radcliff—. Pude haber hecho más —el problema era que había estado tan asquerosamente borracho que había fallado cada golpe, apenas capaz de mantenerse en pie.

Matilda escrutó su rostro, deteniéndose por un momento en su cicatriz.

—Tú siempre has sido muy amable conmigo. Por favor, ¿considerarás tomarme como amante? Sé que una vez me deseaste.

Radcliff tragó saliva, recordando demasiado bien todo aquello. Era lo que antaño había hecho, lo que antaño había sido. Había deseado a cada mujer hermosa que se había cruzado en su camino. Incluso aunque esa mujer hubiera pertenecido a otro hombre. Incluso aunque hubiera pertenecido a su propio hermano.

–No te rechazaré, Bradford. No volveré a hacerlo. Si me quieres, puedes tenerme –se inclinó hacia él, ofreciéndole sus carnosos labios.

Radcliff retrocedió tambaleándose, lejos de la cama.

–Por favor. Soy un hombre casado.

Matilda se lo quedó mirando fijamente, húmedo todavía su magullado rostro por las lágrimas.

–¿Tú... te has *casado*? –pestañeó varias veces, como si fuera incapaz de asimilarlo–. ¿Cómo es que Carlton no me lo dijo? ¿Con quién te has casado? ¿La conozco?

–Los detalles de mi vida no te conciernen más a ti de lo que le conciernen a Carlton.

Matilda apretó los labios, asintió y bajó la mirada a su abultado vientre, que se acarició con ternura, amorosamente.

–Yo lo único que quería era precisamente lo que Carlton nunca estuvo dispuesto a ofrecerme. Me hizo tantas promesas... –volvió a alzar la mirada–. No tengo nada. Lo que significa que este niño tampoco tendrá nada. Radcliff, por favor. No puedo depender de Carlton. Te lo suplico. Ayúdame a mí y a mi hijo. Ayúdanos y te daré todo lo que puedas desear. Los hombres casados toman amantes todo el tiempo.

–No todos los hombres buscan recompensa por sus actos. Velaré por ti y me encargaré de que el niño sea mantenido. Por el amor de Dios, Matilda, ¿por qué te empeñas en ponerte a ti misma en estas condenadas situaciones? Aquí estás, a punto de dar a luz... ¿y aún escoges esconderte entre salvajes a los que lo único que les preocupa es verter su semilla?

Matilda desvió la mirada, encogiéndose de hombros.

–De alguna morbosa manera, me siento más en casa aquí que en cualquier otro lado. No hay fingimiento ni pretensiones. Puedo ser quien realmente soy ante los ojos de todo el mundo: nada. Antes tenía orgullo, Bradford. Era la hija de un comerciante. Mírame ahora. Me escondo de mí misma.

Radcliff pensó que, efectivamente, tenía razón. Él mismo era culpable de ello.

Vio que sacudía la cabeza antes de mirarlo de nuevo, con una extraña esperanza bailando en sus ojos:

–Tienes que querer mucho a esa aristocrática esposa tuya para rechazarme. Cuéntame. ¿Es ella lo que siempre has querido en una mujer? ¿Fue una boda romántica? ¿Con muchas flores?

–Hubo flores, pero yo estaba demasiado nervioso para fijarme en otra cosa. Un hombre como yo no se casa por amor, Matilda. Me convenía, eso es todo. Necesitaba una buena esposa, y yo siempre la había encontrado atractiva.

Matilde se lo quedó mirando fijamente, con expresión triste, y a continuación entrecerró los ojos.

–¿Es eso todo lo que esperáis Carlton y tú de una mujer? ¿Que sea atractiva? Es una vergüenza, Bradford, que una mujer signifique tan poco para ti, y lo mismo rige para tu hermano. Una vergüenza. Creo que ya va siendo hora de que te marches. He decidido no aceptar tu ayuda.

Radcliff la apuntó con el dedo mientras seguía retrocediendo.

–No pienso dejarte así. Tengo conciencia, a pesar de lo que tú o cualquier otro pueda pensar. Y si, en tu estado actual, abandonas este burdel o incluso esta habitación antes de que yo vuelva con el médico, te juro que te arrepentirás. ¿Me has oído?

Un sollozo escapó de la garganta de Matilda mientras nuevas lágrimas rodaban por sus mejillas.

–¿Por qué Carlton continúa castigándome a la vez que se niega a dejarme marchar? No lo entiendo.

«¡Jesucristo!», exclamó Radcliff para sus adentros. Aquello era una pesadilla.

–Yo... Matilda, él no siempre ha sido así. Antes tenía un alma. Y yo no he sido el mejor hermano para él, al ofenderle como le ofendí en lo que más le importaba: tú –se aclaró la garganta–. Es tarde. Voy a buscar al médico. Prométeme que te quedarás donde estás. Prométeme que no te marcharás.

Asintiendo, Matilda susurró:

–No me marcharé.

–Buena chica. Volveré pronto –volvió a cubrirse con la capucha, se volvió y salió a toda prisa.

Apenas pasada la medianoche, largo rato después de haber entregado a Matilda a su hermana

Radcliff no se sorprendió de encontrar la suntuosa morada de Carlton llena hasta las trancas de la misma gente de la alta sociedad que él siempre evitaba.

Bajándose la capucha de la capa, caminó por entre los pomposos y emperifollados invitados cuyos empalagosos perfumes, después de una larga noche bailando y bebiendo, habían dado paso a un acre tufo a sudor y a vino.

Se detuvo en medio del salón de baile de color dorado y marfil para barrerlo lentamente con la mirada, buscando a Carlton entre la multitud.

A unos pocos pasos de distancia, una dama madura pero muy bella, de pelo oscuro y luciendo un impresionante vestido color alabastro, lo contemplaba con intensa curiosidad detrás de su abanico de plumas de avestruz. Sus ojos negros recorrieron su cuerpo con una expresión voraz antes de mirarlo de nuevo a la cara, atrevidamente, y sonreírle.

Radcliff también sonrió, divertido de que todavía alguien pudiera considerarlo atractivo. Quizá su cicatriz ejerciera un mayor atractivo para algunas mujeres.

La mujer dejó de abanicarse. Bajó el abanico y deslizó eróticamente las puntas de sus plumas por los redondos perfiles de sus senos. La punta de su lengua asomó asimismo rápidamente entre sus labios mientras se los humedecía de manera sugerente.

Radcliff dejó de sonreír, con un nudo en el pecho. Retrocedió un paso y se volvió. Aquel descarado flirteo casi le había robado el aliento.

El brillo de los ojos negros de la dama lo invitaba a jugar mientras se acercaba lentamente hacia él, acariciándose todavía los senos con el abanico de plumas.

Radcliff inspiró hondo, tembloroso, y soltó el aliento mientras continuaba retrocediendo. No tenía la menor duda de que en aquel mismo instante habría podido llevársela a un rincón de la parte trasera de la casa y levantarle las faldas. Demasiado bien conocía aquella pícara mirada.

Abriéndose paso entre la multitud, se dirigió hacia la pista de baile con toda la prisa de que fue capaz sin alarmar a los que lo rodeaban. El sudor le perlaba la piel mientras seguía avanzando, para asegurarse de que la dama no lo alcanzara. Sabía que una vez que se dejaba llevar por la obsesión, era muy poco lo que podía hacer para resistirse. Afortunadamente la mujer no insistió.

Suspirando, miró a su alrededor. No había ido hasta allí a buscar mujeres. Volvió a escrutar el salón de baile. La alta y musculosa figura de Carlton apareció fugazmente ante su vista. Era su perfil de rasgos duros, que asomaba y desaparecía mientras se movía con los demás bailarines.

Una joven y atractiva pelirroja ataviada con un vestido malva bailaba constantemente cerca de Carlton, emparejándose con él a la menor oportunidad.

Radcliff se tiró enérgicamente de las mangas de la camisa por debajo de la chaqueta y del abrigo. Había pasado bastante tiempo desde la última vez que había visto a su hermano. Casi ocho meses. Verlo divirtiéndose de aquella manera mientras Matilda sufría tanto le produjo una sensación de asco. Pero lo único que podía hacer era esperar a que terminara el baile. Lo último que deseaba era montar un escándalo en su misma noche de bodas. Una noche que debería haber pasado en el lecho de Justine.

Mientras esperaba, observando el progresivo flirteo entre Carlton y su belleza pelirroja, flexionó varias veces con furia sus manos enguantadas. Que Dios lo perdonara por las ganas que tenía de matar a su propio hermano.

La orquesta dejó finalmente de tocar.

Carlton inclinó su oscura cabeza hacia la belleza, que le ofreció a su vez una entusiasta reverencia acompañada de una sugerente sonrisa. La joven se volvió luego para incorporarse, contoneándose, a un grupo de libidinosos que le dirigieron toda suerte de piropos, como si compitieran entre ellos.

Carlton se la quedó contemplando por un momento antes de dar media vuelta. Fue en aquel instante cuando su mirada se encontró con la Radcliff. Deteniéndose bruscamente, clavó en él sus penetrantes ojos azules: unos ojos que no compartía con ningún otro miembro de la familia. Era el único rasgo físico que diferenciaba sus respectivos aspectos, por lo demás tan similares. Aparte de la cicatriz, por supuesto.

Carlton inclinó su oscura cabeza.

Radcliff señaló con una mano enguantada las puertas que comunicaban con el jardín, en silencio. Su hermano asintió para dirigirse de inmediato hacia allí.

Radcliff volvió a abrirse paso entre la multitud, siguiendo a Carlton hacia el otro lado de la sala. Procuró ignorar las miradas de asombro que suscitaba no solo por su inapropiado atuendo, sino principalmente por la cicatriz, ya que aquella noche era la primera que se presentaba en sociedad después de muchos meses. No era más que el principio de lo que le cabría esperar durante el resto de sus días.

Carlton desapareció detrás de las puertas que llevaban a la oscura terraza, y Radcliff no tardó en hacer lo mismo.

La suave brisa de la noche de verano refrescó su piel en cuanto salió. Carlton se internó en el jardín, perdiéndose en la oscuridad por el sendero empedrado, lejos del bullicio de la fiesta.

Radcliff bajó la estrecha escalera de piedra de la terraza y tomó luego el camino del jardín. Se detuvo cuando una alta figura apareció ante él, apenas a unos pasos. Procuró tranquilizar su respiración, preparándose para el enfrentamiento que llevaba toda la noche esperando, y cerró la distancia que los separaba en dos rápidas zancadas.

Pese a la oscuridad reinante, consiguió agarrarlo de las solapas del traje y lo sacudió con fuerza:

—¿Has visto a Matilda? ¿Has visto lo que le has hecho?

Carlton se tensó, pero no hizo intento alguno de moverse.

—¿Ha vuelto a buscarte esa ramera? —replicó con tono tranquilo.

Radcliff le soltó las solapas para cerrar una mano sobre su garganta, hundiendo los dedos en su tráquea. Tuvo que reprimirse para no apretar demasiado y acabar estrangulándolo.

—Pudiste haberla matado. Y al niño también.

—Estás exagerando. Ella está bien.

Radcliff se inclinó sobre él.

—Ella *no* está bien. Y tú tienes suerte de seguir vivo, maldito bastardo.

Carlton le agarró la mano y se la apartó con un brusco tirón. Acusándolo con el dedo, masculló furioso:

—No me llames eso. No vuelvas a llamarme eso.

Claro. Tal parecía que, diecisiete años después de que la verdad les hubiera sido revelada a ambos, Carlton todavía tenía problemas para reconocerse como lo que era: el bastardo de la familia.

Antaño solían llevarse bien. Antes de que su madre los hubiera sacado a los dos de Eton un día de invierno, únicamente para informarles de que Carlton era ilegítimo y de que ella no podía soportar la culpa de saber que su marido, que tanto la había amado, había muerto sin llegar a saberlo.

Radcliff había visto impotente cómo su madre sucumbía a una terrible crisis de nervios, motivada por la culpa y la soledad. Poco después había fallecido, y las vidas de ambos hermanos habían sido un caos desde entonces. Un caos en el que Radcliff había intentado ayudar a su hermano, solo para ser rechazado en todas las ocasiones.

—¿No se suponía que tenías que estar en casa, fornicando con Justine?

Radcliff entrecerró los ojos, fijos en el rostro en sombras de su hermano, dominándose para no aplastarle el cráneo de un puñetazo.

—Oficialmente para ti es *la duquesa, mi señora,* desgraciado. Será mejor que recuerdes, en lo sucesivo, demostrarle el debido respeto y mantenerte alejado de ella. Porque no quiero un solo escándalo más.

Carlton alzó sus manos enguantadas y soltó una risotada.

—No ofendas lo poco que todavía existe entre nosotros. Al contrario que tú, yo nunca fornico en el mismo agujero que mi hermano. Francamente, la perspectiva de que terminemos cruzando espadas no me entusiasma.

Radcliff siseó entre dientes.

—Entre Matilda y yo no sucedió nada. Nada. Me niego a disculparme por algo que no hice.

—Matilda nunca te habría seguido aquella noche si tú no hubieras insinuado algún interés —masculló Carlton entre dientes—. Por primera vez en mi vida, me sentía como si al final hubiera conseguido algo que tú no podías tener. Pero tuviste que arrebatarme ese poco que era mío, para reducirme a lo que ambos sabemos que soy: nada. Porque supongo que no debo de ser nada cuando ni siquiera soy capaz de retener a una amante.

–Ella estaba cansada de tus viles, vacías promesas. Estaba condenada a marcharse, conmigo o con quien fuera –Radcliff sacudió la cabeza, deseando poder desembarazarse de alguna forma de todo aquel persistente remordimiento–. Pero no quiero volver a hablar de esto contigo nunca más. Si he venido aquí esta noche ha sido únicamente para garantizar la seguridad de Matilda. Ella ya ha sufrido suficiente. No hay necesidad de que continúes castigándola.

Carlton se acercó de nuevo a él, tanto que casi se tocaban las puntas de sus botas.

–¿De modo que te has presentado aquí esta noche, sin ser invitado, en *mi* propio hogar, para informarme de lo que puedo o no puedo hacer con mi amante? Vete al diablo, Bradford. Yo solo me estoy asegurando de que no vuelva a descarriarse. Porque ambos sabemos lo que realmente quería aquella noche, cuando te siguió a aquella pocilga de fiesta. En mi opinión, se lo mereció. Al igual que tú te mereciste que te abrieran la cara como el vientre de un ganso en Navidad. Porque sé lo que habría sucedido entre Matilda y tú si esos hombres no la hubieran abordado. Es precisamente por eso por lo que te detesto, por lo que te he detestado siempre. Porque como persona no vales más que la longitud de tu miembro que, por cierto, no es tanta.

Un silencio se abatió sobre ellos, tan denso como la más espesa niebla. Radcliff cerró los puños de rabia.

–Me merezco tu ira, Carlton, porque tienes razón. Muy probablemente me habría enredado con Matilda aquella noche de haber sabido que estaba allí. A pesar de ello, una sola cosa me consuela. Que yo, Radcliff Edwin Morton, cuarto duque de Bradford, dispongo aun de unas pocas cualidades que me redimen. Al contrario que tú. Porque ninguna mujer, sea cual sea el pecado que haya cometido, se merece ser violada y golpeada por seis hombres, y ser luego golpeada y humillada por el hombre que dice amarla. No sabes en absoluto lo que es amar a alguien. Tú solo te amas a ti mismo.

Su hermano no decía nada. Simplemente permanecía ante él, respirando aceleradamente.

—¿Carlton? —una mujer llamó desde algún oculto lugar, detrás de ellos. Se oyeron unos pasos acercándose por el sendero en sombras.

Radcliff se volvió al oír un rumor de faldas. Alguien los había seguido hasta el jardín.

Oyó a Carlton maldecir entre dientes y se sonrió, inclinándose hacia él.

—Parece que no soy yo el único que se mide por la longitud de su miembro.

—Te sugiero que te marches.

—Con mucho gusto. Mientras tanto, mantente alejado de Matilda. Y, lo que es aún más importante, mantente alejado de mi esposa. De lo contrario, te aseguro que te arrepentirás con toda tu alma de haber nacido.

Radcliff volvió a cubrirse con la capucha y se volvió. Caminando con sigilo por el sendero, le dijo a la mujer que pasó a su lado:

—Llevad, cuidado, señora. Vuestra seguridad está en peligro si escogéis asociaros con Carlton.

La mujer se detuvo, pero, a pesar de su advertencia, siguió adelante. Radcliff sacudió la cabeza mientras se alejaba. No podía salvarlas a todas.

Escándalo 8

Una esposa debe someterse a su marido. Al menos de cuando en cuando. Ello hará su vida considerablemente más fácil, útil y tolerable.

Cómo evitar un escándalo
Anónimo

A la tarde siguiente

Después de haber desayunado sola, y de haber tomado el té de la tarde también sola en el comedor, sin que Bradford hiciera acto de presencia, Justine decidió recorrer las suntuosas habitaciones para entender o hacerse al menos una idea de la vida que iba a llevar. El leve rumor de su vestido de muselina azul celeste era el único sonido que podía oírse.

Ignoraba por qué se sentía tan inclinada a curiosear todo lo que poseía Bradford. El valor de sus posesiones no significaba nada para ella. En realidad, lo único que estaba buscando en aquellos muebles, retratos y jarrones era alguna pista sobre el hombre que era en realidad. Y sin embargo nada podía proporcionarle aquella pista, principalmente porque todo eran herencias poco significativas de las generaciones anteriores.

Antaño sí que había sabido quién era, o al menos así lo había creído, pero en ese momento eran demasiadas cosas las que ocultaba. Solo esperaba poder encontrar alguna manera de descubrir al hombre que se escondía detrás de aquella cara marcada, porque le inquietaba sobremanera no saber lo que había podido sucederle.

Se detuvo de pronto ante una doble puerta cerrada. Salvo el ocasional eco de los pasos de algún sirviente lejano, el silencio era absoluto. Se volvió para mirar el vacío corredor y asegurarse de que nadie la estaba mirando, y procedió a girar los dos picaportes, suponiendo que estaría echada la llave. Para su sorpresa, los picaportes se movieron.

Vaciló antes de abrir las puertas y entrar en una sala forrada en madera con techos altísimos. Dejó a propósito las puertas abiertas en caso de que alguien la sorprendiera. No quería que los sirvientes o el propio Bradford pensaran que estaba husmeando.

Justine se detuvo en mitad del enorme despacho. La pared del fondo estaba forrada hasta el techo de estantes de libros antiguos, encuadernados en piel. Delante de los estantes había un gran escritorio de caoba, cuya brillante superficie se hallaba cubierta de columnas de papeles y varios tinteros de cristal con sus plumas de ganso.

Su mirada fue a posarse en la única pintura que adornaba la habitación: un retrato que colgaba justo encima de la repisa de mármol de la chimenea. Parpadeó asombrada al descubrir la figura en pie de una mujer de hermoso cabello oscuro y mejillas sonrosadas, cuya mano enguantada se apoyaba sobre un murete de jardín. Lucía un vaporoso vestido amarillo, por debajo del cual apenas asomaban las puntas de sus zapatos blancos.

Aunque la mujer no sonreía, sus ojos oscuros la miraban con un brillo juguetón que hizo que Justine se quedara contemplando el cuadro con expresión maravillada. La madre de Bradford, la última duquesa, a la cual no había conocido, ya que había fallecido muchos años atrás, cuando Bradford apenas había cumplido los diecisiete. De manera extraña, Bradford rara vez hablaba de ella. Como tampoco hablaba de su padre, cuyo elegante retrato se encontraba en el corredor.

Justine desvió la mirada de la mujer del cuadro para posarla en el escritorio. Acarició su reluciente y pulida superficie mientras lo rodeaba, preguntándose si su dueño se sentaría a menudo a trabajar en él. Un alto sillón tapizado en cuero había sido apartado, como esperando a que lo ocupara alguien. Allí se sentó ella, y se sintió pequeña e insignificante en aquel butacón de orejas. Miró los pulcros rimeros de cartas, advirtiendo el orden que presentaba todo. El escritorio de su padre nunca había estado tan limpio y ordenado.

Acercando el sillón a la mesa, se sonrió maliciosa al imaginarse escribiendo una carta a sus padres y firmándola con su nuevo nombre: la duquesa de Bradford. Su madre probablemente la amonestaría por darse aires.

Estiró una mano con cuidado, asegurándose de no tocar nada que no debiera, y acercó un tintero. Tomó luego una pluma de ganso y sacó una hoja de pergamino del montón.

Estaba a punto de hundir la punta de la pluma en el tintero cuando la doble puerta que daba paso al despacho se cerró de golpe. Alzó rápidamente la mirada para descubrir, sorprendida, a Bradford dirigiéndose hacia ella.

Iba impecablemente vestido con una chaqueta gris de corte perfecto, chaleco de brocado con botones de bronce y pantalones de lana azul oscuro. Como remate, calzaba unas relucientes botas negras. No pudo evitar quedárselo mirando mientras se aproximaba, hipnotizada por la elegancia no ya de su aspecto, sino de los fluidos movimientos de su cuerpo grande y musculoso.

Cuando se plantó ante el escritorio, lo único que los separaba, se inclinó hacia adelante para apoyar ambas manos sobre su superficie. Su mirada fue a posarse sobre el pergamino en blanco.

—Buenas tardes.

Justine volvió a colocar la pluma en su lugar y se apresuró a echar el sillón hacia atrás para levantarse.

—Mi tarde es ciertamente mejor ahora que ya estás aquí —sonrió—. Estaba empezando a preguntarme si volvería a verte. ¿Cómo estás?

Radcliff se limitó a encogerse de hombros.

—Había pensado en escribir una carta a mis padres —continuó ella, apresurada—. Espero que no te importe. Ya sé que puedo fácilmente visitarlos, y planeaba hacerlo, yo solo pensé que...

—No necesitas explicarme nada. Me alegro mucho de ver que te estás instalando tan bien. Dicho eso, tengo algunos asuntos que atender con mi secretario antes de que acabe el día. Así que no me quedaré por aquí —suspirando, la miró—. Quería pedirte disculpas por mi comportamiento de anoche. Debí haberme quedado contigo y consumar nuestro matrimonio. Si ese es tu deseo, como lo es el mío, ven a mi cama a las nueve. Te estaré esperando.

Tras despedirse con una inclinación de cabeza, se apartó del escritorio para volverse hacia las puertas cerradas.

Justine parpadeó varias veces, toda ruborizada. «Dios mío», exclamó para sus adentros. ¿Esa iba a ser su vida? ¿Una vida de limitadas conversaciones y fugaces visitas de medianoche a las alcobas de uno o de otra, en función de su humor? Se daba cuenta de que aquel era un matrimonio de conveniencia, pero... ¿realmente necesitaba serlo *tanto*?

Rodeó el escritorio para dirigirse rápidamente hacia él.

–No puedo evitar la sensación de que me estás evitando. ¿Qué pasa? ¿He hecho algo mal? –vio que se detenía en seco, para volverse a medias hacia ella. Tragó saliva mientras esperaba a que dijera algo. Por un fugaz instante, llegó a pensar que lo haría. Sin embargo, por alguna extraña razón, parecía incapaz de ello.

Alzó las manos en un gesto de exasperación para dejarlas caer a los lados.

–Incluso una sencilla conversación sobre el tiempo sería de lo más agradable. Cualquier cosa excepto este silencio. Detesto decírtelo, Bradford, pero no llevamos más de un día casados y ya me preocupa el rumbo de este matrimonio ¿Qué fue del encantador granuja que solía bromear conmigo apenas unos meses atrás?

Vio que enarcaba las cejas como intrigado por su pregunta. Se volvió del todo y se dirigió a su vez hacia ella, cerrando la distancia que los separaba hasta que las puntas de sus relucientes botas tocaron el borde de la falda de su vestido.

Aunque seguía sin decir nada, en aquel momento tampoco lo necesitaba. Porque sus negros y penetrantes ojos se lo decían todo. Brillaba en ellos la misma cruda necesidad que Justine había visto la víspera, cuando entró en su alcoba y la acarició implacable hasta conseguir derretirla de deseo bajo sus manos. Se humedeció los labios.

—Me niego a que me tengas abandonada.

—Y yo me niego a que pienses que te tengo abandonada. Ven aquí —como si fuera una pluma, la cargó de pronto en brazos para dirigirse con ella hacia el escritorio.

Justine sintió que el corazón le aleteaba en el pecho ante aquella inesperada demostración de afecto. Agarrando una de las solapas de su chaqueta, sonrió maliciosa.

—Sí que vas elegante...

—Lo intento —sonrió mientras aquellos musculosos brazos la estrechaban contra su duro pecho, obligándola a sentir no solo el calor de su cuerpo, sino cada detalle del mismo.

Después de sentarla en el borde del escritorio, con los pies colgando, fue a los ventanales y corrió todas las cortinas, de modo que quedaron envueltos en una suave penumbra. Justine abrió mucho los ojos mientras lo veía acercarse de nuevo a ella. ¿Qué pretendería hacer? ¿*Eso*? ¿Allí y ahora? «Oh, Dios mío», exclamó para sus adentros. Quería hacerlo, sí, pero no... no en ese momento. No, no y no. No en su despacho. No con sus sirvientes tan cerca.

Se detuvo ante ella.

—Si me permites decírtelo, creo que hoy estás muy bella.

—¿De... veras?

—Sí.

Justine le regaló una nerviosa sonrisa mientras se alisaba repetidamente el frente del vestido, sin saber cómo reaccionar. Nunca nadie la había llamado «bella». Bonita sí, pero no bella.

Vio que se inclinaba hacia ella, con el fresco aroma a menta de su tónico para el cabello tentando sus sentidos.

–¿Puedo preguntarte dónde has comprado ese vestido?

Parpadeó extrañada. Si no lo conociera mejor, habría pensado que su marido estaba intentando entablar conversación. Una conversación aburrida, pero conversación al fin y al cabo.

–Bueno, la primera vez que vine a Londres tenía el mismo sentido de la moda que un cocodrilo. Alguien me recomendó esa fabulosa tienda de Regent Street, The Nightingale. ¿Has oído hablar de ella?

–No –sonrió–. No suelo llevar ropa femenina.

Justine se echó a reír.

–No hay razón para que la lleves. Estás muy elegante tal como estás. Fue en The Nightingale donde compré este vestido el año pasado. Para mi primera Temporada en Londres. Solo pude permitirme uno, dado lo terriblemente caros que son. Teniendo en cuenta lo exiguo de la pensión de mi padre, preferí medios más baratos de llenar mi guardarropa.

–Esas estrecheces se han acabado, querida. Te sugiero que adquiramos el inventario entero de esa tienda. Es obvio que saben condenadamente bien lo que se hacen.

Justine puso los ojos en blanco.

–No necesito su inventario entero.

–Yo diría que sí. Y digo también que deberíamos ocuparnos de ello lo antes posible. Todavía tenemos que presentarnos en sociedad como marido y mujer, así que... ¿qué mejor manera que yendo de compras a Regent Street?

–¿Quieres presentarte en sociedad conmigo? –le preguntó ella, entusiasmada.

–Por supuesto que sí –frunció el ceño–. Tengo intención de dar envidia hasta al último caballero de Londres. Mientras tanto, he decidido cambiar la reunión con mi secretario y pasar esta tarde contigo. ¿Qué dices a eso?

Bradford bajó la mirada a su pecho, humedeciéndose los labios y deslizando sus grandes manos por los laterales de su vestido de muselina. Agarró la tela y le fue subiendo lentamente las faldas para descubrir sus piernas, que seguían colgando en el aire. Al hacerlo, le rozó los muslos enfundados en las medias.

Justine sintió que todos sus sentidos empezaban a pulsar de anhelo. La tela de su vestido continuaba subiendo al tiempo que lo hacía la mirada de Bradford, acariciando escandalosamente no solo su cuerpo, sino también su alma. Inclinándose hacia ella, susurró:

—Quiero asegurarme de que mi esposa no se sienta abandonada nunca más.

Acercó los labios a su cuello, robándole el aliento. Su lengua ardiente comenzó a recorrer su delicada piel. La habitación entera pareció bascular, y Justine con ella. Pero aunque ansiaba entregarse a él, no deseaba hacerlo de esa manera.

Lo empujó suavemente del pecho, obligando a su boca a abandonar su acalorada piel. Él arqueó una ceja mientras lo mantenía a distancia, decidida a ponerlo en su sitio.

—Después, rufián. Esta noche. En tu alcoba.

Pero Radcliff retiró sus manos de su pecho y se las apartó, para inclinarse nuevamente hacia ella.

—¿Esta noche? ¿Por qué? Antes te estabas quejando de que te tenía abandonada.

Justine soltó una nerviosa carcajada.

—No me refería a esa clase de abandono, Bradford. Me refería a la falta de diálogo entre nosotros.

—Las palabras nada significan para mí, Justine —se atrevió a lamerle el labio inferior—. Prefiero ser testigo de lo que tu cuerpo tiene que ofrecerme. Porque eso, estoy seguro de ello, sí que es real.

Justine pensó que, a su modo, llevaba razón. Pero sabía también que lo físico nunca llegaría a llenar el vacío que ella buscaba llenar con palabras. Y una duquesa tenía también la obligación de no parecer una mujerzuela delante de sus criados. Se reclinó sobre el escritorio, evitando su boca.

—Bradford, prefiero que...

—No me llames Bradford —le acarició los muslos—. Eres mi mujer. Llámame Radcliff.

—Er... ¿Radcliff? —repitió, deseando que dejara de distraerla tanto con sus manos.

—¿Sí? —cubrió la distancia que ella había abierto, deslizando las manos todo a lo largo de sus piernas y provocándole un cosquilleo en la piel.

Justine tragó saliva, intentando sobreponerse al impulso que sentía de tumbarlo ella misma sobre el escritorio. Una duquesa debía poseer un mínimo de autocontrol.

—Prefiero que esperemos a esta noche. Mientras tanto, confiaba en que podríamos llegar a conocernos mejor.

—Yo creía que ya nos conocíamos —susurró él mientras se inclinaba para acariciarle el lóbulo de una oreja con la lengua—. Muy bien. Y ahora, cesa de resistirte.

Balanceándose contra su cuerpo, se aferró a sus hombros.

—Yo quiero esto. Lo deseo. Pero...

Radcliff le alzó aún más las faldas, por encima de las rodillas, sobresaltándola.

—Fornica entonces conmigo –gruñó–. Fornica conmigo o por Dios que te tomaré a la fuerza.

Justine sintió que el corazón le daba un violento vuelco en el pecho. Le apartó bruscamente las manos para bajarse de inmediato las faldas y fulminarlo con la mirada.

—Ciertamente que no me tomarás por la fuerza, ni usarás ese tipo de lenguaje conmigo. Solo estoy intentando llegar a conocerte, eso es todo. Antes de que nos olvidemos de lo importante.

—Esto *es* importante –se inclinó de nuevo y deslizó la lengua todo a lo largo de su cuello, hacia sus senos, para finalmente hundirla en el valle que se perdía bajo su escote.

Justine perdió el aliento ante aquellas avasalladoras sensaciones y tuvo que aferrarse a sus anchos hombros para sostenerse.

—No estás siendo... justo. Estoy intentando desesperadamente conversar contigo, Bradford.

—Radcliff. Llámame Radcliff –bajó la cabeza y le mordisqueó el hombro del vestido, a la vez que sus cálidas manos la acariciaban entre los muslos–. Deseoso espero vuestra conversación, duquesa. Lo único que te pido es que la limites a quince minutos.

Justine soltó una nerviosa carcajada.

—Eso no nos deja mucho tiempo.

Radcliff enarcó las cejas.

—Entonces harías bien en aprovecharlo.

Se humedeció los labios e intentó ordenar sus pensamientos, concentrándose en lo que había estado deseando saber durante todo el tiempo.

—Perdóname por ser tan atrevida, pero... nunca me respondiste aquella noche, cuando te pregunté por tu cicatriz. ¿Me contarás lo que te sucedió?

Las manos de Radcliff se detuvieron en seco. Alzó su oscura cabeza de su hombro, pero se negó a mirarla. La tela de su vestido, que él había estado sosteniendo, cayó por su propio peso para derramarse con un rumor de cascada sobre sus piernas. Tras un prolongado silencio, se apartó y dijo:

—Una hoja me abrió la cara. ¿Qué más quieres saber? —sin dedicarle otra mirada, se dirigió hacia la salida, abrió de golpe la doble puerta y desapareció.

Los ojos de Justine se salieron de sus órbitas. Entendía que probablemente le resultara muy difícil hablar, pero ella también se merecía un mínimo de respeto.

Bajándose del escritorio, se arregló las faldas y salió tras él. Cuando consiguió alcanzarlo al final del largo pasillo, tiró de su brazo para obligarlo a volverse.

—No insultes lo poco que compartimos huyendo cuando te hago una pregunta.

—Yo no he huido —replicó él, suspirando.

—Sí que lo has hecho.

—¿Hemos acabado ya con esta conversación? Tengo una cita con mi secretario. La propiedad no se administra sola.

Ella lo fulminó con la mirada, exasperada. Aquello era como intentar razonar con un jabalí.

—Supongo que no me había dado cuenta de que estábamos teniendo una conversación. Quizá debí ofrecerte un mejor estímulo para que te quedases. El único estímulo al que pareces mostrarte receptivo —se señaló el escote y los senos.

Radcliff se alisó el chaleco y desvió la vista.

—Te informé perfectamente de mi obsesión.

—Sí, pero no mencionaste que excluirías también toda forma de conversación. Quiero llegar a conocerte.

Quiero que nos comprometamos genuinamente como marido y mujer, y no tengo intención alguna de ceder en esto. Me merezco poder tener conversaciones íntimas con mi marido.

Radcliff se sonrió, acercándose peligrosamente a ella.

—¿Queréis tener conversaciones íntimas con vuestro marido, duquesa? —se burló—. Yo te daré una. Esta noche. En mi cama.

Justine se quedó sin aliento. ¡Aquel hombre era verdaderamente un animal! Lo acusó con el dedo, sin importarle que su comportamiento fuera igualmente grosero.

—No conozco el tipo de mujeres con el que estás habituado a asociaros, Excelencia —simuló igualmente un tono formal—, pero hasta que no empecéis a tratarme con el respeto que me prometisteis, y tengáis conmigo las conversaciones que me merezco, no esperéis consumar pronto este matrimonio. Pese a lo que vos y el resto de Londres pueda pensar, la intimidad es un privilegio, y *no* un derecho.

Dicho eso, alzó la barbilla y pasó de largo por delante de él, intentando demostrarle que no solo era una duquesa de nombre, sino también de corazón.

Temprano esa misma noche

Radcliff caminaba por el pasillo iluminado por la luz de las velas vestido únicamente con una bata, más sexualmente frustrado de lo que se había sentido en toda su vida. Sabía perfectamente que si quería sobrevivir a aquella noche, al igual que a todas las noches siguientes, necesitaría disculparse formalmente con Justine y ofrecerle la clase de intimidad que deseaba. Porque no estaba dispuesto a permitir que su estúpido orgullo se interpusiera en la consumación del matrimonio.

Una vez ante la puerta de su alcoba, suspiró y agarró el picaporte. Solo que no pudo girarlo. Frunció el ceño mientras lo forzaba varias veces, incrédulo.

—¿Necesitabas algo, Bradford? —preguntó Justine desde el otro lado, sabiendo evidentemente que era él.

Radcliff se aclaró la garganta y soltó el picaporte.

—Sí. He venido a disculparme.

—Oh, no es verdad. Yo sé a lo que has venido, y te sugiero que esperes hasta mañana. Podrás pedirme disculpas entonces.

Bradford apretó la mandíbula. De todas las mujeres que había en Londres, había terminado encaprichándose de la única que no solo era capaz de leerle la mente, sino que además estaba decidida a sacarlo de quicio.

—Justine, quiero que abras la puerta.

—Si tú fueras yo, Bradford... ¿abrirías?

—No encuentro nada divertida tu empecinada resistencia.

—No era mi intención divertirte. Te sugiero que te retires. Hablaremos con mayor tranquilidad por la mañana, una vez que hayas dispuesto de suficiente tiempo para pensar en la manera en que pretendes tratarme.

Perpetuar su propio sufrimiento no era lo que había tenido en mente cuando pidió su mano. Se suponía que Justine tenía que ser una distracción. No un instrumento de tortura.

Se pasó una mano por el pelo y volvió a cerrar el puño, desesperadamente excitado.

—El hecho de que elija o no ofrecerte disculpas y

conversación no tiene preferencia sobre mis derechos legales como marido. Y ahora abre esta puerta.

La oyó resoplar de manera muy poco delicada.

–Te engañas si piensas que voy a abrirte después de ese patético remedo de disculpa.

–¡Justine! –aporreó la puerta, con los golpes resonando por todo el corredor–. Me lo debes. Me lo debes después de todo lo que he hecho por ti y por tu padre.

Justine fingió una risotada.

–¿Es eso lo que piensas? Bien. En caso de que no os lo haya informado oficialmente, Excelencia –simuló de nuevo un tono formal–, la clase de relación que yo estoy buscando con mi marido incluye muchas más cosas que el simple aspecto físico. Quiero que os entre eso en la cabeza y en el corazón, porque hasta entonces estas piernas no volverán a abrirse.

Radcliff maldijo para sus adentros. ¿En qué clase de infierno se había metido?

–Eres mi esposa y tengo derecho a acostarme contigo.

–Tendréis que disculparme, Excelencia, pero no pienso acostarme con un hombre que no me respeta. Como si es mi marido como si no.

Bradford apretó los dientes y pateó la puerta. Con fuerza. Ella era su esposa. Tenía todo el derecho a acostarse con ella.

–Espero también no tener que escuchar eso durante toda la noche –le espetó Justine–. Porque estoy cansada. ¡Buenas noches!

Radcliff oyó un movimiento, como si se hubiera acostado, y luego todo quedó tranquilo. Pegó un ojo a la ranura de la puerta, pero no consiguió ver nada. Gruñó entre dientes y golpeó la puerta con el puño una última vez, haciéndola temblar sobre sus goznes.

Después se puso a pasear de un lado a otro del pasillo hasta que finalmente se dirigió a su alcoba, consciente de que no le quedaba más remedio que fastidiarse. No podía irse a la cama con una erección que llevaba torturándolo durante la mayor parte del día. Volvió a maldecir en voz alta.

Resultaba obvio que si deseaba acostarse con su propia esposa, iba a tener que inventarse algo. El problema era que no tenía la menor idea.

Escándalo 9

Nunca os empolvéis la cara ni ninguna otra cosa en público, ya que una dama solo debe ser vanidosa en presencia del espejo de su habitación.

Cómo evitar un escándalo
Anónimo

A la mañana siguiente

Justine colocó pulcramente la servilleta sobre su regazo, recogió la cuchara y comenzó a desayunar, fingiendo que estaba completamente sola en la mesa y perfectamente contenta de ello. Que no era el caso.

Bradford estaba sentado frente a ella, mirándola durante todo el tiempo de manera silenciosa y reconcentrada, como si realmente deseara comérsela a *ella*.

«Pues por mí que se muera de hambre», pensó Justine. Aquel hombre necesitaba aprender unas cuantas lecciones sobre autocontrol y respeto.

Cuando por fin terminó de desayunar, apartó las manos de la mesa y dejó que los criados retiraran plato y cubiertos. Lo único que quedaba ahora era disfrutar de su té. Y ciertamente no tenía prisa alguna en tomárselo. Quería demostrarle que no se sentía en absoluto intimidada.

Bradford se removió en su asiento y, con un gesto, mandó que retiraran la comida que ni siquiera había probado. Los sirvientes se apresuraron a despejar todo su lado de la mesa.

Al cabo de unos momentos de continuado silencio, gruñó:

—He preparado una salida. Tú y yo haremos la clase de cosas que un marido y una esposa deben hacer.

Justine enarcó una ceja por encima del borde de su taza.

—Qué encantador. Gracias. ¿Adónde vamos?

—A la ópera. Poseo un palco y me gustaría aprovecharlo antes de que termine la Temporada.

Justine bebió un sorbo de té y dejó la taza sobre el pequeño plato de porcelana de diseño floral, color azul y marfil. Suspiró. Por desgracia, nunca le había interesado la ópera. Cada vez que sus padres la habían llevado, cuando todavía habían sido capaces de permitírselo, se había pasado la tarde entera deprimida, escuchando a hombres y a mujeres cantándose unos a otros lo triste y desgraciada que era su vida.

Como si ella necesitara que se lo recordaran.

—¿No podríamos hacer otra cosa? Nunca me ha interesado la ópera. Siempre están cantando lo triste que es la vida.

—Da la casualidad de que a mí me gusta. La ópera describe diversos aspectos de la vida que otras formas de entretenimiento aquí, en Londres, no abordan.

—Ya, ¿pero no podríamos...?

—Vas a ir, Justine. No hay más que hablar. ¿Está claro?

Ella lo fulminó con la mirada.

—Estás siendo innecesariamente grosero conmigo.

—¿Cómo? ¿Diciéndote que vayamos a la ópera? Creo que eres tú la que está pecando de grosera, por no querer ir.

—¿Ah, sí? –entrecerró los ojos–. Quizá no quiera ir porque sienta que estar casada contigo es demasiado deprimente como que para encima me lo tengan que recordar con música.

Radcliff apretó la mandíbula y resopló por la nariz, indignado. Reclinándose en su silla, continuó mirándola fijamente mientras los criados esperaban en las esquinas del comedor.

—Mi esposa y yo requerimos intimidad. Cualquier sirviente al que sorprenda merodeando por la casa durante las dos próximas horas será despedido sin recomendación alguna. Ni salario.

Justine abrió mucho los ojos. Se hizo un silencio. En seguida, todos los criados abandonaron sus puestos y se apresuraron a desaparecer.

—¡A vuestros aposentos! –gritó uno de ellos a pleno pulmón, repitiendo la orden de su amo a los demás–. ¡Cualquiera que sea sorprendido merodeando por la casa durante las dos próximas horas será despachado! ¡Sin referencias y sin salario!

El eco de gritos masculinos y pasos a la carrera por el pasillo se apagó al fin. Todo volvió a quedar en silencio. Tanto que Justine no solo podía oír su propia respiración, sino también la de Bradford.

Tragó saliva. Se recordó que simplemente estaba intentando intimidarla. No había más. Como si pudiera asustarla... Después de todos los animales salvajes que había visto a lo largo de su vida, Bradford apenas era comparable con un cerdo hormiguero.

Vio que se levantaba, haciendo temblar la gran mesa con el peso de sus manos cuando se apoyó en ella. Todavía fulminándola con la mirada, rodeó la mesa. Su enorme figura, embutida en un traje de día de chaqueta gris y chaleco a juego, avanzó decidida hacia ella.

Justine agarró su taza de té con las dos manos y se la llevó a los labios, en un esfuerzo por disimular su temblor. Supuso que debería haber estado mejor preparada mentalmente para el desafío que presentaba. Bradford se detuvo a su lado, avasallándola con su estatura.

Aunque Justine sabía que él tenía todo el derecho a acostarse con ella, se negaba a reconocérselo. Lo que se merecía primero y antes que nada era respeto. El respeto estaba antes que el derecho.

–Pregúntame qué es lo que quiero –le dijo él, enfatizando cada palabra–. Pregúntame por qué continúo aquí de pie, pacientemente, esperando a que mi propia esposa se digne reconocer mi presencia.

El corazón le atronó en el pecho, y por un momento se preguntó si tendría la osadía de reclamar sus derechos sobre la misma mesa del desayuno. Dejó con dedos temblorosos la taza sobre el plato, haciéndolo tintinear, y se volvió para levantar la mirada hacia él. Intentando fingir indiferencia.

–De acuerdo –cedió–. ¿Qué es lo que quieres? ¿Por qué te empeñas en seguir aquí de pie, tan innecesariamente cerca de mi silla?

–Dado que mi cortés ofrecimiento de que salgamos juntos no es de vuestro gusto, *duquesa* –forzó un tono formal–, he decidido ofreceros una alternativa menos cortés que no requiere abandonar la casa. Escoge lo que prefieras. La ópera... o tu inocencia perdida aquí mismo, directamente sobre la mesa del desayuno. Tienes un minuto para tomar la decisión antes de que yo la tome por ti.

«¡Por el amor de Dios!», exclamó Justine para sus adentros.

–Está bien, está bien... Yo... iré a la ópera. ¡Y ahora apártate! Realmente creo que deberías aprender a controlarte mejor. Esta clase de comportamiento no es aceptable.

Radcliff soltó una risa ronca y baja, como si encontrara divertido ese mismo comportamiento, y se retiró a su lado de la mesa.

–Nunca pensé que lo fuera. Simplemente no sabía cómo conseguir tu colaboración. Saldremos a las seis. Ponte algo llamativo, ¿quieres? Algo que muestre un poco tus senos. Oh, y empólvatelos, por cierto. Me gustan los senos empolvados –vaciló por un momento y, en lugar de sentarse de nuevo a la mesa, giró sobre sus talones y abandonó la habitación.

Justine se removió en su silla, una, dos veces, mientras se abanicaba frenéticamente el rostro acalorado con una mano. Por desvergonzado que fuera, no sabía cuánto tiempo más lograría aguantar. Aunque la dama que habitaba en su alma deseaba continuar burlándolo por no ofrecerle el debido respeto, el animal salvaje que la devoraba por dentro ansiaba acostarse de una vez por todas con su marido.

Justine se puso el chal de casimir sobre el vestido de seda verde, acerca del cual Bradford no le había hecho ningún comentario, y se abrió paso nerviosa entre la multitud. Tenía la sensación de que cada persona con la que se cruzaban se detenía para contemplarlos.

Con no poco dolor se dio cuenta de que aquella era la primera vez que Bradford se presentaba por propia voluntad en público. Los maldijo a todos por el descaro con que se lo quedaban mirando, como si se tratara de un leproso.

Consciente de la informalidad del gesto, Justine se aferró al brazo de Bradford mientras atravesaban el vestíbulo de bóveda dorada de la ópera y se apretó contra él. Ignoraba por qué, pero quería demostrar a todos aquellos que los observaban que, a pesar del aspecto de Bradford y a pesar de todas sus discusiones, formaban un frente unido. Pocos sabían que, una vez que dispusiera de tiempo suficiente para domarlo apropiadamente, su marido iba a hacer que el resto de caballeros de Londres parecieran bestias salvajes a su lado.

Aunque podía sentir la tensión de los músculos de su brazo en respuesta a su patente muestra de afecto, no duró más que un momento. Y, lo que era más importante, él toleró su contacto.

Ascendieron por la escalera de mármol que llevaba a los palcos superiores. Bradford la guio luego por un largo y ancho corredor, pasando por delante de varias puertas numeradas.

Se detuvieron al llegar al final del pasillo. Bradford le soltó el brazo y abrió la puerta. Inclinándose sobre ella, murmuró:

—Empólvate ese escote un poco más. Te aconsejo que lo hagas aquí mismo, en el pasillo, porque en el palco te estará mirando todo el mundo —le hizo un guiño y entró, para cerrar la puerta a su espalda y dejarla sola en el corredor.

Parpadeó extrañada no una, sino dos veces, antes de bajar la vista a los parejos montículos de sus senos, desvergonzadamente expuestos por el pronunciado escote. ¿Cómo era posible que deseara todavía agradarlo? Como si se lo mereciera.

Soltando un suspiro de disgusto, abrió su retícula y buscó su lata de polvos entre los impertinentes, algunas monedas sueltas y el pañuelo bordado. La sacó junto con su pequeño cepillo y se volvió luego para echar un vistazo al corredor, mientras las parejas entraban en sus palcos.

¿Cómo iba a empolvarse delante de toda aquella gente? Se giró de nuevo hacia la pared empapelada en seda, fingiendo admirar uno de los cuadros que la adornaban, y procedió a empolvarse lo mejor que pudo.

Cuando acabó, guardó lata y cepillo en la retícula y se dispuso a entrar. Inspiró hondo antes de girar el picaporte de bronce y deslizarse dentro. Cerró sigilosamente la puerta a su espalda. Volviéndose luego hacia el palco, se detuvo en seco. Pesadas cortinas de terciopelo rojo colgaban a cada lado de la cabina, haciéndola sentirse como encerrada en los pliegues de un lujoso vestido. Dos pequeños fanales de vela adornados con delicadas flores colgaban del techo bajo.

Bradford había colocado su sombrero de copa negro a su lado. Se hallaba sentado en una de las elegantes sillas de caoba, de espaldas a ella, con sus manos de guantes blancos entrelazadas detrás de la cabeza mientras contemplaba el inmenso auditorio. Incluso apoyaba escandalosamente las piernas largas y musculosas, enfundadas en un pantalón formal de color negro, sobre la baranda de madera. Sus zapatos, también negros, relucían como espejos.

En aquel momento le recordó al Bradford que tanto echaba de menos. El que siempre se había mostrado tan cómodo consigo mismo y con el mundo. ¿Acaso ese Bradford no había sido más que la falsa fachada de un alma torturada?

Su chal de casimir resbaló por sus hombros para caer flotando sobre la alfombra estampada de flores rojas y verdes. No le importó, porque en aquel instante estaba disfrutando de la oportunidad de contemplarlo a placer, sin que él se diera cuenta.

De pronto vio que bajaba las manos y retiraba los pies de la barandilla para volverse hacia ella, con su rostro marcado completamente a la vista. Aquellos negros ojos recorrieron atrevidamente su figura, provocando que el corazón le diera un vuelco en el pecho.

Un mareante calor la asaltó mientras se esforzaba con desesperación por asumir una actitud distante.

–«Perfección» es la única palabra que te define –se levantó para rodear su asiento y acercarse a ella.

Agachándose, recogió el chal que se le había caído al suelo. Nada más incorporarse, se lo echó delicadamente sobre los hombros.

–Ven –le tomó la mano y la llevó hasta sus asientos.

Justine se quedó sin habla ante aquel inesperado detalle de galantería. Gozó con la sensación, deseosa de grabar en su memoria aquellos instantes. Desde el contacto de la mano de Bradford hasta los bellos abovedados dorados de los techos, pasando por el escenario oculto por el suntuoso telón rojo con el emblema real. Por no hablar del inmenso auditorio, que parecía contener a medio Londres.

Damas de sofisticados peinados y largas plumas en el pelo, luciendo perlas, esmeraldas y todo tipo de piedras preciosas en sus cuellos y muñecas enguantadas, murmuraban ya afanosamente entre sí, señalándolos ocasionalmente con sus abanicos. Los caballeros no eran tan indiscretos: con el ceño fruncido, todos ellos simulaban admirar la arquitectura del edificio.

Justine creyó por un momento que iba a desmayarse solo de pensar en que todo Londres no estaba ya hablando de Bradford y de ella, sino contemplándolos. Se sentó con las piernas temblorosas en la silla que le correspondía. Y se envolvió en el chal como si quisiera esconderse bajo la tela.

–No me prives del espectáculo, Justine –Bradford se inclinó hacia ella para retirarle suavemente el chal con las puntas de sus dedos enguantados, descubriendo sus hombros.

Una fresca brisa le acarició la piel cuando él le retiró la prenda del todo. Sus hombros y escote quedaron perfectamente al descubierto. Ignoraba por qué, pero tuvo la sensación de que Bradford acababa de presentarla formalmente en sociedad.

–¿Trajiste los impertinentes que te dejé? –le preguntó, sentándose a su lado.

Justine asintió mientras se disponía a sacarlos de su retícula. Sus temblorosos dedos intentaron repetidamente soltar el cordón, pero parecía incapaz de hacerlos funcionar.

Fue Bradford quien aflojó sin esfuerzo el cordón, abriéndole la retícula.

–Gracias –murmuró ella.

–De nada. Pese a lo que puedas pensar, puedo llegar a ser bastante útil fuera de la alcoba matrimonial –un músculo se tensó en su marcada mandíbula mientras desviaba la mirada hacia el escenario.

Resultaba obvio que el duque de Bradford, de quien había pensado que no le importaba nada la opinión que ella tuviera de su persona, estaba intentando demostrar su valía. En un detalle mínimo, ciertamente, pero prometedor.

Porque si en el lecho de una ostra un insignificante grano de arena podía terminar convirtiéndose en una bella e inestimable perla, entonces el duque de Bradford también podría convertirse un día en el hombre de sus sueños.

Mientras resonaban los tambores concertados con las trompetas y los violines se unían a las voces cada vez más altas, Radcliff se descubrió incapaz de hacer otra cosa que quedarse sentado contemplando la radiante expresión de Justine. Había transcurrido bastante tiempo desde la última vez que había ido a la ópera. Hasta ese momento no se había dado cuenta de lo mucho que había echado de menos su música y su atmósfera.

Justine alzó los impertinentes para contemplar a los cantantes, con una sonrisa bailando en sus carnosos labios.

—¿Radcliff? —susurró.

¡Cómo le gustaba escuchar su nombre pronunciado por aquella boca! Se inclinó hacia ella, respirando su leve perfume a polvos y agua de rosas en el calor de sus desnudos y cremosos hombros.

—¿Sí?

—¿Qué es lo que están cantando? Solo puedo entender algunas palabras sueltas. Supongo que debería haber estudiado más italiano y menos swazi y zulú, ¿no te parece?

Radcliff se rio por lo bajo. Pocas mujeres habrían admitido lo que ella acababa de admitir. Por supuesto, eso era precisamente lo que siempre le había fascinado de ella. Nunca escondía sus pensamientos de la manera que tan bien sabían hacer las demás mujeres.

Escuchó durante un buen rato la aguda voz de la cantante, entendiendo todas las palabras.

–Suspira por su marido –incapaz de resistirse, se inclinó aún más hacia ella mientras añadía–: Su única posibilidad de conocer la verdadera y duradera felicidad reside en consentir que se acueste con ella. Cada mañana y cada noche.

Justine ladeó la cabeza hacia él, enarcando una ceja.

–Yo creía que su marido había muerto.

Radcliff soltó una corta y sorprendida carcajada. Carraspeó.

–Tu italiano es mejor de lo que me has dado a entender.

–Mejor ciertamente que el tuyo –sonrió, aparentemente satisfecha consigo misma, y se volvió de nuevo hacia el escenario.

Conforme se iba desarrollando la ópera, lo hacía también aquella inesperada fascinación hacia su esposa. ¿Cómo podía ser que no hubiera pensado antes en pedir su mano? Si lo hubiera hecho, ¿habrían sido diferentes las cosas para él? ¿Habría podido resistirse quizá a todas aquellas mujeres que no habían sido más que rostros pasajeros en su vida? Tal vez él habría podido ofrecerle un mejor rostro que el actual. Un rostro del cual ella pudiera sentirse orgullosa.

Bajó el mentón, todavía contemplándola. Para alguien que afirmaba no estar interesado por la ópera, Justine no apartaba la mirada del escenario. Suspiraba profundamente cada vez que aquellas potentes voces cortaban el aire. Y de forma natural, cada vez que inspiraba hondo, atraía la atención de Radcliff hacia aquellos preciosos y redondos senos, perfectamente empolvados.

Indudablemente siempre había tenido una gran debilidad hacia los senos empolvados en la ópera. Porque resaltaban la tersura de la piel y la forma de los mismos cada vez que, como reacción a la música y a las voces, la mujer contenía el aliento de emoción.

Durante el resto de la velada hubo numerosos momentos, mientras estuvo sentado a su lado, en que deseó acariciarle la mejilla así como la larga y elegante columna de su cuello con el dorso de la mano. Sobre todo cada vez que pensaba en la manera en que públicamente se había agarrado a su brazo cuando, aquella tarde, entraron en el edificio de la ópera.

Evidentemente había percibido lo que él ya había sabido: que todo el mundo se quedaría mirando su rostro marcado. Y aunque el gesto no había sido ostentoso, sin miradas y sin palabras, había sido sin duda el más enternecedor que nunca mujer alguna había tenido para con él.

De alguna manera, siempre había sabido cuando entró en el salón de su casa cierta noche de verano, dos años atrás, que aquella encantadora debutante a la que había visto en compañía de sus padres acabaría haciendo algo más que quitarle el aliento. Había sabido que acabaría cambiándole la vida.

Toda aquella noche se la había pasado fascinado por la forma que tenía de hablar y de caminar, así como de sostenerle atrevidamente la mirada cada vez que él se había dirigido a ella. Se había revelado gratamente distinta de todas las otras jóvenes aristócratas que había conocido. La mayoría estaban adiestradas para bajar la vista en los momentos apropiados y hablar siempre con tono humilde y recatado, mientras que él había preferido algo de fuego. Lo cual, por cierto, había constituido siempre su problema. Porque su obsesión disfrutaba con los desafíos.

Aquella noche, de Justine había emanado un aire tan puro y tan fresco que Radcliff había creído incluso oler una fragancia a agostadas praderas africanas. Praderas por las que había querido rodar con ella. Praderas que había *intentado* rodar con ella en algunas ocasiones visitándola en su casa, solo para encontrarse con que el conde estaba encima de él, vigilándolo. El conde le había advertido que a no ser que tuviera el matrimonio en mente, lo mejor que podía hacer era mantenerse bien alejado de ella. Y eso era lo que había hecho. Solo que en ese momento se arrepentía de ello.

En lugar de ceder al creciente impulso de acariciarle la mejilla delante de todo Londres, lo que indudablemente habría sido algo vulgar e irrespetuoso por su parte, optó por apoyar su mano enguantada en el respaldo de su silla, para que no se le desmandara.

—¿Qué es lo que están diciendo ahora? —susurró Justine de nuevo, interrumpiendo sus pensamientos.

Radcliff desvió de nuevo su atención hacia el escenario, donde una elegante dama, ataviada con un vestido de seda verde musgo, dirigía su lamento a un grupo de hombres perfectamente inmóviles y en silencio.

Se concentró en las palabras, preocupado esa vez de no equivocar la traducción, para que ella no tuviera que corregirlo.

—Se pregunta por qué su vida está condenada a la desgracia, y no entiende por qué los hados la han abandonado. Pese a ello, cree que está destinada a ser feliz y está decidida a triunfar sobre la adversidad.

Justine inspiró hondo y soltó lentamente el aliento en un profundo suspiro, como si aquellas fueran las palabras más románticas que había escuchado en toda su vida.

Se inclinó ligeramente hacia delante y poco después señalaba al grupo que se hallaba reunido a la izquierda de la cantante principal.

–¿Y esa gente de allí? ¿Quiénes son?

–Representan al pueblo.

–¿El pueblo? –arrugó la nariz–. ¿Qué pueblo? Todo esto es tan embarazoso... ¿soy yo la única incapaz de entender cada palabra?

Radcliff se sonrió ante aquel genuino intento por seguir el argumento de toda la ópera. La mayor parte del público se quedaba dormido. O espiaba a los demás con sus impertinentes.

–Creía que no te gustaba la ópera.

–Y no me gusta. Pero esta es sorprendentemente romántica, por la manera en que está representada –interrumpiéndose, se volvió para mirarlo–. Supongo que debería darte las gracias por haberme convencido de que viniera. Al margen de la fuerza bruta, esto es. Lo cierto es que estoy disfrutando –sonrió y volvió a concentrarse en el escenario.

Radcliff también sonrió y sacudió la cabeza. Las mujeres lo veían todo de una manera tan distinta... En ese momento barrió al público con la mirada y descubrió a lord y a lady Winfield sentados en su palco, directamente enfrente de ellos. Borrada de repente la sonrisa de su rostro, miró ceñudo al viejo marqués responsable de haber llevado al padre de Justine a juicio y ante el rey.

Lady Winfield inclinaba su cabeza plateada hacia su esposo mientras le susurraba algo con tono urgente, con sus impertinentes dirigidos hacia Justine. El marqués se removió en su asiento, sacudiendo su repeinado cabello gris, y musitó a su vez algo tras su mano enguantada, con aspecto ciertamente nervioso.

Resultaba más que obvio que estaban hablando de su esposa.

Radcliff se inclinó hacia Justine para susurrarle, con su boca muy cerca de los finos rizos castaños que le cubrían la oreja:

—Te sugiero que nos marchemos ya, querida.

—¿Por qué? ¿He hecho algo inapropiado?

Pensó que no tenía sentido mentirle.

—Lord Winfield y su esposa están sentados directamente enfrente de nosotros. Prefiero que nos marchemos. Antes de que termine saltando a su palco y haciendo que el escándalo de tu padre quede como una nadería.

Justine miró el palco que tenían delante, donde se hallaba lord Winfield con su mujer. Tras un breve silencio, alzó la barbilla y apuntó con sus impertinentes hacia el escenario.

—Nos quedamos. No pienso perderme el final de esta ópera. Si realmente sientes la necesidad de saltar a su palco, yo no me opondré.

Radcliff sonrió lentamente, jaleando para sus adentros la decisión de Justine mientras retiraba la mano del respaldo de su silla. No había esperado menos de ella.

Consciente de que lady y lord Winfield continuaban observándolos, miró la mano de Justine que reposaba sobre su regazo y deliberadamente se la tomó para llevársela a los labios y besarla ardientemente varias veces.

Sin dejar de besarla, le acarició los nudillos con los dedos. El pecho de Justine se alzó como si de pronto hubiera inspirado hondo, pero por lo demás permaneció indiferente mientras alzaba los impertinentes con la otra mano.

—¿Qué diablos estás haciendo, Bradford? —le preguntó—. ¿Te das cuenta de que todo Londres nos está mirando y que te estás comportando de manera muy vulgar?

—Simplemente estoy poniendo celosos a los Winfield —murmuró mientras continuaba acariciándole la mano—. Por lo que he oído, su matrimonio es tan desgraciado que, en comparación, el nuestro es un cuento de hadas. Deberíamos regocijarnos con él.

Justine le apretó la mano. Con fuerza.

—Regocijémonos entonces. Pero no creas que podrás tocar o besar nada más.

Radcliff reprimió una carcajada y volvió a besarle la mano. Tardara lo que tardara, estaba decidido a enamorar a su propia esposa y a reclamarla un poco más cada vez. Continuaría enamorándola y reclamándola hasta hacerla finalmente suya. En cuerpo y alma.

A la tarde siguiente

Que un criado de librea se presentara en su casa portando una carta de lady Winfield era algo que no tenía por qué sorprender a Justine. Lo que la sorprendió fue el hecho de que se negara a marcharse sin una respuesta.

Así que se vio obligada a leer la carta sin poder compartirla con Bradford quien, precisamente ese día, estaba fuera reunido con su secretario.

La carta decía así:

A Su Excelencia la Duquesa de Bradford,
Resultó de lo más conmovedor contemplar a una feliz pareja de tanta distinción en la ópera. Confieso que hacía mucho tiempo que no veía tan genuina adoración entre un caballero y su esposa. Os deseo a vos y a vuestro nuevo marido una felicidad duradera. Aunque mi esposo ha sido adversario de vuestro padre durante estos últimos meses, fue primera y principalmente siempre un amigo suyo. Humildemente suplico a Su Excelencia que comprenda que mi esposo solamente estaba buscando proteger los derechos del pueblo de Su Majestad, tras el atroz incidente en el que se vio involucrado nuestro hijo y que devastó nuestras vidas hace ya tantos años. Consciente de la influencia que vuestra Excelencia gozará durante los años venideros aquí, en Londres, y convencida de vuestra gran benevolencia, me atrevo a suplicar vuestro perdón en este asunto y a confiar en que vos y yo podremos comenzar de nuevo. Creo sin duda que eso nos beneficiaría a todos.
Afectuosamente,
Lady Winfield

Justine resopló, desesperada por rasgar aquella carta delante del criado en decenas y decenas de pedacitos y despacharla con la frase «idos al diablo y que el *Tokoleshe* zulú se abata sobre vos». Pero una verdadera duquesa jamás se mostraría tan vulgar o insensible. Además de que tenía que defender el buen nombre de su marido. Y el de sus padres también.

Ser una duquesa presentaba ciertamente irritantes problemas. Se requería ser una completa hipócrita.

Consciente de que el criado seguía esperando a la

puerta del despacho, Justine se sentó ante el escritorio de Radcliff y escribió con pulcra letra la carta siguiente:

A la muy noble marquesa de Winfield,
Me siento abrumada por vuestra disculpa. Como sabéis, mi padre ha sufrido grandemente la injusticia cometida contra él por culpa de sus poco convencionales conclusiones. Los estudios de mi padre han demostrado de manera fehaciente que la preferencia sexual es innata. Dios no comete errores, al contrario que los humanos. Comprendo que vuestro hijo padeció mucho a manos de un monstruoso canalla, y por ello mi corazón se duele. Vuestro hijo nunca debió haber soportado lo que soportó. Entended sin embargo, por favor, que el dolor que vos y vuestro marido habéis sufrido no es tan distinto del que yo he tenido que soportar viendo cómo la vida de mi propio padre se veía expuesta a una forma pública de degradante desnudez, de la que es posible nunca se recupere. Supongo que estaría más dispuesta a ofreceros mi perdón en este asunto si supiera que sois sincera.
Afectuosamente,
La duquesa de Bradford

El criado salió corriendo y no había pasado ni una hora cuando regresó con la siguiente carta, que también demandaba respuesta:

A Su Excelencia la duquesa de Bradford,
Nuestras disculpas son ciertamente sinceras y esperamos poder demostrároslo con el tiempo. Mi marido ha reflexionado sobre la situación y ha decidido noblemente reembolsar cualesquiera dineros perdidos por vuestro padre como consecuencia de las tribulaciones sufridas,

en su esfuerzo por demostrar la sinceridad de nuestras intenciones. Aunque seguimos disintiendo de sus convicciones, consideramos que respetar a alguien no significa necesariamente estar de acuerdo con él. Espero que os mostréis de acuerdo.

Afectuosamente,
Lady Winfield

Justine se había quedado mirando fijamente la carta con expresión de absoluto asombro. Resultaba curioso: en cierta ocasión, Bradford le había dicho lo mismo sobre el respeto. No podía negar que lo que había escrito la tal lady Winfield tenía *cierto* mérito.

Aunque no confiaba del todo en los Winfield después de lo que le habían hecho a su padre, Justine sabía que una no podía jugar con las demás niñas del parque sin prestar su pelota a las demás. Jugar con niñas malas conocidas por su afición a robar pelotas significaba siempre un riesgo, pero si todo marchaba bien, como esperaba que sucediera, jugar entrañaba una genuina diversión que podía resultar beneficiosa para todos.

Así que volvió a sentarse al escritorio de Bradford y redactó con letra elegante lo que esperaba fuera la última carta:

A la muy noble marquesa de Winfield,
Humildemente acepto vuestras protestas de respeto. Sé, de la misma manera, que con el tiempo todo quedará olvidado.
Afectuosamente,
La duquesa de Bradford

Dos días después a su padre le fue reembolsada la

impresionante cantidad de quince mil libras, y Bradford y ella fueron invitados al baile de los Winfield. Como no podía ser menos, Justine empezó a pensar que el buen nombre de la duquesa se estaba ganando un respeto sin precedentes en Londres. Y lo que resultaba ciertamente extraño: todavía estaba intentando ganárselo de la persona que más le importaba de todas: su marido.

Escándalo 10

Nunca permitáis que un hombre os atraiga a la oscuridad de un sereno jardín, o a cualquier otro aislado lugar donde podáis encontraros solas. Porque ello os llevará mucho más lejos que a la simple ruina o al escándalo. Os llevará mucho más lejos de lo que cualquier mujer está preparada para soportar.

Cómo evitar un escándalo
Anónimo

Dos fiestas, dos salidas al teatro, cinco paseos en carruaje por Hyde Park, tres visitas a su nueva familia política, cuatro vestidos nuevos en The Nightingale, *junto con cuatro zapatos a juego y un carísimo collar de esmeraldas que Radcliff había sacado de su caja de caudales, y ahora un baile ofrecido ni más ni menos que por lord Winfield, al cual Justine había insistido en asistir, después...*

Radcliff agarraba tenso la fina cintura de Justine con su mano enguantada, los dedos hundiéndose en el satén lila de su vestido de noche, mientras sostenía con idéntica tensión su mano durante el vals. Nunca se había tenido precisamente por un santo, y sin embargo se las había arreglado para soportar dos semanas enteras de su matrimonio sin llamar a la puerta de su alcoba. Algo de lo que, tenía que admitirlo, se sentía orgulloso. El problema era que su mano derecha le había estado haciendo constante compañía cada noche, y varias veces por noche. Algo que no podía evitar hacer, por mucho que se esforzara.

—Te estás pegando demasiado —susurró Justine mientras giraban a lo largo de la pista de baile, entre las demás parejas. Resplandecía en su cuello el collar que él le había regalado.

Radcliff se sonrió, divertido de ver cómo mantenía sus ojos castaños fijos en su chaleco, como si nunca antes hubiera bailado tan íntimamente con un hombre.

—Esto es un vals, duquesa. Se supone que tengo que mantenerte escandalosamente cerca. Disfrútalo. Yo lo estoy haciendo.

Para subrayar su aserto, la atrajo aún más hacia sí en el instante en que pasaban por delante de un puñado de vejestorios que los contemplaban embobados, con aspecto de terminar desmigajándose como galletas en caso de que intentaran moverse como ellos lo estaban haciendo.

Justine le guardaba el paso, rozando sus caderas con las suyas mientras sus muslos seguían elegantemente todos sus movimientos. Estaba admirado de lo bien que sabía bailar.

El conocimiento de que su hermano se hallaba en alguna parte entre la multitud, probablemente mirándolo, hacía que Radcliff bailara con mayor orgullo que entusiasmo. Porque él tenía algo que ni su hermano ni nadie podría tener nunca: Justine.

Cuanto más tiempo pasaba con su esposa, más conciencia tenía de lo muy afortunado granuja que era. Y lenta, muy lentamente, estaba domesticando su propia obsesión de una manera que jamás había creído posible, consciente de que Justine tenía todo que ver en ello. Se mostraba firme con él cuando él necesitaba que lo fuera, y dulce y tierna en los momentos más inesperados.

Cuando el vals terminó al fin, le ofreció su brazo y abandonaron la pista de baile. Inclinándose hacia ella, murmuró:

—Lord Winfield me ha informado que ha mandado instalar una nueva fuente en su jardín que su esposa se trajo de Venecia.

Justine se detuvo al borde de la pista de baile y se soltó de su brazo, enarcando una ceja.

—¿Me estás proponiendo lo que creo que me estás proponiendo?

Dios, cómo lo deseaba... Poco sabía ella que había ganado la partida. Justine había roto finalmente su empecinada alma por la mitad. Porque nadie era más consciente que él de que cada mirada que ella le regalaba, cada sonrisa y cada palabra, parecían apuntar hacia una sola cosa: el deseo que tenía de comprenderlo, de entender quién y qué le había pasado. Y él pretendía satisfacer ese deseo esa misma noche, aprovechando su buena disposición.

Radcliff se inclinó de nuevo hacia ella para susurrarle:

—Busca esa fuente.

Sin esperar su respuesta, giró sobre sus talones y se abrió paso entre la multitud. Solo esperaba no haberse equivocado en su decisión de revelarle la verdad que se escondía detrás de su cicatriz.

Justine se dio cuenta de que la fuente importada de Italia no estaba tan lejos del lugar donde se celebraba el baile. La zona recibía la luz que le llegaba desde la casa, además de la del gajo de luna que colgaba en el cielo.

Fueran cuales fueran las intenciones de Radcliff, no podían ser tan amorosas, a no ser que planeara escandalizar a todo Londres. Aunque tampoco habría sido la primera vez para ninguno de los dos...

La fresca brisa nocturna acariciaba sus hombros desnudos, arrancándole un estremecimiento. El agua de la fuente burbujeaba a un ritmo constante, desbordando de cuando en cuando el recipiente en aparente sintonía con la música que llegaba hasta allí.

Se estaba frotando los brazos cuando se levantó otro fuerte soplo de brisa.

—¿Tienes frío? —inquirió una profunda voz familiar.

Justine sintió que se le aceleraba el pulso simplemente de saber a Bradford tan cerca detrás. Las dos últimas semanas habían sido divinas. Ya desde la noche de la ópera, la cadencia amable de su voz había regresado, recordándole al hombre que tanto la había deslumbrado en un principio. Pasaban cada momento hablando de mil cosas. De todo excepto de lo único que ella tenía más deseos de saber: la historia que se escondía detrás de su cicatriz.

—Tengo algo de frío —le confesó en voz baja

—Ten. Toma esto —galantemente le echó sobre los hombros su chaqueta de noche, que conservaba un leve aroma a sándalo y tabaco—. ¿Mejor? —le susurró a su espalda.

Involuntariamente se derritió por dentro, estremeciéndose de nuevo.

–Mucho mejor. Gracias.

Sus manos enguantadas le acariciaron los hombros antes de rodearla para plantarse ante ella. Su camisa blanca y almidonada relucía bajo su chaleco bordado de color marfil, como reflejando la envolvente luz de la luna.

–Una noche demasiado fresca para estas alturas de verano, ¿no te parece? –le comentó él, mirando a su alrededor. Como si aquella noche veraniega fuera lo único que tuviera en mente.

Justine reprimió una sonrisa mientras pensaba en lo adorable del gesto. Seguía buscando conversaciones que tener con ella.

–Cierto.

Radcliff aspiro profundamente, llenándose los pulmones.

–Buen aire es éste.

–Para tratarse de Londres, sí –tuvo que hacer esfuerzos por permanecer seria.

Radcliff asintió, y frunció sus oscuras cejas mientras bajaba la mirada a sus manos. Sin añadir nada más, fue aflojándose las puntas de los dedos de los guantes uno a uno.

Se quitó suavemente el guante derecho y luego el izquierdo, desnudando sus manos anchas y fuertes. Se los encajó en la cintura del pantalón y se aclaró la garganta.

Justine sujetaba nerviosa su chaqueta, incapaz de dejar de contemplar aquellas manos. Manos que ni una sola vez se habían propasado con ella, no desde la noche de la ópera. El corazón le atronaba en el pecho mientras se preguntaba si aquella noche señalaría el final de la caballerosa actitud que tan ardientemente había estado disfrutando.

—Me ha llevado algún tiempo, pero estoy dispuesto a compartir contigo lo que me sucedió la noche en que mi rostro quedó desfigurado. ¿Sigues deseando saberlo?

Un candente rubor se extendió por su cuello y por su rostro a la par que se aceleraba su respiración. No era aquello ciertamente lo que ella había estado esperando. Era mucho más.

Miró a su alrededor, hacia la casa, sorprendida de que hubiera escogido aquel momento en concreto, cuando había tanta gente cerca.

—Sí, por supuesto. ¿Pero no deberíamos quizá hablar en un lugar más discreto?

—No, yo prefiero éste. De ese modo tendrás la oportunidad de retirarte en caso de que no desees continuar escuchándome.

Justine tragó saliva. Todo aquello le estaba sonando muy poco prometedor.

—No tengo ninguna intención de retirarme.

—La decisión será tuya —sus sensuales rasgos se tensaron bajo la débil luz que llegaba hasta ellos a través de las puertas ventanas de la casa. De manera casi fantasmal, la mitad intacta de su rostro permanecía visible, con la otra en sombras—. Supongo que debería empezar por un nombre: Matilda Thurlow. En la época del incidente, era la amante de mi hermano.

Justine parpadeó sorprendida. Había oído hablar de la participación de una mujer poco respetable, pero no que se había tratado de la amante de Carlton.

Desviando la mirada, Radcliff murmuró:

—Carlton estaba completamente enamorado de ella, aunque públicamente se contenía de presumir de ello. Y no porque le preocupara su reputación, sino porque le preocupaba que yo se la quitara. Matilda era muy bella. Yo procuraba respetarla como amante que era de mi hermano, pero cada vez que la veía, cuando salía a pasear por Hyde Park o por Regent Street, me sentía más y más intrigado, más atraído por su persona. Con el tiempo, empecé a visitarla por las tardes con la intención de enredarme con ella. Pero ella me rechazaba todas las veces, con lo cual solo consiguió exasperarme aún más.

Justine ignoraba por qué enterarse del ardor con que había perseguido a aquella mujer le estaba provocando tantos celos, cuando todo aquello había sucedido antes de que estuvieran juntos. Tal vez porque aquella adoración que siempre había sentido hacia él se estaba convirtiendo en algo mucho más comprometido.

Bradford se encogió de hombros.

—No necesito decirte que mi hermano no fue inconsciente de mis intentos. A menudo me los echaba en cara. Lo que es peor: sabía que yo no tenía ningún autocontrol por lo que se refería a las mujeres y además lo encontraba divertido. Tanto que, aquel fatídico día, hizo enviar a mi casa un retrato de Matilda Thurlow a tamaño natural. Yo me quedé lívido, y sin embargo no fui capaz de deshacerme de él. Así que lo colgué en la pared de mi alcoba y pronto mi obsesión se convirtió en una fiebre.

Justine contenía el aliento, atónita. El retrato. El retrato de la bella rubia. ¿Se trataría del mismo al que se estaba refiriendo? Intentó mantener un tono indiferente de voz, aunque en absoluto se sentía así por dentro.

—¿Es el mismo retrato que cuelga en el corredor que conduce a nuestras alcobas?

Radcliff carraspeó.

—Sí.

Tras un incómodo silencio, Justine se obligó a preguntarle:

—¿Existe alguna razón por la que aún sigue allí?

Se quedó callado por un momento, y después asintió.

—Cuando me encerré en la casa, lo mandé retirar muchas veces, para mandar volver a colocarlo otras tantas. Hasta que lo saqué de la alcoba para colgarlo en el corredor. Lo habría tirado, pero deseaba demostrarme a mí mismo que podía pasar por delante de aquella maldita cosa sin que me provocara reacción física alguna. Me costó un mes, pero lo hice. Ahora no es más que un simple recordatorio de lo que una vez fui. Y de lo que aún sigo siendo.

Justine ignoraba por qué aquella confesión la aterró tanto. Quizá porque venía a decirle que incluso el mejor de los hombres podía ocultar el más horrible de los secretos.

Radcliff se frotó incómodo la barbilla y desvió la vista.

—Pronto me encontré en la más desesperada necesidad de relacionarme con una mujer de carne y hueso, en vez de satisfacerme a mí mismo delante de un retrato. Así que decidí asistir a una fiesta de champán convocada cerca de Covent Garden. Terminé por no dejar que se me acercara ninguna mujer de las de allí por miedo a la sífilis, y opté por limitarme a beber mientras veía fornicar a los demás —la miró—. ¿Sabes lo que es una fiesta de champán?

Justine negó con la cabeza, sin apartar la mirada de su rostro.

—Supongo que tiene que ver con hombres, mujeres y champán.

–Champán y láudano, para ser exactos. Aquella misma noche, Matilda sobornó a mi criado para descubrir mi paradero. Aparentemente estaba cansada de que Carlton le hiciera promesas que luego nunca cumplía y decidida a relacionarse con otro hombre. Y yo era ese otro hombre, dado el interés que antes le había demostrado. Llegó con la esperanza de enredarse conmigo, pero aparecieron seis matones que la agarraron, desnudaron, ataron... y violaron uno a uno. Nadie hizo nada, aunque ella no dejó de gritar en todo el tiempo.

Justine se cubrió la boca con una mano temblorosa, los ojos llenos de lágrimas.

–¡Oh, Dios...!

Radcliff echó hacia atrás su morena cabeza y clavó la mirada en el cielo nocturno.

–Por entre la niebla de mi propio delirio, alguien me arrastró a través de los aposentos de la casa, suplicándome que asistiera a una mujer en apuros. No estaba preparado pata lo que vi –bajó la cabeza, y se giró luego en redondo para descargar un puñetazo al aire. Volviéndose hacia la casa, se pasó las dos manos por el pelo antes de dejarlas caer a los lados–. Era Matilda, que chillaba y sollozaba mientras la sujetaban boca abajo. Uno de los hombres le estaba grabando sus iniciales en el trasero con un cuchillo. Para que se acordara de él, según repetía el matón. Me lancé contra ellos como a través de una niebla, y aquella misma hoja me tajó con fuerza la cara desde el labio hasta la sien. Ebrio como estaba, no sentí nada.

Justine sintió que le ardía la garganta de sufrimiento por lo que él y la pobre Matilda Thurlow habían tenido que soportar.

Bradford apretó los dientes y volvió a blandir el puño

en el aire. Acto seguido, siseó con una voz que no parecía la suya:

—Cada vez que apartaba uno y a otro con un golpe en el cráneo, otro más se abalanzaba sobre ella. Veía mi propia sangre por todas partes. Finalmente algunos hombres decentes, dándose cuenta de que tenía la cara abierta, me ayudaron a acabar la pelea. Pero Matilda ya se había llevado la peor parte —se pasó una mano temblorosa por el rostro y sacudió la cabeza—. El hecho de ser testigo directo de todo aquello me confirmó lo que yo ya sabía por mi propia experiencia con la obsesión. Que si las investigaciones de tu padre eran tan importantes era por la mejor comprensión que nos daban de nosotros mismos. Porque una vez que desaparece la ropa, los hombres se convierten en animales.

Justine intentó ahogar un sollozo, pero no pudo evitar que escapara de sus labios.

—Apenas tres días después del incidente —continuó él en voz baja—, con mi cara recién cosida y los seis hombres en prisión esperando juicio, Carlton irrumpió en mi casa y me echó la culpa de todo. Como si de alguna manera yo hubiera sido el inspirador de lo sucedido. En cierta forma, su resentimiento tenía sentido. Yo había sido un irresponsable al alimentar mi obsesión durante demasiado tiempo, entregándome a un estilo de vida que no servía a nadie, ni siquiera a mí. Como reacción permanecí encerrado y aislado en casa durante muchos meses, negándome a satisfacerme a mí mismo ni siquiera una sola vez.

Justine lo escuchaba estupefacta.

—Pero una sola cosa me mantuvo cuerdo —continuó él, buscando su mirada—. Tus cartas semanales, que quemaba en cuanto las leía. No quería responderte por miedo a darte alas, a ti y a mí mismo. Luego ocurrió esa desgracia de tu padre, y poco después me llegó tu carta ofreciéndote a acostarte conmigo a cambio de su libertad. Aquello arrojó por la borda mi capacidad para pensar con coherencia. Yo no quería unas pocas y tristes noches. Si era o no merecedor de ti fue algo que ni siquiera me molesté en preguntarme. Así que me casé contigo, creyendo que podría controlar mi obsesión... solo para descubrir que ella me sigue controlando a mí. Son muchas las veces que lucho conmigo mismo, y por ello, me siento un ser despreciable, pero tú me das esperanza y consuelo –asintió y desvió la vista, claramente incapaz de decir nada más.

Como si lo hubiera necesitado... Si alguna vez Justine había dudado de que Bradford tenía alma y corazón, estaba segura de que no volvería a hacerlo nunca más. Tragó saliva y se acercó apresurada a él. Lo abrazó de la cintura, atrayéndolo hacia sí con todas sus fuerzas, y enterró la cara en el sólido calor de su pecho.

—Tú no eres un ser despreciable —insistió—. No para mí. Nunca lo fuiste.

Radcliff aspiró profundo, sin moverse ni intentar abrazarla siquiera.

Justine pensó entonces que quizá había hablado demasiado, o demasiado pronto. Se apartó, bajando los brazos temblorosos, y permaneció incómoda ante él sin saber qué más decir o hacer.

Lo único que sabía era que quería ayudarlo de todas las maneras posibles.

Radcliff le acarició entonces el cuello con el dorso de su cálida mano. Delineó un sendero hasta el hueco de la base de su garganta, rozando el collar de esmeraldas que le había regalado apenas unos días atrás. Era una caricia que hablaba de su genuina necesidad de llegar hasta ella más allá de los límites del deseo.

Justine tragó saliva, incapaz de romper su oscura y atormentada mirada, que hablaba a su vez de una tácita forma de sufrimiento. Un sufrimiento que había procurado esconder detrás de corteses palabras y un aire desenfadado.

Vio que de repente retiraba la mano y se apartaba.

–Estoy seguro de que todo el mundo habrá advertido nuestra ausencia. Deberíamos volver a la fiesta.

Justine estaba atónita. El duque de Bradford utilizando la formalidad como excusa para acabar con aquel maravilloso momento de ternura entre ellos. Una excusa que llevaba dos semanas utilizando. Una excusa de la que ella ya estaba harta.

–Abrázame, Radcliff –insistió, esperando tentarlo para que se quedara y poder así prolongar aquellos instantes de genuina intimidad entre ellos.

Radcliff miró la casa a su espalda.

–No.

–Eres mi marido –Justine se le acercó más–. Abrázame.

Se la quedó mirando fijamente por un momento mientras seguía guardando las distancias.

–Yo... no. Ahora no. No puedo.

–No te tengo miedo, Bradford. Y tú tampoco deberías tener miedo de ti mismo. Y ahora, abrázame.

Bradford vaciló, hasta que finalmente se acercó a ella. La atrajo entonces con tanta fuerza hacia sí, estrechándola en sus poderosos brazos, que la dejó sin respiración.

–Quizá no tan fuerte... –se quejó, divertida.

Radcliff se rio por lo bajo y se inclinó lentamente

para rozarle la piel del cuello con sus cálidos labios. Alzando luego la morena cabeza, buscó sus ojos. La luna resaltaba la feroz pero noble cicatriz que le cruzaba el rostro.

—Prometo protegerte de todo, Justine —susurró—. Incluso de mí mismo, si es necesario.

Justine tuvo la sensación de que el cielo giraba sobre su cabeza en respuesta a sus explosivas emociones. Amaba a aquel hombre. Lo amaba de verdad. Se lo quedó mirando maravillada, con la cabeza indolentemente echada hacia atrás, deseosa de que aquel momento no terminara nunca. Y sobre todo ansiaba tocar y acariciar cada parte de aquella alma que le había escondido a ella y al resto del mundo.

—Tengo que besarte —su tono era crudo y vibrante de contención mientras se disponía a besarla.

Pero Justine se lo impidió poniéndole una mano enguantada sobre los labios, vacilante.

—No. Hazlo porque *deseas* hacerlo.

—*Deseo* hacerlo —pronunció contra sus dedos—. Mi preciosa Justine, todavía no te das cuenta de que tú eres todo lo que podría desear —le apartó la mano casi con violencia y se apoderó de sus labios, acelerándole el corazón. Sus musculosos brazos la envolvieron por completo mientras profundizaba el beso y exploraba ardientemente los rincones de su boca.

Justine sintió que su alma se derretía en respuesta a aquel beso. Subió las manos todo a lo largo de su pecho hasta los hombros, el almidonado cuello de su camisa y su espeso cabello.

Intentó satisfacer sus exigencias físicas imitando los mismos movimientos con su boca. Empujó la lengua contra la de él, esperando demostrarle que lo deseaba más que nunca y que se sentía verdaderamente entusiasmada de ser su esposa.

Radcliff gruñó mientras estrechaba a Justine contra su acalorado cuerpo. Su suavidad. Su calor. Se hinchaba su miembro apretándole el pantalón. La deseaba. Y no la deseaba su miembro, sino él.

Su boca se movía con mayor energía contra la de ella, y se descubrió deseando más. Le temblaron las manos cuando le acarició las caderas, subiendo poco a poco. Quería explorar algo más que su boca. Quería explorarla toda ella, y no le importaba que todo Londres los estuviera viendo en ese momento.

Apartó y arrojó a un lado la chaqueta con que antes la había abrigado, desnudando la aterciopelada tersura de sus cremosos hombros. Sus palmas se cerraron sobre ellos para buscar luego su cuello.

Las frías esmeraldas tropezaron entonces con sus dedos, interrumpiendo el sensual recorrido que pretendía emprender. Esmeraldas que antaño habían acariciado el cuello de su propia madre. Esmeraldas, por tanto, que no se merecía Justine. Le compraría otras joyas. Joyas que no hubieran sido tocadas ni mancilladas por nadie. Que fueran como ella misma.

A tientas soltó el broche, sin dejar de devorarle los labios. Percibió su tensión mientras le retiraba lentamente el pesado collar.

Para su decepción, las enguantadas manos de Justine abandonaron su nuca para posarse sobre su pecho y empujarlo, como pidiéndole que desistiera. Se apartó, reacio, y se la quedó mirando con las esmeraldas de su madre en su mano derecha.

Justine vaciló, con sus ojos castaños escrutando su rostro.

–Creía que habías dicho que eran mías.

Radcliff sonrió, bien consciente de lo que estaba pensando.

–Pertenecieron a mi madre y no son dignas de ti. Pretendo comprarte un nuevo collar –y dicho eso arrojó al aire el collar de esmeraldas, que fue a caer a la fuente.

–¡Bradford! –exclamó ella. Girándose, se acercó apresurada a la fuente para buscar frenética las joyas que habían desaparecido en el agua burbujeante.

Riendo por lo bajo, Radcliff se reunió con ella. Sabía que, si no lo impedía, Justine acabaría saltando dentro. La tomó de la cintura y la obligó a volverse hacia él.

–Que se las quede la maldita fuente. Ven. Aún no he acabado contigo.

Inclinando la cabeza, deslizó lentamente la lengua a lo largo de la fina y elegante columna de su cuello, hacia los perfectos montículos de sus senos que asomaban en el escote.

–Tómatelo como el mayor de los cumplidos. Yo nunca respeté a mi madre. Traicionó a mi padre por un momento de placer que ni siquiera se atrevió a confesar hasta mucho después de la muerte de él. Un momento de placer que tuvo como fruto a Carlton.

El pecho de Justine se alzó rápidamente, como si hubiera inspirado aire de golpe.

–Yo... no lo sabía.

–Ahora ya lo sabes –tragó saliva–. Permíteme que te toque –deslizó los dedos por la fina seda de su vestido, subiendo hacia sus voluptuosos y aterciopelados pechos. Necesitaba explorar su dulce tersura.

Podía sentir el pálpito de su duro falo, presionando contra el pantalón. Tocarla no sería suficiente, y si no llevaba cuidado, acabaría poseyéndola allí mismo, al pie de la fuente.

Un sonido procedente del baile penetró a través de su niebla febril. Radcliff retrocedió un paso, aclarándose la garganta.

—Creo que es mejor que me contenga.

Justine se quedó callada por un momento y luego susurró:

—Ven a mi cama esta noche. No hay razón para que te mantengas alejado. Ya me has demostrado sobradamente tu respeto.

Radcliff sintió que se le aceleraba el pulso de puro asombro. Le estaba ofreciendo la única cosa que él se había negado a suplicarle durante aquellas dos últimas semanas. Por orgullo, sí, pero sobre todo por respeto hacia ella.

—¿Lo deseas? —susurró a su vez.

—Con todo mi corazón —sonrió.

Pensó que era indudablemente el más afortunado granuja que caminaba sobre la tierra.

—Yo... sí. Iré —asintió, y se sacó los guantes de la cintura del pantalón para volver a ponérselos. En un intento por distraerse de la perspectiva de aquella noche, se dirigió al lugar donde había arrojado la chaqueta y la recogió del suelo. La sacudió y se la echó sobre los hombros. Finalmente se volvió hacia Justine y le tendió la mano—. Vamos. Debemos reunirnos con los demás.

Pero ella señaló la fuente que se alzaba detrás:

—No sin mis esmeraldas... No me importa la relación que tuvieras con tu madre. Valen una fortuna.

Radcliff se echó a reír, sacudiendo la cabeza. Acercándose, la tomó de la mano y empezó a tirar de ella hacia la casa.

—Yo creía que no te importaban las baratijas.

—Y no me importan —se resistió—. Pero tampoco quiero que se pierda un collar de tanto valor. Si tú no lo quieres, que veo que es el caso, se lo daré a mi padre. Él sueña con volver a Ciudad del Cabo, y esto, sumado al dinero que recientemente ha recibido de lord Winfield, puede venirle muy bien.

Radcliff puso los ojos en blanco mientras seguía tirando de ella. Más fuerte. Hacia él.

—Justine —gruñó—. Si tu padre sueña con trasladarse a Ciudad del Cabo, yo me encargaré de ello. Pero, por ahora, te pido que dejes esas esmeraldas en paz. No quiero verlas. No deseo volver a verlas nunca. ¿Entendido?

Justine soltó un suspiro exasperado y musitó algo antes de acompañarlo obediente de regreso al baile.

Escándalo 11

Pocos maridos llegan genuinamente a valorar lo mucho que su esposa hace por ellos. Motivo por el cual es deber de la esposa hacerles entender qué es lo que deben valorar.

Cómo evitar un escándalo
Anónimo

Justine estaba completamente segura de que Radcliff había terminado por perder el juicio. ¿Cómo podía alguien arrojar un collar de esmeraldas a una fuente así como así? ¡Simplemente porque no se llevaba bien con su madre! Y después de todos los apuros financieros que ella había venido pasando durante los últimos meses...

Entró con Radcliff en el salón y se detuvo en seco, repentinamente consciente de que pasaba algo. Se quedó helada justo en la puerta que daba a la terraza.

El gran salón, que antes había rebosado alegría y bullicio, se encontraba en ese momento envuelto en un silencio siniestro. La orquesta de siete instrumentos, instalada en la esquina más alejada, había dejado de tocar.

Las parejas permanecían aún en la pista, como si el silencio de la orquesta los hubiera interrumpido en mitad del baile. Y de repente estalló el caos cuando varios caballeros con sus mejores galas salieron en desbandada en diferentes direcciones, como alocadas avestruces.

Justine apretó la mano de Radcliff y se pegó a su cuerpo, alzando rápidamente la mirada hasta sus ojos. Él se la apretó también, ceñudo, mientras contemplaban aquella agitación.

—Radcliff... —pronunció con voz ronca, incapaz de decir mucho más.

—Nadie parece estar llamando a un médico, ni tampoco dar la voz de fuego. ¿Cómo es que toda esta gente se ha puesto a correr como ratas y a despotricar como lunáticos?

—¡Excelencia! —gritó alguien—. ¡Excelencia!

—Hablando de lunáticos —Bradford señaló al hombre que se dirigía directamente hacia ellos—. Aquí viene uno. ¿No estás de acuerdo conmigo?

Justine reprimió una carcajada y le dio un manotazo en el brazo mientras su anfitrión, lord Winfield, se acercaba apresurado sudando copiosamente. El caballero se detuvo en seco, esforzándose por no echarse encima de ambos con su larguirucha y desgarbada figura.

Lord Winfield inspiró profundo, irguiendo los hombros.

—Disculpad por favor toda esta conmoción. No era así como imaginaba que se desarrollaría la noche.

Bradford dio un paso hacia el hombre, agarrando todavía con fuerza la mano de Justine.

—¿Qué sucede, milord? ¿Se trata de algo serio?

El rostro enjuto y envejecido de lord Winfield se tornó colorado.

–El colgante de mi esposa parece haber desaparecido. Lo llevaba no hace mucho, pero nadie parece haberlo visto. Os lo aseguro: un hombre ya no puede confiar en nadie en estos tiempos que corren. En nadie.

–¿Ha desaparecido el colgante de lady Winfield? –inquirió Justine, incrédula. Y ella que pensaba que habían asesinado a alguien, a juzgar por el alboroto montado–. ¿Solo eso?

Lord Winfield se tiró de las solapas de su chaqueta de noche como aprestándose a justificar su actitud.

–Os suplico me disculpéis, Excelencia, pero sucede que ese colgante es un recuerdo de familia valorado en quinientas libras.

Radcliff dejó escapar un silbido de admiración.

–No creo que nadie se marche pronto de aquí...

–Silbar en momentos como este resulta ciertamente funesto –lo amonestó discretamente lord Winfield antes de volverse hacia Justine–. Mis más sentidas disculpas, Excelencia, pero solo las damas están autorizadas a abandonar la casa. Si sois tan amable de venir conmigo, os acompañaré hasta vuestro carruaje. Vuestro marido se reunirá con vos una vez hayamos resuelto esta situación...

–¿Qué diantres estáis sugiriendo? –lo interrumpió Radcliff, interponiéndose entre ellos y avasallando a lord Winfield con su imponente presencia–. Mi esposa no va a ir a ninguna parte sin mí.

Justine reprimió una sonrisa y alzó la barbilla, absolutamente encantada de tener a alguien como Radcliff velando por su seguridad.

–Efectivamente. Me disculparéis, milord, pero no me marcharé sin mi marido.

Lord Winfield vaciló. Aclarándose la garganta, se inclinó hacia Bradford.

—Los hombres serán desnudados y registrados, Excelencia. Y eso es algo que jamás debería hacerse en presencia de una dama.

Justine soltó una carcajada al imaginarse a Radcliff desnudado en público. Iba a suscitar la envidia de todos los caballeros presentes.

—Creo que debería marcharme. Dios me libre de verme obligada a contemplar a mi esposo en cueros.

A Radcliff se le escapó otra carcajada.

Lord Winfield se puso rojo como la grana. Carraspeó de nuevo, y señaló luego las puertas ventanas del otro lado del salón.

—Por favor, reuníos con mi esposa en el recibidor, Excelencia. El cielo sabe que está singularmente encariñada con vos. Lo único que os pido es que seáis cuidadosa. Tiene una constitución bastante delicada.

—Lo entiendo perfectamente, lord Winfield.

Justine arqueó una ceja hacia Bradford, que parecía esforzarse por mantener la compostura, antes de recogerse las faldas y seguir obediente a la multitud de mujeres que abandonaban el salón de baile.

Radcliff reprimió la ridícula sonrisa de la que, desde hacía un buen rato, parecía incapaz de librarse. Justine era mucho más atrevida y descarada que lo que había pensado.

—Que todos los caballeros formen fila a lo largo de la pared, haced el favor, señores —gritó lord Winfield—. Os ruego me disculpéis por las molestias, pero es que el colgante sigue sin aparecer.

Radcliff, al igual que los demás hombres de la sala, formó fila obedientemente a lo largo de la pared este.

Algunos caballeros pusieron los ojos en blanco. Otros juraron por lo bajo.

Pensó que era precisamente por esa clase de cosas por las que siempre había detestado acudir a los eventos de los Winfield. Aunque lord Winfield y esposa eran gente amable, siempre lo estaban exagerando todo.

Se apoyó contra la pared a la espera de instrucciones, deseoso de que todo acabara de una vez para poder llevarse a su esposa a casa y terminar lo que no había tenido oportunidad de consumar en el jardín.

Cuando todos los caballeros presentes en el baile estuvieron finalmente alienados conforme al requerimiento del anfitrión, empezó el registro.

Lord Winfield contempló la larga fila de hombres, todo agitado.

–¿Seríais tan amables de quitaros vuestros zapatos y chaquetas? – interrumpió–. ¿Excelencia?

Radcliff le sostuvo la mirada.

Lord Winfield se inclinó hacia él para susurrarle, con una mano enguantada en la boca de manera que nadie más pudiera oírlo:

–No tengo intención de someteros a esto. Sé perfectamente que estuvisteis en el jardín disfrutando de, er... la fuente –le hizo un guiño–. Ya os comenté que era espectacular.

–Absurdo. Yo debería ser tratado como todos los demás –y, dicho eso, procedió a quitarse la chaqueta y los zapatos como ya estaban haciendo el resto–. Un colgante de quinientas libras bien lo merece.

–Gracias, Excelencia –lord Winfield se apresuró a inclinarse de nuevo hacia él para susurrarle–: Estaréis en buenas manos. Vuestro hermano se ha ofrecido generosamente a ayudarnos.

Radcliff se estiró para recorrer con la mirada la fila en la que se encontraba. Allí estaba Carlton pasando revista con expresión engreída, como un inspector jefe recién nombrado.

Había sabido que terminaría cruzándose con Carlton antes de que acabara la noche. Volvió a apoyarse en la pared, esperando.

Su hermano se detuvo en la pared, con un resabiado brillo de malicia en sus ojos azules.

–Bueno, bueno... –masculló–. ¿Qué es lo que tenemos aquí, en el baile de los Winfield? ¿Quién lo habría imaginado? ¿Qué curiosa armonía del mundo es la que ha hecho posible que una dama perdone a los ofensores de su propio padre? –esbozó una mueca desdeñosa–. ¿No habrás visto tú por casualidad ese colgante, Bradford? Tengo entendido que vale una pequeña fortuna.

Radcliff entrecerró los ojos. Era muy probable que hubiera sido el propio Carlton quien hubiera hecho desaparecer el colgante. No tanto por su valor como por una especie de guiño a sus antiguos días juveniles. Días en los que tanto Carlton como él habían rivalizado estúpidamente por generar un caos tras otro a su paso, en un ridículo *crescendo* que solía terminar con que uno de los dos pagaba tres guineas al otro, como apuesta. Cuando por entonces todavía se llevaban bien.

Radcliff le tendió su chaqueta.

–He tenido una larga noche, Carlton. Me gustaría retirarme.

–Detesto decepcionarte, Bradford, pero si no colaboras, puede que esta llegue a convertirse en la noche más larga que hayas conocido –tomando su chaqueta, rebuscó en los bolsillos y se detuvo al encontrar unas pocas guineas. Sin dejar de mirarlo, se guardó las monedas en su propio bolsillo antes de devolvérsela.

–He decido cobrar por adelantado nuestra apuesta.

–Carlton... –gruñó Radcliff.

Carlton señaló los zapatos que estaban colocados delante de los pies descalzos de su hermano.

–Dámelos.

Maldijo para sus adentros. El muy canalla había perdido el poco juicio que le quedaba. Consciente de que todos lo estaban observando y de que cuestionarían su falta de colaboración, se agachó para recoger los zapatos.

Irguiéndose de nuevo, se los entregó a su hermano y observó impaciente cómo se los registraba. Al no encontrar nada, Carlton los dejó caer al suelo, errando por muy poco los pies de Radcliff.

Radcliff se lo quedó mirando fijamente. Esperando.

Carlton le sostenía la mirada, como si estuviera convencido de que su hermano era el responsable de la desaparición de aquel colgante.

–Carlton... –gruñó de nuevo Radcliff, impaciente. No eran ya dos jovenzuelos a los que pudiera excusarse por comportarse como imbéciles delante de la alta sociedad. Resultaba que él era un hombre casado y tenía que velar por la reputación de su esposa. Que no solamente por la suya.

–Tengo entendido que hiciste una boda muy suntuosa y que puede que estés algo necesitado de fondos. Vacía tus bolsillos, Bradford, ¿quieres?

–Vete al diablo, Carlton.

Pudieron oírse las exclamaciones ahogadas de varios caballeros a ambos lados de la fila, escandalizados. Carlton se sonrió, claramente encantado con su reacción.

–¿Por qué habrías de negarte a que te registraran? ¿Mmmm? –lo señaló burlón, y se dirigió luego al siguiente hombre de la fila.

Los hombres del final cuchicheaban entre ellos. Algunos incluso estiraban el cuello para mirarlo mejor.

Volvió a maldecir para sus adentros. Lo último que necesitaba era que la alta sociedad pensara que estaba necesitado de dinero.

–Está bien. Regístrame –llamó a Carlton.

Su hermano se detuvo en seco. Enarcando las cejas, se volvió para dirigirse de nuevo hacia él, con sus botas resonando en los suelos de madera.

–Vacía tus bolsillos.

–Haré algo mejor que eso –Radcliff empezó a desabrocharse enérgicamente el pantalón, dispuesto a poner fin a aquel sinsentido. Se lo quitó del todo, quedándose en ropa interior, y se lo arrojó a su hermano–. Anda, registra cada costura.

Algunos caballeros sofocaron la risa. Carlton apretó la mandíbula y le devolvió el pantalón de la misma manera, sin registrárselo.

–Te sugiero que te lo pongas, Bradford. Antes de que todo el mundo descubra lo escasamente provisto que naciste.

Más carcajadas ahogadas resonaron en la sala.

–Lo que importa es que nací primero –poniéndose el pantalón, se abrochó cada botón. Metió luego los pies en los zapatos, sin mirarlo.

Carlton se inclinó entonces hacia él para murmurarle:

–Matilda volvió. ¡Mujeres! Son como perras –con una sonrisa perversa, sacó las dos guineas que antes le había quitado y se las devolvió, guardándoselas en uno de los bolsillos exteriores de su chaqueta–. Ganas porque te has quitado el pantalón. Confieso que no me lo había esperado.

Radcliff entrecerró los ojos. Su hermano disfrutaba sacando de quicio a los demás. Pero si el muy canalla pensaba que iba a dejarse provocar por una mujer que ni siquiera era suya, andaba muy equivocado. Él tenía su propia esposa a la que cuidar, una tarea que se estaba revelando mucho más desafiante de lo que había imaginado.

Las dobles puertas del otro extremo del salón de baile, que habían estado cerradas durante el registro, se abrieron de repente sobresaltando a Radcliff y a los demás caballeros.

Radcliff enarcó las cejas cuando un joven criado de librea azul atravesó apresurado el salón. Todo nervioso, se detuvo frente a lord Winfield y se inclinó para susurrarle algo.

Radcliff aguzó los oídos en un intento por escuchar. Vio que lord Winfield esbozaba una mueca antes de despachar al criado.

Lord Winfield los miró entonces a todos. Entrecerrando los ojos, anunció:

–El colgante ha sido encontrado, caballeros. Estaba dentro de una copa de vino, en la escalera. Tal parece que tenemos un bromista entre nosotros. Me desagradan profundamente los bromistas.

Radcliff sacudió la cabeza mientras un coro de juramentos recorría el salón de baile. Carlton era un imbécil. Recordaba que le había hecho lo mismo a otro caballero años atrás, solo que aquella vez se trató de un reloj de bolsillo. Evidentemente no volvió a funcionar después de haberse pasado la mitad de la noche sumergido en vino.

Varios caballeros se marcharon indignados mientras otros reían abiertamente, divertidos por el inesperado entretenimiento.

Carlton volvió a pasar por delante de Radcliff y le hizo un elocuente gesto con las cejas. Se mordió burlón la punta de la lengua antes de volverse para contemplar a la multitud que se retiraba.

Radcliff, por su parte, se aproximó a lord Winfield y le estrechó la mano. Por Justine, todo estaba justificado.

–Me temo que a mi hermano le gusta demasiado hacer el ganso. Solo puedo disculparme de ello.

Lord Winfield se ajustó su chaqueta de noche.

–No puedo decir que comparta su sentido del humor.

–Yo tampoco. Es por eso por lo que no lo invito a reunión alguna. Buenas noches, milord –Radcliff se disponía a marcharse cuando se detuvo, recordando algo–. Ah, sí. Me olvidaba... Su Excelencia, mi esposa, ha dejado caer su collar de esmeraldas en esa nueva fuente vuestra.

Lord Winfield puso los ojos en blanco.

–Esas mujeres y sus baratijas... –suspiró–. Dadme unos minutos. Mandaré a un criado a recuperarlo.

Radcliff se rio por lo bajo mientras le daba unas palmaditas en el brazo.

–No, no. No lo entendéis.

–¿Qué pasa? ¿Qué es lo que no entiendo?

–Dádselo a vuestra esposa. Creo que se lo ha ganado por reconocer su calidad. Buenas noches.

Escándalo 12

Los hombres buscarán siempre ardientemente reclamar lo que debéis mantener celosamente guardado. Y espero por vuestro bien que penséis que no me estoy refiriendo a vuestro sensible corazón.

Cómo evitar un escándalo
Anónimo

La Casa Bradford
Aquella misma noche

Radcliff carraspeó y se tiró de las mangas de la bata mientras se dirigía lentamente hacia la alcoba de Justine. Se detuvo ante la puerta y permaneció allí por un momento, preguntándose si estaría físicamente preparado para acostarse con ella. Suspirando, llamó.

–No tienes que llamar, Radcliff –respondió Justine con voz dulce y aterciopelada.

Se humedeció los labios y, asegurándose a sí mismo que estaba más que dispuesto, giró el picaporte y entró en la habitación.

Justine estaba tumbada en la cama, con un libro encuadernado en piel roja en las manos. Al encontrarse con su mirada, enarcó una ceja y lo dejó a un lado.

Se lo quedó mirando fijamente.

—Yo quiero un tigre, no un cordero.

Más que estimulado por sus eróticas palabras, Radcliff cerró de un portazo y procedió a despojarse de la única ropa que se interponía entre ellos.

Su bata.

La bata resbaló por sus hombros para caer a sus pies. Permaneció allí durante unos momentos, para que ella pudiera verlo bien. Su falo se endureció ante la perspectiva de poseerla al fin.

Justine lo contemplaba boquiabierta, ruborizada. Entreabrió los labios como si quisiera decir algo, pero de ellos no brotó sonido alguno.

En unos pocos y rápidos pasos, Radcliff se llegó hasta la cama. Se tumbó junto a ella, encima de la manta. Apoyándose sobre un codo, arqueó una ceja.

—¿Qué es lo que siente una mujer al tener su propia estatua de David? —le preguntó.

Justine se rio nerviosa y señaló, aunque sin mirarlo, el miembro que apuntaba directamente hacia ella

—Eso parece triplicar en tamaño el de David.

—Me encanta que te hayas dado cuenta —sonrió.

Tomándole una mano, la acercó hacia su falo y le cerró los dedos alrededor de la suave punta. Jamás había deseado tanto a una mujer. Pudo oír cómo ella contenía el aliento.

—Dios mío. Yo nunca...

La tomó de la cintura para acercarla hacia sí.

—¿Hay algo de lo que quieras hablar antes de empezar?

—¿Perdón? —inquirió, atónita.

Se inclinó sobre ella, apartándole los largos mechones del rostro todavía ruborizado.

—¿Tienes alguna preocupación?

—Yo... —sus ojos castaños parecían mirarlo con una mezcla de adoración e incertidumbre—. ¿Es a mí a quien realmente deseas en este momento, Radcliff? —musitó—. ¿O es tu obsesión la que me desea?

—Te deseo a ti —bajó la cabeza hacia su cuello, que olía deliciosamente a agua de rosas, y se lo cubrió de pequeños besos con la mayor ternura posible. Aunque ansiaba poseerla en aquel mismo momento, sin esperar un segundo más, estaba decidido a esperar pacientemente. Y a demostrarle que había dominado sus impulsos lo suficiente como para que ambos pudieran gozar aquella noche.

Un tembloroso suspiro escapó de los labios de Justine mientras se estremecía bajo el musculoso cuerpo de Radcliff. Su marido no cesaba de asombrarla, y lo único que ella quería era gozar de la maravillosa ternura que él le estaba ofreciendo. Antes de que ambos terminaran precipitándose en un abismo de placer.

Radcliff levantó lentamente su morena cabeza de su cuello y se la quedó mirando con fijeza.

Justine contempló su rostro marcado, ya ligeramente ensombrecido por la barba incipiente. La cicatriz ciertamente le sentaba, porque hablaba de su personalidad y de su corazón. Un lado era perfecto. El otro no.

Con los negros mechones de su cabello acariciándole la frente cuando se inclinó sobre ella, le acarició tiernamente una mejilla.

—Tengo una confesión que hacerte. He sobrevivido a estas dos últimas semanas dándome placer a mí mismo. Repetidamente. No quería, pero no he tenido más remedio.

A Justine le ardieron las mejillas al oír aquello, y comprendió que necesitaba hablar antes de que desapareciera todo pensamiento racional de su mente. Le acarició la mandíbula con las yemas de los dedos.

—Aprecio que me lo digas, y te pido desde ya, a partir de esta misma noche, que abandones esas amorosas sesiones contigo mismo. Ni solo ni delante de retrato u objeto alguno de esta casa.

—El retrato de Matilda saldrá mañana de esta casa, tan pronto como me despierte —se interrumpió—. Pero lo mismo debería regir para ti. No habrás estado dándote placer durante estas dos últimas semanas sin mí, ¿verdad?

Justine soltó una carcajada.

—No.

—Bien. De lo contrario, eso no sería nada justo.

—¿Entonces lo prometes? —Justine tragó saliva.

—Sí, lo prometo.

—Será mejor que lo jures por tu honor y por tu alma, Radcliff —le dio un golpe de broma en el hombro desnudo—. Porque... ¿cómo vamos a crear una genuina intimidad entre nosotros si cada uno mira por su lado?

Esa vez fue él quien se echó a reír.

—Te aseguro que me estoy ruborizando.

—Hablo en serio, Radcliff. Júralo por tu honor y por tu alma. Júrame que no volverás a darte placer a ti mismo estando solo. Estoy empezando a pensar que esto es importante para nuestra relación.

—Entonces lo juro —se puso serio, y se inclinó sobre ella—. Ahora bésame y no me hagas sufrir más.

—Soy tuya desde esta noche en adelante, Radcliff. Siempre —rápidamente alzó la cabeza para cerrar la distancia que separaba sus labios.

Al instante, Radcliff la besó intensamente y exploró con la lengua el dulce interior de su boca. Un gemido escapó de su garganta mientras retiraba las manos de su rostro para acariciarle el dorso de los brazos.

Increíbles estremecimientos recorrieron el cuerpo de Justine cuando una mano de Radcliff bajó hasta su cintura, bajo la manta. El corazón le atronaba en los oídos en el instante en que él se hizo a un lado, apartándose momentáneamente. Sin dejar de besarla, empezó a acariciar su vientre con movimientos circulares, bajando cada vez más, hacia donde ambos querían que llegara.

Justine se sumergió en la inefable sensación de su ardiente contacto, que parecía quemarle a través de la fina tela de la camisola.

A continuación, Radcliff le acarició lentamente el labio superior con la punta de la lengua, y luego el inferior. No tardó en fundir enteramente su boca con la de ella, introduciendo la lengua aún más profundamente y moviéndola con rapidez.

Soltando un gemido, se entregó por entero. Radcliff aumentó la presión de sus labios, hundiendo aún más la lengua en la humedad de su boca. Febril, Justine continuaba empujando la suya contra la de él.

Agarrándola de las muñecas, le alzó los brazos por encima de la cabeza. Se removió contra ella. Su gruesa erección presionaba contra su muslo, haciéndola arquearse contra él.

Estaba más que dispuesta.

Él empezó a frotar las caderas contra ella al tiempo que le sujetaba las manos con fuerza. Presionando directamente, y después haciendo círculos. Justine podía sentir cómo el abrasador calor de su cuerpo se fundía con el suyo. No podía ya permanecer quieta. Su cuerpo se retorcía solo.

Radcliff le soltó las muñecas y apartó la boca. Sus dedos buscaron el dobladillo de su camisola para alzársela. Su ancho pecho se expandió en aquel instante con un vibrante temblor. La tela se enredó en su cintura mientras su manaza ascendía desde su rodilla hasta su muslo. Un cosquilleo mezclado con una explosiva cascada de sensaciones atravesó el cuerpo de Justine.

Jadeó, incapaz de sobreponerse a las sensaciones. Sintió que sus dedos se detenían entre sus muslos para comenzar a acariciar suavemente los húmedos pliegues de su sexo. Abrió las piernas, ofreciéndose toda a él. Lentamente deslizó Radcliff un dedo en su interior, a la vez que frotaba con la palma su zona más sensible. Ella volvió a jadear, y él introdujo un segundo dedo. Lo siguió un tercero. Deteniéndose, apretó con firmeza la palma contra su pubis, para a continuación hundir los dedos aún más profundamente.

La presión era insoportable. Estaba tan llena... Tan abierta para él... Gimió.

Cuando él continuó presionando, Justine experimentó una inesperada punzada de dolor. Abrió de golpe los ojos, asombrada.

Radcliff se cernió sobre ella, contemplando su rostro mientras movía los dedos hacia dentro y hacia fuera, y de lado a lado.

–Te estoy preparando para que me recibas –susurró a modo de explicación–. Nada más.

Ella ni siquiera fue capaz de asentir con la cabeza.

Radcliff retiró entonces los dedos y dejó un rastro de

humedad en su muslo. Desaparecida toda presión, descendió todo a lo largo de su cuerpo hasta que su ardiente boca empezó a lamer y a succionar los pliegues de su sexo.

Justine respiró hondo, temblorosa, y contempló incrédula el movimiento de sus poderosos hombros y su morena cabeza alojada entre sus muslos, mientras su lengua lamía con urgencia su humedad. Sintió la presión de sus dedos en las piernas cuando se las abrió aún más.

Continuó lamiéndole una y otra vez la zona más sensible de todas. Justine tenía la sensación de que una ola de placer se alzaba en la boca de su estómago con cada pulsante caricia. ¿Cómo podría volver a rechazarlo, sabiendo ya de lo que era capaz? Se quedó sin aliento mientras enterraba los dedos en su pelo y le apretaba firme y desesperadamente la cabeza contra su sexo.

Cada instante parecía acercarla más a un resplandeciente paraíso de absoluta felicidad.

A tientas, sus dedos encontraron la suave textura de la cicatriz de su cara. Una cicatriz que siempre había querido tocar, pero que había temido hasta ese momento. Se la acarició íntimamente, hacia arriba y hacia abajo, al igual que él estaba haciendo con su lengua, y deseó poder borrarla con el contacto de sus dedos. Junto con cualquier otra cosa que pudiera ocasionarle algún dolor.

De repente la lengua de Radcliff se detuvo, y con ella la promesa del paraíso.

–Haces que un hombre desee tener cicatrices por todo el cuerpo... –gruñó, arrancándole una sonrisa.

Se incorporó, con lo que Justine volvió a sentir la frescura del aire en sus ardientes pliegues. A continuación le sacó la camisola por la cabeza y la arrojó fuera de la cama.

Justine se asustó, consciente de que estaba en cueros bajo él. Pero el calor de su cuerpo, que había vuelto a cernerse sobre el suyo, ahuyentó la sensación de pánico y la tranquilizó.

Radcliff le lamió los labios, dejándole un sabor dulce a la vez que salado.

–Prueba tu propio sabor –le dijo en voz baja, ronca.

Era algo que nunca había imaginado que haría, pero viniendo de él, se le antojaba extrañamente erótico. Deslizó febril las manos todo a lo largo de su musculosa espalda y le agarró las nalgas, apretándoselas. Disfrutando de su sólido tacto.

Radcliff bajó la boca y se apoderó de su pezón izquierdo, poniéndole la carne de gallina. Por todo el cuerpo.

Se arqueó contra él, deseosa de más.

–Más fuerte.

–Recuerdo que eso antes no te gustaba –se rio.

–Me gusta ahora.

Radcliff obedeció mientras deslizaba una mano entre sus cuerpos, con lo que sus dedos volvieron a ocuparse de aquella zona tan salvajemente sensible.

–Te prometo que seré tierno –le prometió con tono suave.

–Sé que lo harás –jadeó. Se aferró a él, esperando a que reclamara su corazón, su alma y su cuerpo entero de una vez por todas.

Radcliff guio su sólido falo hacia su sexo y gimió, incrédulo, mientras se hundía en su tensa y candente humedad.

Presionó un poco más. Lentamente. La sintió tensarse bajo su cuerpo, con el centro de su feminidad cerrándose en torno a su dura verga. Oleadas de éxtasis lo atravesaron de parte a parte. Con un rápido y firme embate, acabó con la última resistencia de su virgo y se enterró profundamente en ella.

Aunque su cuerpo demandaba una mayor penetración, apretó los dientes y esperó, intentando protegerla del dolor. De él mismo.

–¿Qué tal el dolor?

Pudo sentir cómo se relajaba progresivamente bajo su cuerpo.

–Ha durado muy poco.

Él tragó saliva. Su cuerpo lo urgía a continuar hundiéndose en ella. Se contuvo.

–Esperaré –insistió con voz ronca.

Justine deslizó sus pequeñas manos bajo sus brazos y lo agarró de la cintura. Con fuerza.

–No esperes. Toma tu placer. Y dame a mí el mío.

No necesitó que se lo dijeran dos veces. Se retiró para volver a hundirse hasta el fondo. Lo hizo con dolorosa lentitud, entrando y saliendo, intentando controlarse, incluso cuando el explosivo diluvio de sensaciones amenazó con enloquecerlo.

La presión que envolvía su pulsante verga resultó insoportable. No deseaba otra cosa que percutir contra ella. Como un animal.

–Justine –siseó, obligándose a no moverse para no perder el control–. Ha pasado mucho tiempo. Déjame que termine contigo, que ya terminaré luego yo conmigo mismo con mi mano. Podremos intentarlo de nuevo mañana…

Justine se aferraba a él con todas sus fuerzas, prácticamente colgada de sus hombros.

–Nada de darse placer a uno mismo. Eso se acabó. Haz lo que sea. Lo quiero así.

«Oh, Dios», exclamó Radcliff para sus adentros. Tenía que hacerlo. Tenía que hacer lo que su cuerpo le exigía. Se retiró de golpe de su humedad y, tras una dolorosa interrupción, se hundió completamente en ella.

Un jadeo escapó de la garganta de Justine mientras hundía los dedos en su piel.

Radcliff empujaba sin cesar, cada vez con mayor rapidez y profundidad, con sus caderas chocando implacables contra las de ella. Contemplaba con expresión incrédula su precioso rostro y aquellos redondos senos balanceándose ante él a cada embate. Era suya. Toda suya.

Apretó los dientes y empujó todavía con mayor fuerza, arrancándole jadeos, gemidos y gimoteos con cada agresivo impulso. Ver abrirse sus carnosos labios con cada gemido le hizo desear verter en ella no ya su semilla, sino todos y cada uno de los pensamientos y emociones que se había estado guardando para sí mismo.

Pero, al mismo tiempo, se negaba a conformarse en aquel instante con nada que no fuera su clímax. El de ella.

Enterrando la cabeza en las almohadas, Justine alzó las caderas contra las de él y gimió.

–Lo estoy sintiendo. Ya. Ya…

Afirmadas las manos sobre su cintura, se hundió nuevamente en ella, más rápido, asegurándose de colocarse de manera que alcanzara justo el lugar que ella necesitaba.

Vio como Justine cerraba los ojos y echaba hacia atrás la cabeza, ofreciéndole su largo cuello.

—¡Oh! —gritó, presa de un angustioso placer. Su carne aterciopelada parecía cerrarse en oleadas sobre su erección—. ¡Sí! ¡Sí!

Radcliff continuó empujando. Se hundía con mayor fuerza en su húmedo calor, necesitado de fundirse del todo con ella.

Cuando sobrevino su clímax, soltó un gruñido bajo y profundo. Sus músculos se tensaron y se estremeció de pies a cabeza mientras vertía finalmente su semilla dentro de su calor. Ansió que aquel placer increíblemente intenso durara para siempre. Su falo continuaba pulsando, derramándose en ella, hasta vaciarse por entero.

Exhausto, se derrumbó sobre su tibio cuerpo.

Continuó aferrado a Justine mucho después de que su corazón hubiera recuperado su ritmo normal, extrañamente deseoso y necesitado de que aquella cercanía fuera eterna. Rodó a un lado, arrastrándola consigo, y le acunó la cabeza contra su pecho.

—Eres la mujer más increíble que he conocido.

Justine soltó un suspiro de felicidad.

—Y tú el hombre más increíble que he conocido y conoceré.

Radcliff le acarició la mejilla con el pulgar y se quedó durante un rato en silencio. El rumor de la profunda respiración de Justine llamó su atención. Alzó la cabeza para mirarla. Vio que tenía los ojos cerrados y los labios ligeramente entreabiertos. Dormía.

Con extremada delicadeza, la besó en el pelo y volvió a acomodarse en las almohadas. Las escasas velas de la habitación se fueron consumiendo una a una hasta que todo quedó a oscuras. Pero en lugar del vasto vacío que habitualmente lo esperaba cada noche, la calidez del cuerpo de Justine y el regular sonido de su respiración le recordaban por primera vez en su vida que no estaba solo.

Lentamente sonrió. Era la sensación más extraña e increíble del mundo. Solo podía rezar para que no desapareciera nunca.

Escándalo 13

Solo existe una razón por la que una dama debería leer este libro. Y es la de evitar que se convierta en un pez enganchado a un anzuelo.

Cómo evitar un escándalo
Anónimo

Después de haber hecho el amor con Justine cuatro veces, ella le suplicó finalmente que la dejara dormir. Así lo hizo Radcliff, y, a su vez, pasó el resto de aquella larga noche removiéndose en la cama, incapaz de conciliar el sueño. Una furiosa mezcla de necesidad física y anhelo por verter todas sus emociones en ella amenazaba con sofocarlo lentamente. Se sentía como si estuviera perdiendo la capacidad de definir lo que verdaderamente quería y necesitaba de Justine.

Tragó saliva e intentó aquietar su respiración, pese a que le dolía el pecho y ansiaba volver a entrar en ella. Cerró los ojos con fuerza y sufrió en silencio durante lo que se le antojó una noche eterna: de alguna manera, hasta se arrepintió de haber copulado con ella.

Tan pronto como las primeras luces del día empezaron a filtrarse en la alcoba, Radcliff se apartó de los brazos de Justine y se levantó de la cama.

Apartarse de aquellos suaves brazos fue como renunciar al paraíso. Pese a que aquella noche había superado cualquier expectativa terrenal, la realidad volvía a visitarlo. Su miembro lo había torturado durante toda la noche: ni una sola vez le había dejado dormir. Incluso en aquel momento estaba duro como el granito, exigiendo desahogo. Y sabía que no se trataba precisamente de una erección de primera mañana.

Tragó saliva, negándose a despertar a Justine. Lo último que quería era que ella rechazara o despreciara sus requerimientos. Sobre todo ahora que todo estaba marchando tan bien.

La punzante frialdad de la alcoba tonificó su cuerpo desnudo mientras buscaba su bata. Con ella puesta, se dirigió sigilosamente hacia la puerta. La abrió y volvió la vista a la mujer que yacía bajo la gruesa colcha. Justine tenía un brazo estirado y su cabello castaño se derramaba sobre una de las almohadas.

Saliendo al oscuro corredor, cerró la puerta a su espalda. Allí se detuvo un rato, con el pecho agitado, y buscó con la mirada el retrato de Matilda.

No. Sabía que no debía. Necesitaba sosegarse. Sin mayor dilación. Se alejó del cuadro y volvió luego a detenerse, buscando entre los pliegues de la bata la erección que llevaba padeciendo durante las últimas horas. Aunque por una parte sabía que se equivocaba y que eso sería traicionar la promesa hecha a Justine, antes prefería decepcionarla en ese sentido que darle motivo de temor y de desprecio por culpa de sus requerimientos. Requerimientos que sabía que no sería capaz de controlar sin abusar de sus buenos sentimientos.

***

Con los ojos todavía cerrados, Justine rodó por la cama estirando soñolienta una mano hacia Radcliff, deseosa de sentir su calor. Solo que no encontró calor alguno. Abriendo los ojos, tiró de la colcha para cubrir su cuerpo desnudo

Las cortinas rojas de la cama estaban abiertas, al igual que las de la ventana. Una mañana gris y nublada había reemplazado al claro y glorioso cielo estrellado de la pasada noche.

Allí, sentado en una silla junto a la ventana, estaba su Radcliff. Perfectamente vestido con su traje mañanero color gris paloma. Estaba inclinado hacia delante, con los codos apoyados sobre las rodillas, la morena cabeza agachada y el ceño fruncido.

Justine se sentó sigilosamente en la cama y parpadeó sorprendida al darse cuenta de que estaba leyendo su libro de etiqueta, *Cómo evitar un escándalo*. El mismo que ella había dejado de leer la noche anterior.

Ladeando la cabeza, continuó observándolo mientras leía, sorprendida de que lo estuviera encontrando tan interesante.

Mientras se arrebujaba en la colcha, susurró por fin:
—Buenos días.

Radcliff alzó la mirada y cerró rápidamente el pequeño libro rojo, carraspeando.
—Es tarde. Las dos.

Justine arrugó la nariz.
—¿De veras? ¿Por qué no me despertaste?
—Es obvio que necesitabas descansar.
—¿Estabas leyendo mi libro de etiqueta?
—Más bien intentándolo —resopló—. Dios mío, pobre-

citas las mujeres que tenéis que leer esto. Yo nunca habría sobrevivido si hubiera nacido mujer.

Justine volvió a parpadear sorprendida, preguntándose si su libro de etiqueta podría ayudarlo con su obsesión. Contenía buenos consejos, aparte de su evidente indiferencia hacia los asuntos de alcoba. Quizá...

–¿Dónde te obligaron a leer esto? –le preguntó Radcliff, alzando el libro–. ¿O fue que lo escogiste tú?

–Un poco de ambas cosas. Lo he leído un total de ocho veces.

–¿Ocho veces? –enarcó las cejas–. ¿Para qué? ¿Con una no fue suficiente?

–Ese libro me sirvió para comprender lo que se esperaba de mí cuando llegué a Londres. Aunque en África disfruté de una educación civilizada, con institutriz, tutores y clases diarias de Historia, Música, Danza, Francés e Italiano, todo había de hacerse en tiendas de lona o chozas que parecían grandes cestos invertidos. Yo nunca jugué con niños blancos. Jugaba con niños de tez oscura que, en su mayoría, me trataban como si fuera una fruta exótica. Cuando llegué a Londres, me di cuenta de que seguía siendo una fruta exótica a los ojos de aquellos que me rodeaban. Fue entonces cuando descubrí que mi educación me había puesto en desventaja. ¡Cielos, si ni siquiera caminaba como el resto de las debutantes! Fue leyendo y releyendo ese libro como llegué a comprender mejor de qué forma se esperaba que me comportara.

Justine se levantó de la cama, llevándose la colcha consigo. Permaneció de pie durante unos segundos. Le flaqueaban las piernas como si fueran de gelatina.

–Tengo una idea que nos ayudará a dominar mejor tu obsesión. ¿Estás dispuesto a complacerme?

La miró, con el libro cerrado contra su muslo, y se reclinó en la silla.

–No tengo ningún problema en complacerte. Necesito aprender mejores métodos de control. Pero... ¿podría sugerirte que cubrieras ese delicioso cuerpo tuyo, y que lo mantuvieras cubierto en mi presencia? De lo contrario, no vas a servirme de mucha ayuda. De ninguna ayuda, más bien.

Justine se cubrió mejor con la colcha, ruborizada, y se dio cuenta de que tenía razón. Se había plantado ante él como una gacela que se hubiera exhibido ante un león.

–Er... tienes razón. ¿Por qué no esperas en el despacho mientras me visto? Ten presente que puedo tardar un poco.

–Tómate todo el tiempo que necesites.

–Oh, y mientras esperas... –se apresuró a añadir Justine–, tengo un encargo para ti.

–¿Un encargo?

–Sí. Quiero que redactes una lista con las diez cosas que pienses que yo podría desear de ti en nuestro matrimonio, junto con una breve explicación de los motivos –su padre y sus tutores siempre la habían obligado a escribir listas de diez cosas cuando habían querido poner a prueba su comprensión sobre algún asunto.

–Estaré en el despacho. Escribiendo esa lista –se levantó y pasó por delante de la cama. Con un giro de muñeca, lanzó el libro de etiqueta al colchón. Luego abrió la puerta y desapareció.

Justine tiró del cordón de la campanilla. Ese día pensaba pedir a Henri que se esmerara especialmente con su apariencia.

–Queridísimo Radcliff –susurró en voz alta, como si él pudiera escucharla–. Todo lo que hago, lo hago por ti.

Escándalo 14

Tristemente, muchos han olvidado el propósito que se esconde detrás de la reverencia de una dama. Por encima de todo, una reverencia es una humilde forma de «cortesía» ejecutada con dignidad y elegancia. Bien ejecutada, permanecerá en el recuerdo de la persona a la que habéis sido presentada por mucho tiempo.

Cómo evitar un escándalo
Anónimo

Con un cigarro encendido en una mano y una pluma de ganso en la otra, Radcliff contemplaba con la mirada vacía su lista inacabada, intentando pensar en algo más que poder escribir. Por supuesto, conociendo a Justine, probablemente estaría intentando demostrarle algo. Como por ejemplo que no tenía ni la más remota idea de lo que ella quería. Y seguro que tenía razón.

Diez cosas que mi esposa podría desear de mí y por qué.

Respeto (porque se lo merece).

Dinero (porque tanto ella como sus padres lo necesitan).

Ropa (porque no es Eva).

Joyas (porque le sientan maravillosamente).

Niños (porque sería una madre perfecta).

Excursiones y vacaciones (porque echa de menos África).

Romanticismo (porque es algo que desea toda mujer).

Yo (porque sin mí todos los puntos anteriores no serían posibles).

¿Y...? ¿Qué? ¿Qué más podría ella desear de él? ¿Ayuda para dominar el mundo? Muy probablemente. ¿Aprobaría Justine que eso figurara en el punto noveno o décimo? Lo dudaba.

Se llevó el cigarro a los labios, dio una larga chupada y exhaló lentamente el humo, que flotó sobre el pergamino hasta disiparse en el aire que lo rodeaba. Luego continuó mirando sus propias palabras en un estado de absoluta exasperación.

Maldijo para sus adentros. Quizá debería empezar de nuevo.

Lanzó la pluma hacia el tintero y la vela que se consumía en la palmatoria de plata. Con el cigarro entre los dientes, hizo una bola con el pergamino y la arrojó al otro lado de su escritorio, con lo que fue a reunirse con la decena o más de fallidas listas que formaban ya montón.

Quizá debería entregarle a Justine el montón entero. Porque, entre todas, seguro que podría confeccionar alguna lista decente.

A lo lejos, oyó la campanilla de la puerta.

Radcliff la ignoró y dio otra chupada a su cigarro. Diez cosas. Recogió la pluma, que había dejado salpicada de tinta la brillante superficie de su escritorio.

Diez cosas. Maldijo para sus adentros. *No* podía haber diez cosas. A no ser que incluyeran sirvientes, carruajes y la casa. Pero entonces serían once.

Las puertas del despacho se abrieron en ese momento y Jefferson carraspeó.

—¿Estáis disponible, Excelencia?

Radcliff volvió a arrojar la pluma de mala manera, salpicando más tinta. Después de echar la ceniza del cigarro en la bandeja del cenicero, se reclinó en el sillón y miró a su mayordomo.

—¿Quién es?

—Una tal señorita Matilda Thurlow.

Radcliff se quedó con la boca abierta mientras el cigarro escapaba de sus dedos para ir a caer sobre su regazo. Dio un respingo y se lo quitó inmediatamente de encima antes de levantarse y sacudirse el pantalón.

Maldijo en silencio. Al menos no se había prendido fuego a sí mismo, empezando por su miembro. Aunque lo cierto era que la solución no habría sido tan mala.

Dejó el cigarro en el cenicero. Solo se le ocurría una razón por la que Matilda Thurlow se hubiera atrevido a visitarlo en su propia casa y a plena luz del día. Algo la había obligado a hacerlo.

—Excelencia —insistió Jefferson—. La dama parece encontrarse en graves apuros.

Radcliff se irguió, todo tenso, y respiró profundo. ¿Qué diablos se suponía que tenía que hacer? ¿Rechazarla? La maldijo para sus adentros por haberlo puesto en aquella tesitura.

—La recibiré aquí, en el despacho. Ve a buscar a mi

esposa, ¿quieres? En seguida. No deseo recibirla solo –recogió su cigarro del cenicero.

Jefferson se retiró después de hacerle una reverencia.

Consciente de que tendría que apagar el cigarro, ya que se suponía que un caballero no debía fumar delante de una dama, Radcliff le dio una última chupada y exhaló lentamente el humo por la nariz.

Cerró los ojos, saboreando el relajante aroma, y se preguntó cómo podría soportar aquella entrevista sin un cigarro que ocupara sus manos. Volvió a abrirlos, lo aplastó en el cenicero y abrió el cajón superior derecho del escritorio. Guardó allí cenicero y cigarro y lo cerró, antes de colocar el sillón de forma que quedara frente a la puerta abierta.

El taconeo de unos zapatos en el corredor no tardó en oírse, y segundos después aparecía Matilda ataviada con un vestido de calle de estampado floral, chal de casimir y sombrero a juego. Atravesó lenta y precavidamente la habitación, como si tuviera problemas en caminar con su abultado vientre de embarazada. No levantó los ojos del suelo mientras continuaba acercándose. Tenía el rostro pálido e inexpresivo, con nuevos moratones en un lado de la cara y un labio hinchado con restos de sangre reseca.

Pese a ello, lucía un peinado perfecto bajo el sombrero y el vestido tenía un aspecto impecable.

Radcliff se levantó rápidamente, pero no la miró. La compasión era un sentimiento peligroso cuando uno no se encontraba en condiciones de ofrecer asistencia. Mantuvo la mirada obstinadamente fija en el suelo, a la espera de que apareciera Justine y rezando al cielo para que lo hiciera pronto, para no tener así que soportar aquello todo solo.

–Gracias por recibirme, Excelencia –susurró Matilda como si nunca hubieran sido presentados formalmente. Su voz parecía tan débil como distante su tono.

Radcliff le señaló una silla.

–Sentaos –utilizó el mismo tono formal–. Mi esposa se reunirá en seguida con nosotros. Podréis hablar entonces.

Por el rabillo del ojo la vio dirigirse cojeando hacia la silla tapizada. Se volvió y, sujetándose en los brazos, se sentó con cuidado. Suspiró profundamente, pero no dijo nada.

Para su alivio, Radcliff oyó un rápido taconeo en el corredor y luego un rumor de faldas cuando entró en el despacho. Justine se detuvo primeramente en la puerta, con una mano recogiéndose las faldas y en la otra el libro de etiqueta que él había estado ojeando antes. Advirtió la presencia de Matilda antes de que su mirada se cruzara con la de su marido.

Radcliff se quedó sin aliento, consciente del aspecto absolutamente impresionante que ofrecía su esposa pese al ceño de preocupación que oscurecía sus rasgos. Sus largos tirabuzones castaños se derramaban a cada lado de su precioso rostro oval. Un rostro que estaba empezando a ruborizarse, enfatizando de esa manera la larga y elegante columna de su cuello.

Imágenes fugaces como relámpagos de su cálido y suave cuerpo junto al suyo; la sensación de su piel bajo sus manos mientras las deslizaba a lo largo de sus aterciopelados muslos; sus mezclados gritos de éxtasis; sus propios dedos explorando y hundiéndose en su carne... todo ello abrasó y consumió sus pensamientos en aquel preciso instante.

Deseó poder mirarla únicamente a ella, y de paso

transmitirle con los ojos lo muy acorralado que se sentía en aquellos momentos.

–Excelencia, permitidme que os presente a la señorita Matilda Thurlow. Señorita Thurlow, os presento a mi esposa, la duquesa de Bradford.

Matilda se levantó de su asiento y, a pesar de que esbozó un gesto de dolor a cada paso, se las arregló para acercarse a donde se hallaba Justine. Matilda le hizo una reverencia tan exagerada como le permitió su estado físico, antes de incorporarse lentamente. Como si no hubiera sido suficiente con ello, terminó con una profunda inclinación de cabeza, haciendo temblar las cintas bordadas y las flores artificiales de su sombrero.

–Excelencia. Es un honor.

Justine enarcó las cejas mientras contemplaba el magullado rostro de Matilda, en una obvia expresión de asombro.

–Señorita Thurlow. Vuestra cara. ¿Estáis bien? ¿Qué os ha sucedido?

Matilda mantuvo la cabeza inclinada y no dijo nada. Finalmente juntó sus manos enguantadas sobre su abultado vientre. Los hombros le temblaban.

Un desgarrador sollozo escapó entonces de su garganta.

–Per–perdonadme, Excelencia. No debería estar aquí.

–Absurdo –protestó Justine–. Es obvio que requerís ayuda. ¿Qué es lo que necesitáis, señorita Thurlow? ¿Qué es lo que mi marido y yo podemos hacer por vos? Pedidlo y lo tendréis. No permitiré que os marchéis mientras no me digáis de qué manera podemos ayudaros.

Matilda dejó escapar otro sollozo.

–Yo... yo he venido a pediros cinco libras. Mi hermana, Ivonne, no me dará alojamiento hasta que no las tenga. Carlton se ha... se ha quedado con todo lo que tengo. Todo. Intenté regresar al burdel donde antaño trabajé, esperando ganar algún dinero allí, pero ellos... ellos no me aceptarán en mi estado actual –sollozó de nuevo.

Justine miró rápidamente a Radcliff, claramente consternada, antes de concentrar nuevamente su atención en Matilda. Se inclinó hacia ella.

–Señorita Thurlow –le dijo con tono suave, tocándole un brazo–, todo irá bien, os lo aseguro. Por favor. No lloréis.

Radcliff suspiró, preparándose para pronunciar las palabras que sabía tenía que pronunciar, y que no iban a ser nada agradables.

–Supongo que debo confesarte aquí y ahora, Justine, que la misma noche de nuestra boda, abandoné la casa para asistir a la señorita Thurlow en una situación muy similar a esta. Absolutamente nada ocurrió entre nosotros aquella noche. Yo simplemente le ofrecí mi ayuda. Y sin embargo, a pesar de su situación, y del dinero que yo le entregué, ella se empeñó en volver con Carlton. No es ninguna niña. Debería darse cuenta de que las decisiones estúpidas tienen consecuencias.

–¡Radcliff! –lo amonestó Justine.

Los sollozos de Matilda se tornaron aún más fuertes, más histéricos.

–No, no... Él tiene razón. Nunca debí haber vuelto con Carlton. ¡Lo odio! ¡Y lo odiaré hasta mi último aliento!

Radcliff pensó que en ese momento había demasiadas mujeres en su casa. Y, contra su anterior costumbre, sus sentimientos al respecto eran bastante críticos.

–¡Jefferson! –tronó, volviéndose hacia la puerta–.

Entregad cinco libras a la señorita Thurlow y acompañadla a la puerta, por favor.

—¡Radcliff! —el rumor de sus faldas precedió a Justine mientras se dirigía hacia él. Solo se detuvo un momento para contemplar a sus pies el gran montón de pergaminos arrugados—. ¿Qué...?

—Tu maldita lista —le informó con un gruñido—. Los puntos nueve y diez se me escapaban.

—Es obvio que no son las únicas cosas que se te escapan —pateó sin detenerse las bolas de papel, abriéndose camino mientras se acercaba a su escritorio. Encarándose con su marido, dejó bruscamente encima su libro de etiqueta y se inclinó para susurrarle, furiosa—: Darle cinco libras y mandarla a que la vea un médico. ¿Cómo puedes ser tan cruel? Es obvio que esa mujer requiere mucho más. Necesita un lugar donde quedarse.

—Puede quedarse con su hermana.

—Una mujer que le exige dinero a su propia hermana difícilmente puede tenerse como tal.

Radcliff juntó las manos detrás de la espalda, en un intento por aparentar indiferencia.

—No es mi problema. Encuentro bastante impertinente que la señorita Thurlow piense que puede repetidamente ponerse en contacto conmigo de esta manera. Y más aún presentarse en mi casa a cualquier hora, imponiéndome su presencia delante de todo Londres.

—Olvídate de Londres, Radcliff. Está encinta y ha sido maltratada. ¡Por tu propio hermano!

—Como si no lo supiera —desviando la mirada hacia la puerta, gritó—: ¡Jefferson!

—¡No la echarás de aquí! —exclamó Justine al tiempo que daba un manotazo sobre el escritorio—. ¿Me has oído? No lo harás.

—Fíjate bien.

Jefferson apareció en ese momento.

—¿Sí, Excelencia?

—Por favor, acompaña a la señorita Thurlow a la puerta —señaló con un gesto a Matilda—. Y procura que le sean entregadas no cinco, sino cincuenta libras. Hoy me encuentro de un humor excepcionalmente generoso.

—¿Generoso? ¡Y un cuerno! ¡Esta también es mi casa! —Justine se giró hacia el fornido mayordomo—. No le hagas caso, Jefferson. La señorita Thurlow se queda. Y ya que estás aquí, asegúrate de informar al cocinero así como al amo de llaves, el señor Evans, de que tendremos invitada durante las próximas semanas. Hasta que la señorita Thurlow dé a luz.

Radcliff inspiró hondo, entre sorprendido e indignado.

—De ninguna forma. ¡Ella no se quedará en mi casa!

Pero Justine lo ignoró mientras continuaba dirigiéndose al mayordomo:

—Yo me encargaré de que esas cincuenta libras vayan a parar a tu bolsillo, Jefferson. Hoy mismo podrás recogerlas de la administración de la casa. ¿Qué dices?

Jefferson vaciló, con sus ojillos azules viajando constantemente de una figura a otra.

—Informaré al amo de llaves y al cocinero de inmediato, Excelencia —hizo una reverencia y se retiró.

Radcliff cerró los puños sintiendo cómo su autocontrol se esfumaba por momentos. Incluso su propio mayordomo se había vuelto contra él. ¡Por cincuenta libras que saldrían de su propio bolsillo!

Pero aquel asunto estaba lejos de haber finalizado.

Desviando la mirada hacia Matilda, se esforzó por adoptar el tono de voz más tranquilo y frío posible:

—Señorita Thurlow. Dado que, como podéis ver, mi esposa y yo nos encontramos en franco desacuerdo, ¿seríais tan amable de dejarnos unos momento a solas? Podéis retiraros al salón del final del corredor. Mi mayordomo se ocupará de atender cualquier cosa que necesitéis mientras tanto.

Matilda los miraba con los ojos irritados y bañados en llanto, que enfatizaban aún más el terrible estado de su rostro.

—Debería marcharme. No debí haber venido...

—¡No! —exclamó Justine, señalándola con el dedo—. Os quedaréis donde estáis.

—No. Se retirará al salón hasta que hayamos resuelto este asunto —le espetó Radcliff—. ¿Señorita Thurlow? Por favor.

—Oh... sí, Excelencia —Matilda inclinó la cabeza, se recogió las faldas y cojeó penosamente hacia la salida. Tardó en hacerlo, pero al fin abandonó la habitación.

Justine se apresuró entonces a cerrar de golpe las dobles puertas del despacho y se giró hacia él.

—¡Esa pobre mujer apenas puede caminar!

—Está embarazada de más de ocho meses. ¿Qué esperabas?

—Oh, no. Ese tipo de cojera no la causa un embarazo. Como tampoco los moratones de la cara —se dirigió de nuevo hacia él para plantarse ante el escritorio—. ¿Cómo es que su aspecto no te mueve a la piedad? ¿Qué clase de hombre eres tú?

—La piedad es un sentimiento peligroso, Justine. Hace que las personas ignoren la realidad. Y la realidad es que yo tengo una responsabilidad hacia ti, hacia mí mismo y hacia mi apellido —tiró del cajón superior del escritorio y sacó la bandeja de cenicero con el cigarro que antes había escondido. Dejándolos en el borde de la mesa, cerró el cajón de golpe y señaló el cigarro apagado–. No te importa que fume mientras conversamos, ¿verdad? El humo me relaja. Porque he de confesar que en este momento no me encuentro nada tranquilo.

–Fuma lo que quieras.

–Gracias –recogió el cigarro y se inclinó sobre una vela para encenderlo.

El tabaco siseó suavemente mientras cobraba nueva vida. Con el cigarro en los labios, se irguió y aspiró una bocanada de humo.

Sacándoselo de la boca, giró la cabeza y exhaló el humo a un lado, sintiéndose decididamente más tranquilo. Recogió lentamente la bandeja del cenicero con la otra mano y rodeó al escritorio para detenerse frente a ella.

–No puede quedarse aquí.

Justine alzó la barbilla mientras le sostenía la mirada.

–¿Por qué no?

Radcliff se apoyó en una esquina de la mesa y dejó el cenicero al lado. Resultaba obvio que Justine quería ser tratada como si fuera un hombre, en condiciones de igualdad. Y él pretendía satisfacerla siendo lo más sincero con ella.

–Supongo que debería decirte algo. Antes de que sigamos adelante.

–¿Y qué es?

–Esta mañana temprano, descolgué el retrato de la señorita Thurlow de la pared, lo llevé a mi alcoba e hice uso del mismo por última vez antes de sacarlo de mi casa por medio de uno de los criados. No me resultaba tan placentero como antes, pero necesitaba la sensación de desahogo.

Justine abrió mucho los ojos mientras retrocedía, apartándose de él.

—¿Qué tú hiciste *qué*?

Radcliff carraspeó y, por un momento, casi no pudo creer en lo que acababa de confesar. ¿Lo había hecho porque la sensación de culpa era demasiado grande? O quizá porque estaba intentando hacerle comprender por qué no podía tener a Matilda en casa, estuviera o no embarazada. Que, en ese sentido, no era de confiar.

—¿Cómo puedes...? —inquirió con una voz quebrada que hablaba más de dolor que de acusación—. Me lo prometiste. Anoche me prometiste por tu honor y por tu alma que no lo harías nunca más.

Radcliff echó la ceniza de su cigarro y se inclinó hacia ella.

—Tienes que entender algo, Justine. Tienes que entender que esta obsesión mía no es algo que pueda controlar fácilmente con una simple promesa. O era el retrato o eras tú —se la quedó mirando fijamente—. Y yo no quería el retrato, Justine. De eso estoy seguro.

Justine lo fulminó con la mirada, con los ojos echando chispas y las mejillas encarnadas, de modo que no se le distinguía una sola peca.

—¿Tengo que sentirme honrada por esa confesión? ¿Es eso lo que piensas?

Radcliff se humedeció el labio inferior con la punta de la lengua, deseando haber sido un hombre distinto al que era. Un hombre capaz de hacer que ella se sintiera orgullosa.

—Lo lamento de verdad —dijo, haciendo girar el cigarro entre sus dedos—. No era mi intención romper la promesa que tan sinceramente te hice.

—Y sin embargo la rompiste.

—Y sin embargo la rompí —reconoció. Era un canalla. Tanto él como su hermano.

Aspirando otra bocanada de humo, volvió rápidamente la cabeza y la exhaló a un lado. Bajando el cigarro, dijo al fin:

—Quiero ser sincero. Me gustas, Justine. Más que ninguna otra mujer en mi vida.

El asombro se dibujó en los rasgos de Justine.

—¿Por qué me estás diciendo esto?

Se inclinó nuevamente hacia ella, sosteniéndole la mirada.

—Porque quiero que entiendas algo. Quiero que entiendas que, pese a esa obsesión que tengo, siempre he querido ser un hombre bueno. Incluso durante todos aquellos años de libertinaje, siempre he querido comprometerme con una sola mujer. Y ahora, contigo, tengo esa oportunidad. No me compliques la vida, una vida ya suficientemente compleja, introduciendo a otra mujer en ella.

Justine lo acusó entonces con un dedo, tensa.

—Te estás complicando la vida tú mismo, Radcliff. Nadie más te la está complicando. Ni yo ni la señorita Thurlow, sino *tú* mismo.

Radcliff forzó una carcajada y la señaló a su vez con el cigarro, tirando la ceniza con lo brusco del movimiento.

—No. En este mismo instante, tú me la estás complicando. ¿Cómo? Pues invitando a la amante encinta de mi hermano a quedarse aquí. En mi casa. Sin que te importe mi obsesión, ni lo que pueda pensar yo al respecto. ¿Qué es lo que supones que el resto de Londres tendrá que decir sobre esto? ¿O tus propios padres, por el amor de Dios? Y lo que es más: solo es una cuestión de tiempo que Carlton venga a buscarla. ¿Y luego qué? No tengo intención de batirme en duelo con mi propio hermano por culpa de su amante. Por culpa de una... una prostituta.

Justine se le acercó, clavados sus ojos castaños en él.

–La única prostituta que estoy viendo ahora mismo eres tú, Radcliff. Tú y solo tú.

Radcliff apretó los labios en una expresión de absoluto asombro, incapaz de moverse o de respirar siquiera. Era la manera en que lo había dicho, con una convicción tal que casi le había hecho sentir como si se desangrara por dentro. Y lo que era peor: sabía que tenía razón. Él era una prostituta. Una prostituta con falo.

–¿Por qué continúas degradándote a ti mismo a costa de tu orgullo y de tu honor? –insistió Justine, acercándose aún más–. ¿Por qué continúas degradándote a costa de una promesa que le hiciste a tu propia esposa?

Radcliff se irguió, consciente de que estaba demasiado cerca para su gusto. Se quedó helado cuando ella apretó sus faldas de color lila contra sus muslos, acorralándolo contra el escritorio con su propio cuerpo.

Sus miradas se engarzaron, y fue levemente consciente del movimiento de la mano de Justine hacia el cigarro que él sostenía contra su rodilla. Se lo quitó de los dedos, bajando la mirada por un instante, y se inclinó luego hacia el cenicero para dejarlo allí.

–Justine –susurró con voz ronca, sintiéndose como si estuviera a punto de ahogarse–. ¿Por qué tienes que atormentarme así? Estoy haciendo todo lo posible.

–Si piensas que yo te estoy atormentando, Radcliff, entonces es que no me conoces en absoluto. Y si *esto* es todo lo que puedes hacer, entonces he de decirte que temo por ti y por este matrimonio nuestro. Creo sinceramente que nos hemos equivocado durante todo este tiempo. Eliminar tus deseos de tu camino no es en absoluto beneficioso. Porque, ¿cómo vas a aprender a controlar una obsesión si tú mismo controlas el ambiente que te rodea? Al margen de lo relacionado con la señorita Thurlow, he decidido que haremos volver a la servidumbre femenina a esta casa. Henri es un joven muy agradable, pero ya está bien: quiero una doncella como Dios manda. ¿Lo habéis entendido, Excelencia?

Radcliff tragó saliva y asintió con la cabeza. Ella tenía razón. Tenía que enfrentarse con lo que era. Y tenía que hacerlo sin abusar de su confianza. ¿Pero y si fracasaba? ¿Qué pasaría entonces? ¿Lo abandonaría Justine?

—Cuando yo era pequeña, y carecía de una plena comprensión de las cosas, mi padre me dijo que cuando un hombre se excede demasiado en algo, es porque intenta compensar otra cosa que echa de menos en su vida. ¿Qué es lo que echas tú de menos en tu vida, Bradford? ¿Puedes decírmelo? ¿Lo sabes acaso?

Radcliff desvió la mirada de la ardiente intensidad de aquellos ojos, con la sensación de que Justine le estaba descubriendo el último resto de buen juicio y discernimiento que aún le quedaba. Porque sabía demasiado bien la respuesta a esa pregunta.

La tensión de haberse convertido en duque a la edad de catorce años lo había impulsado a buscar diferentes medios de escape. Y el placer físico, según había aprendido rápidamente, representaba un eficaz medio de desahogo.

Finalmente, sin embargo, había querido y necesitado más. Joven como era en aquel tiempo, no había sentido la necesidad de dominarse. Ser un libertino era algo aceptable, dada su categoría social. Y, sin embargo, de alguna manera, cuanto más placer había buscado, menos había recibido a cambio. Y a pesar de todas las mujeres que se le habían acercado en manadas, siempre se había sentido solo y utilizado.

Justine suspiró.

–Supongo que solamente nos queda una solución –estiró una mano detrás de él y recogió algo del escritorio. Alzando el libro de etiqueta, lo depositó con firmeza sobre la ancha palma de su mano–. La prostituta de puerto deberá aprender a convertirse en una dama respetable –murmuró al tiempo que daba unos golpecitos en la cubierta–. Léelo y pregúntate a ti mismo cómo puedes aplicar la etiqueta femenina... a tu vida diaria.

Atónito, Radcliff vio que se apartaba de él, retrocediendo varios pasos.

–Te ordeno que hagas lo justo y adecuado en esta situación. Que permitas que la señorita Thurlow se quede con nosotros hasta el nacimiento de su hijo, después del cual ya dispondremos para ella un arreglo más adecuado. Confío en que, ya que consientes en acogerla, no abusarás ni de la señorita Thurlow ni de mí. Porque si lo haces, te prometo que abordaré el primer barco que zarpe rumbo a Ciudad del Cabo con mis padres, de modo que no volverás a verme nunca. ¿Crees acaso que he deseado verdaderamente alguna vez quedarme en Londres? Nunca he pertenecido a este ambiente, con tanta gente estirada y aristocrática. Si regresé fue porque mis padres querían que me casara. Que fue lo que hice.

Inclinó la cabeza, haciendo temblar sus largos tirabuzones castaños, y se volvió para dirigirse apresurada hacia las puertas. Las abrió de par en par y desapareció, con el taconeo de sus zapatos perdiéndose en el pasillo.

Radcliff bajó la mirada al pequeño, pero pesado, volumen encuadernado en piel roja que seguía sosteniendo en la mano. Aunque le entraban ganas de arrojarlo furioso contra el otro extremo de la habitación, por la pura absurdidad de lo que ella acababa de proponerle, se daba cuenta de que si no hacía algún tipo de esfuerzo, Justine no solamente lo odiaría durante el resto de su vida, sino que probablemente saldría de la suya para siempre.

Y estaba empezando a darse cuenta también de que no quería eso. Quería aprender a ser el mejor hombre que pudiera llegar a ser, la clase de hombre de la que ella pudiera sentirse orgulloso. Nunca había tenido una brújula moral. Pero había llegado el momento de que encontrara una antes de que se ahogara en el mar.

Empuñando el librito con fuerza, se apartó del escritorio.

—¡Justine! —gritó mientras se dirigía hacia las puertas abiertas.

Se detuvo nada más salir al corredor. Justine, que ya había llegado al final, se volvió lentamente hacia él con el rumor de sus faldas como único sonido en el denso silencio. La luz que se filtraba por las ventanas apenas alcanzaba su rostro, de manera que no podía distinguir sus ojos.

No sabía por qué, pero necesitaba ver aquellos bellos ojos. Quizá porque deseaba un mínimo de seguridad, teniendo en cuenta lo que estaba a punto de hacer. Blandiendo el libro, se dirigió hacia ella.

—Leeré esto. Y lo releeré una y otra vez, hasta haberme aprendido la lección que quieres que aprenda.

Justine no se movió. Ni pareció querer responderle.

Conforme se acercaba firmemente a ella, sus ojos empezaron a resultar visibles. Para su asombro, los tenía cerrados con fuerza. Como si no deseara mirarlo. Ni a él ni a la situación que tenían entre manos.

Se quedó sorprendido. No era tan dura ni tan osada como afirmaba ser. Al igual que le sucedía a él, el mármol tenía sus fisuras.

Se detuvo ante ella. Su leve aroma a polvos y a naranja, que el humo de su cigarro debía de haber disimulado antes, pareció envolverlo. De repente, se sintió abrumado por el extraño impulso de abrazarla de una manera que no expresara más que un sencillo y mutuo ofrecimiento de comprensión y compañía.

En aquel instante, fue súbitamente consciente de que en realidad no había sido nunca el deseo lo que había perseguido. Había sido la compañía. La compañía de Justine. Quería su sonrisa. Quería sus palabras. Lo quería todo. Jamás en los treinta y tres años de vida había anhelado tener aquella clase de genuina comprensión, y aquella clase de genuina compañía con una mujer.

Y eso lo aterrorizaba. Porque nunca antes había dependido de nadie más que de sí mismo para nada. Pero resultaba obvio que cuando se trataba de algo tan simple como su propia felicidad, no podía depender en absoluto de su propia persona.

Tragó saliva y guardó con mano temblorosa el librito en un bolsillo de su chaleco, mientras intentaba comprender lo que le estaba sucediendo.

—He tomado una decisión respecto a la señorita Thurlow.

Justine abrió de golpe sus preciosos ojos castaños.

—¿Y cuál es? —susurró.

Evidentemente su Justine había empeñado su generoso corazón en ayudar a Matilda Thurlow y a él. Y por Dios que la admiraba terriblemente por ello. Porque estaba mandando al diablo a todo Londres para hacer lo que él mismo sabía era lo justo y adecuado.

Aunque no tenía por qué ceder ante nada, ya que por algo era un duque, sabía que, cediendo, bien podría salvar su propio matrimonio y redimirse ante sus ojos. Que era precisamente lo único que le importaba.

Juntó las manos detrás de la espalda, recordándose que Waterloo no se había ganado en una hora, y anunció formalmente:

–He decidido que la señorita Thurlow se quede hasta el nacimiento de su hijo. Después de lo cual, tú y yo les conseguiremos un alojamiento más adecuado. Preferiblemente en el extranjero. Lo más lejos posible de Carlton.

Un sollozo ahogado llegó hasta sus oídos, procedente de algún lugar a su izquierda. Enarcó las cejas mientras desviaba la mirada hacia Matilda Thurlow, que esperaba en el umbral del salón con las manos sobre su abultado vientre.

Matilda sonrió trémula y, a pesar de su cara inflamada, de los moratones y de su labio sanguinolento, sus ojos azules prácticamente relampaguearon.

–Gracias, Excelencia, por vuestra gran generosidad.

Radcliff se aclaró la garganta.

–Estoy encantado de poder serviros de ayuda. Y ahora, si me disculpan las damas, tengo importantes negocios que atender –se despidió de Justine con una inclinación de cabeza, pasó a su lado y ya no se detuvo hasta que dobló la esquina más alejada del pasillo y quedó fuera de su vista.

Permaneció inmóvil en el corredor durante un buen rato, atónito, preguntándose cómo su vida podía haberse complicado tanto.

De repente oyó el eco de unos firmes pasos, y las relucientes botazas de su mayordomo aparecieron en la zona del suelo que se había quedado mirando sin ver nada en realidad, abstraído.

—¿Excelencia? —le tocó un hombro con su mano enguantada—. ¿Necesitáis ayuda?

Radcliff levantó la mirada.

—De hecho, sí. Tráeme un cigarro, un cenicero y una vela. Y, de paso, la licorera de brandy. No me hará falta vaso.

Jefferson permaneció indeciso por un momento y se apresuró luego a retirarse, con sus rápidos pasos resonando en el corredor.

Radcliff soltó un suspiro de cansancio, se llevó una mano al bolsillo del chaleco y, después de unos cuantos tirones, logró sacar el libro de etiqueta. Las letras grabadas en oro del título, *Cómo evitar un escándalo*, parecían burlarse de él. Lo abrió al azar y leyó:

Se requiere un talento y una paciencia excepcionales para convertirse en la dama perfecta. Un talento y una paciencia de los que no todas las mujeres son capaces. Aunque creáis entender lo que se espera de vos por vuestro padre, por vuestra madre o por el conjunto de la sociedad, es posible que sea mejor dejar a un lado todo eso. Porque las expectativas cambian siempre. A vos os corresponde estar a la altura de ellas. De hecho, ser una dama es un arte que ningún hombre podría nunca dominar, porque exige el manejo del mejor y más difícil de los recursos, uno que muy pocos saben usar: el cerebro.

Radcliff cerró el libro. «¡Cristo!», exclamó para sus

adentros. Y eso que solamente había leído una frase. Cualquiera habría pensado que si le había permitido a Justine que lo ayudara con su obsesión era porque estaba estúpida y locamente enamorado de ella.

Tragó saliva. No. Él *sabía* que estaba enamorado de ella. Y ese era el maldito problema.

Escándalo 15

Embriagarse es algo que nunca queda elegante en una dama.

Cómo evitar un escándalo
Anónimo

Tarde

El silencio del comedor era verdaderamente insoportable. En un detalle de mala educación, Radcliff había pasado el brazo por el respaldo de su silla mientras se recostaba todo lo posible hacia atrás, ignorando la comida. Su apetito parecía haberse reducido al oporto, del cual iba ya por la sexta copa.

Y luego estaba Matilda, sentada enfrente de Justine. Aunque tenía la cara limpia y el sanguinolento labio había empezado a curar, haciendo su rostro más soportable a la vista, la pobre mujer no dejaba de mirar su sopa con expresión vacía. Como si en vez de una deliciosa White *à la Reine* no fuera más que agua sucia del río Támesis.

La tristeza de aquellos dos estaba a punto de sofocar a Justine.

Dejó la cuchara a un lado del plato de porcelana y miró a Matilda, regalándole una sonrisa.

–¿El plato no es de vuestro gusto, señorita Thurlow? Quizá podría el cocinero ofreceros otra cosa. Debéis comer. Por el bien del bebé.

Matilda levantó sus ojos azules del plato y se la quedó mirando fijamente, escrutadora. El rubor de sus mejillas aumentó el contraste de sus moratones mientras se removía en su asiento y desviaba por fin la vista.

–Disculpadme, pero debo confesar que estoy más cansada que hambrienta, Excelencia.

–Lo entiendo –Justine recogió su servilleta del regazo y la dejó junto al plato. Echó la silla hacia atrás y se levantó–. No hay necesidad de que sufráis a cuenta nuestra –rodeando la mesa, se acercó a Matilda con la mano tendida–. Venid. Una buena noche de descanso mejorará vuestro apetito de mañana –miró a Radcliff–. Excelencia, ¿no os importará que nos retiremos temprano, verdad?

Bradford se quedó mirándolas antes de llevarse la copa de cristal a los labios, apurando el resto de su vino de un solo trago. Carraspeó mientras se removía en su asiento.

–No. Por supuesto que no. Os deseo a ambas que paséis una muy buena noche –hizo un gesto al sirviente que esperaba al pie de la mesa, señalando su copa vacía.

Justine ayudó a Matilda a levantarse, pasándole cuidadosamente un brazo por los hombros.

Matilda volvió a mirarla. Tras una ligera vacilación, se apoyó a su vez en su cintura.

–Sois demasiado amable, Excelencia.

—Por favor. Preferiría que nos tuteáramos y me llamaras Justine.

Matilda se tensó de pronto y sacudió la cabeza, haciendo temblar los rizos que escapaban de su moño.

—No. Yo nunca podría...

—Me sentiría ofendida si no lo hicieras. Esta es mi casa. Y en mi casa no me gusta la formalidad. Somos amigas hasta que se demuestre lo contrario.

Matilda se la quedó mirando fijamente, sorprendida. Justine sonrió al tiempo que le apretaba cariñosamente el brazo.

—Me doy cuenta de que las circunstancias de tu estancia son bastante incómodas, pero si me prometes que no me juzgarás por mi posición social, entonces yo te prometo no juzgarte a ti por la tuya.

Matilda esbozó entonces una radiante sonrisa, con sus ojos azules relampagueantes de alegría.

—Er... ¿piensan las damas pasarse toda la noche así, abrazadas? —murmuró Radcliff, al otro lado de la mesa. Las señaló con la mano con que sostenía la copa, agitando el líquido—. No puedo evitar sentirme excluido.

Justine puso los ojos en blanco mientras se llevaba a Matilda fuera del comedor. Desde luego que iba a sentirse excluido.

—Buenas noches, Bradford —se despidió sin volverse para mirarlo—. Intenta no beber demasiado. Parece que la bebida te afecta a tu sentido del humor.

—No sabía ni que tenía sentido del humor —se burló a su vez—. Sueña conmigo, ¿me harás ese favor? Pero asegúrate de que sea algo bueno. Me lo merezco.

Justine reprimió una sonrisa. «Que soñara con él, ¡ja!». Aquel hombre estaba demasiado pagado de sí mismo.

Abrazadas, rozándose las faldas, Matilda y ella se dirigieron hacia el ala este de la casa. No se dijeron nada más. Aunque Justine deseaba preguntarle por su situación y por el motivo de que hubiera decidido pedir ayuda a Radcliff, sabía que debía darle más tiempo para que se adaptara.

Cuando llegaron a la alcoba, Justine abrió la puerta y guio a Matilda hasta la cama de dosel cubierta con una colcha y cojines de felpa. Una vez que la sentó en el borde del colchón, retrocedió un paso.

–Ya está. ¿Cómo te encuentras? –le preguntó.

Matilda inspiró hondo, palmeando la cama con una mano.

–Confieso que han pasado semanas desde la última vez que tuve una cama para mí sola.

Justine no pudo evitar advertir la genuina satisfacción de su tono, apiadada de ella por la clase de maltrato que había soportado a manos de los hombres, dada su ocupación. Se trataba de un mundo salvaje que Justine había vislumbrado por primera vez a la edad de doce años en algunos de los poblados del Kloof, cuando las mujeres de las tribus rivales eran secuestradas y tratadas peor que los bueyes utilizados para viajar. Su padre había respondido, reacio, a sus preguntas acerca de por qué las mujeres eran obligadas a dormir en el suelo a la puerta de las cabañas, maniatadas. O por qué, en ocasiones, entraban en ellas solo para salir sollozando.

Aquello el único rasgo de los bosquimanos y hotentotes que había detestado mientras se crio en África, y una de las numerosas razones por las que había insistido en proteger a Matilda. No había sido capaz de hacer nada por las mujeres maltratadas del Kloof, aparte de ofrecerles comida a escondidas o de cortar las ligaduras de sus manos y pies, solo para descubrir que se negaban a huir de puro miedo. Pero Justine sabía que esa vez sí que podía hacer algo eficaz.

–Si necesitas cualquier cosa, llama a los sirvientes. No te asustes si se presenta a atenderte un joven francés. Henri es encantador. Yo misma estaré a unas pocas puertas de aquí.

–Gracias. Por todo.

–De nada, Matilda –sonrió Justine–. Te veré por la mañana. Que descanses bien –y se dirigió hacia la puerta.

–¿Justine? ¿Puedo... decirte algo?

–Por supuesto –se volvió hacia ella–. ¿De qué se trata?

Vio que acariciaba la colcha con las dos manos una y otra vez, nerviosa.

–Espero que mi presencia aquí no te lleve a pensar que el duque y yo estamos enredados. Porque no lo estamos.

Justine no pudo evitar sentirse conmovida por su gesto.

–Nunca te habría ofrecido alojamiento si tu presencia me hubiera preocupado a ese respecto. Tu respetuoso comportamiento me permite confiar en ti.

Matilda se removió en la cama y se humedeció los labios.

–La confianza ha de ganarse. Y yo confieso que tengo que ganármela. Puedes estar segura de que no soy merecedora de la bondad que me has hecho hoy. Aunque vine a pedir cinco libras, vine también a suplicar a tu marido alguna forma de protección. Incluso como amante, en caso necesario. No fue hasta que te miré a los ojos que tomé conciencia de la horrible persona que soy... por haber pensado que podía imponerte mi presencia de ese modo.

Justine tragó saliva y se acercó a ella, conmovida por su sinceridad. Sentándose en la cama, le tomó una mano entre las suyas y la puso sobre su regazo. Se la apretó con expresión consoladora.

–Solo estabas intentando sobrevivir. Puede que yo hubiera hecho lo mismo. Nadie puede juzgar a nadie en esas circunstancias.

Matilda bajó la mirada a la mano que Justine continuaba apretándole, cariñosa. Soltó un tembloroso suspiro y la miró a los ojos. Acariciándole con ternura los dedos, se inclinó para susurrarle:

–En momentos como este ¿sabes lo que me gustaría? ¿Más que cualquier otra cosa?

Sintiéndose como si estuviera adquiriendo una nueva amiga, Justine cerró la distancia que las separaba. Sus rostros estaban muy cerca.

–¿Qué? ¿Qué es lo que te gustaría?

Matilda se quedó callada, contemplándola durante unos segundos. Finalmente, musitó con voz ahogada:

–Me gustaría haber sido un hombre. Y haber podido hacer así la clase de cosas que tanto quiero hacer. Sin vergüenza alguna.

Justine enarcó una ceja mientras se apartaba lentamente.

–No necesitas ser un hombre para hacer las cosas que quieres hacer. Simplemente tienes que ser más creativa. Es por eso por lo que las mujeres siempre seremos superiores. Porque no contamos con el tipo de patéticas excusas de las que ellos sí disponen.

Matilda soltó una corta carcajada. Retirando la mano de las de Justine, sacudió la cabeza.

–Creo que al final he encontrado un alma gemela.
–Esa también es mi esperanza.

De pronto, Matilda se quedó sin aliento mientras se agarraba con fuerza el vientre. El corazón de Justine dio un vuelco.

–¿Qué? ¿Qué pasa? ¿No irás a...?

Matilda se echó a reír, sacudió de nuevo la cabeza y tomó la mano de Justine para ponerla sobre su abultado vientre. Una vida empujaba juguetona bajo la palma de su mano.

Justine abrió mucho los ojos mientras sentía maravillada los rápidos movimientos.

–El bebé te está dando las gracias –musitó Matilda.

A Justine se le llenaron los ojos de lágrimas solo de pensar en la diminuta vida que se alojaba en aquel vientre. Sonrió, trémula, mientras retiraba la mano. Levantándose, se dirigió rápidamente hacia la puerta. No quería llorar delante de su invitada.

–Buenas noches. Que durmáis los dos bien.

–Gracias, Justine –suspiró Matilda–. Que pases una muy buena noche tú también.

¿Dónde diablos estaba Radcliff?

No estaba en el comedor, ni en el salón, ni en su alcoba, ni en la de ella. Así que... ¿adónde se había marchado? Ignoraba por qué quería y necesitaba desesperadamente verlo antes de acostarse. Quizá porque ya lo echaba de menos y deseaba decirle lo muy orgullosa que estaba de él. Era mucho lo que había soportado y asimilado en un solo día, aunque evidentemente había necesitado grandes cantidades de oporto para pasar el trago.

Justine se detuvo en la puerta abierta del despacho para descubrir, decepcionada, que aquella habitación también estaba a oscuras. El corazón le dio un vuelco en el pecho al recordar las listas que Radcliff había arrugado y dejado en el suelo. Dudaba que siguieran allí, pero la curiosidad terminó imponiéndose.

Recogió un cabo de vela de uno de los candelabros del pasillo y entró en el silencioso despacho. Entrecerró los ojos mientras caminaba, distinguiendo las formas de los muebles.

Una vez en el centro de la habitación, buscó en la alfombra Axminster y no encontró un solo papel. Maldijo para sus adentros. Ni siquiera tendría la oportunidad de leer uno solo de ellos.

—¿Te has perdido? —inquirió de pronto una voz profunda, procedente de uno de los rincones en sombra.

Justine empezó a chillar mientras la vela escapaba de su mano para caer sobre la alfombra y rodar por ella, dejando un rastro humeante. Con el corazón acelerado, se recogió las faldas por encima de los tobillos y se apresuró a pisar el cabo, rezando para no incendiar la casa.

Unos cuantos pisotones más y consiguió apagarlo por fin, afortunadamente. Se detuvo entonces, dándose cuenta de que al mismo tiempo se había condenado a sí misma a una absoluta oscuridad.

Con Radcliff.

Oyó su ronca y profunda risa procedente de algún rincón acompañado de un aplauso entusiasta, que resonó en el despacho.

—Mi alfombra te da las gracias por tan noble rescate.

Justine se rio también, y se recogió las faldas mientras se encaminaba apresurada en dirección de su voz.

—¿Radcliff?

—No. Soy el diablo. He venido a buscar tu alma. Que, por lo que he oído, es condenadamente bondadosa.

Justine se rio de nuevo. Fue acercándose hasta que finalmente pudo distinguir su oscura figura apoyada en el borde de su escritorio.

Había estado allí todo el tiempo, observándola en el más completo silencio mientras ella vagaba por la habitación haciendo el ridículo.

—¿Puedo preguntarte por qué estás sentado aquí a oscuras?

—Buena pregunta. No lo sé —soltó una ronca carcajada—. ¿Puedo preguntarte yo algo a ti?

—Por supuesto.

—¿Se me permite confesarte que precisamente estaba pensando en ti... en la cama? ¿Y en que *sé* que nunca podría fornicar con otra mujer?

Justine se sintió más que agradecida de que su rostro ruborizado quedara oculto en las sombras. Ciertamente había oído palabras groseras antes, pero aquella era muy poco apropiada, sobre todo entre marido y mujer.

—Vuestros, er... cumplidos no conocen límites, Excelencia.

—Con un cuerpo tan sensual como el tuyo, Justine, efectivamente mis cumplidos no deberían conocerlos nunca.

—¿Estás... embriagado? ¿O has perdido lo poco que te queda de juicio?

—Las dos cosas, en realidad.

—Encantador —puso los ojos en blanco.

Radcliff carraspeó.

—Debería disculparme.

—Sí. Deberías.

—Suplico humildemente tu perdón. No lo volveré a hacer. Mi mente está hecha un verdadero lío.

—Gracias. Ahora te sugiero que te retires antes de que tengas que disculparte por algo más.

Él se quedó callado por un momento, hasta que al fin estalló:

—¿Sabes? La página treinta y cuatro dice que embriagarse no queda elegante en una dama. Entiendo el porqué, pero tengo que confesar que yo nunca me consideré un hombre elegante, por muy ebrio que estuviera.

Justine se echó a reír, incapaz de disimular su sorpresa.

—¡Vaya, Radcliff! Lo has estado leyendo.

—Es lo único que he hecho hoy.

Justine sonrió.

—Estoy muy orgullosa de ti.

—Al menos uno de los dos lo está.

Ella se rio de nuevo mientras contemplaba la sombra de su marido, que seguía sentado en el borde del escritorio apenas a unos pasos de distancia.

—Puede que tú no te consideres un hombre elegante, pero yo siempre te he tenido por tal.

—Me alegro. ¿Y bien? ¿Me estabas buscando?

Aunque deseaba decirle que sí, que así era, no quería darle alas y crear otro malentendido entre ellos.

—Siento decepcionarte, Radcliff, pero no. Estaba buscando tu lista.

Radcliff se levantó, haciendo crujir el escritorio sobre el que había estado sentado, y se dirigió hacia ella. Aunque Justine seguía sin poder verlo bien, pudo sentirlo acercarse. Empezaron a sudarle las manos, y llegó a preguntarse si no debería salir corriendo. Al fin y al cabo, embriagado como estaba, dudaba de que Radcliff exhibiera un gran autocontrol. Y sin embargo... no podía moverse. Era como si alguien hubiera cosido sus faldas a la alfombra.

Se detuvo ante ella, trayendo consigo un dulce y penetrante olor a tabaco. Al cabo de un buen rato, dijo:

—Los niños.

Justine parpadeó asombrada.

—¿Perdón?

—Los niños eran el número cinco de mi lista.

Aquello era ciertamente inesperado.

—Dime que no me equivoco y que una de las cosas que deseas de mí y de este matrimonio es tener hijos —la ronquera de su voz hizo que el estómago de Justine diera un vuelco—. Dime que deseas tener hijos conmigo.

Justine retrocedió un paso.

—Bueno, sí, por supuesto. Con el tiempo. Cuando tú y yo estemos preparados para asumir ese compromiso.

—¿Y a mis treinta y tres años —Radcliff avanzó el paso que ella había retrocedido—, dudas de que yo esté preparado para un compromiso semejante?

—No es la edad lo que determina que uno esté preparado o no.

Radcliff suspiró.

—¿Seré capaz algún día de volver a ganar tu confianza después de lo que hice?

—Te llevará tiempo. Deberás demostrarme que estás dispuesto y controlado.

—Ahora mismo estoy demostrando un gran control —susurró—. ¿Crees que me gusta estar aquí, en lo oscuro, no haciendo otra cosa que hablar de las muchas maneras en que debería evitar un escándalo? ¿Es eso lo que piensas?

Justine reprimió una involuntaria carcajada.

–Estoy orgullosa de los esfuerzos que estás haciendo, Radcliff. Y también de la generosidad que hoy has demostrado hacia la señorita Thurlow.

–Quiero que estés orgullosa de mí. Necesito que lo estés –se interrumpió–. ¿Puedo... abrazarte?

Justine sacudió la cabeza, con el corazón acelerado.

–No. No mientras estés embriagado. Mañana. Cuando seas más consciente de lo que estás haciendo.

–Entonces déjame que te bese. Quiero besarte.

–No. No en el estado en que estás –alzó las manos en lo oscuro, preparándose para empujarlo del pecho y los brazos. Pero, sorprendentemente, no lo sintió acercarse.

–¿Qué puedo hacer entonces? –gruñó desde algún punto a la derecha de Justine, lo suficientemente cerca como para que ella pudiera oír la manera en que contenía la respiración y oler su aliento a oporto–. Dímelo –insistió, esa vez justo a su espalda.

Justine soltó un suspiro tembloroso, deseosa de explicarle exactamente lo que albergaba su corazón.

–Puedes declararme tu amor.

Radcliff se detuvo directamente frente a ella.

–¿Y por qué habría de hacer eso?

Justine pensó irónica que aquel hombre sabía bien cómo hacer para que una mujer se desmayara de emoción.

–Porque quiero de ti algo más que deseo, Radcliff. Vamos a pasar juntos el resto de nuestras vidas. ¿No se te ha ocurrido pensarlo? ¿Pensar en que podrías aprender a amarme? ¿Algún día?

–Justine –resopló, disgustado–, el amor no es más que... un mito. Lo sabes, ¿verdad? No es más que un estúpido mito perpetuado por la sociedad para hacer que todo el mundo piense que la gente se preocupa de la gente. Cuando lo cierto es que nadie se preocupa de nadie –se interrumpió–. ¿Y tú?

Justine arqueó las cejas, sorprendida.

–¿Yo qué?

–¿Me amas tú?

Esa vez fue ella quien resopló.

–Me parece que estás intentando despistarme. Eludiendo el tema.

–Supongo que sí –suspiró–. Pero... en el caso de que tú llenaras la palabra «amor» de un sentimiento verdadero, sin engaño alguno de por medio, ¿podrías tú amarme a mí?

Justine apretó los puños. Era como si esperara que se lo diera todo, mientras él, a cambio, no le ofrecía nada.

–No, Radcliff. No podría.

–¿Por qué no? Soy tu marido. Es tu deber amarme.

Verdaderamente era un caso sin esperanza. Y peor aún cuando estaba ebrio.

–Realmente no me has dado ningún motivo para amarte, ¿no te parece?

–Oh, bueno. Permíteme que intente cambiar eso –le agarró las manos y se las bajó, inmovilizándola. En esa posición, se lanzó sobre su cuello para acariciarle con su ardiente lengua la parte que quedaba al descubierto, dejándola sin aliento–. ¿Me amas ahora? ¿O quieres que continúe?

–¡Radcliff! –exclamó mientras se esforzaba por liberarse.

La soltó al tiempo que dejaba escapar una estridente carcajada. Retrocedió tambaleante, con sus pesados pasos resonando en el despacho, y volvió a sentarse en el borde del escritorio sin dejar de reír.

-¡Quién lo habría dicho! Dos mujeres viviendo en mi casa. ¡Dos! Y no puedo tener a ninguna.

No parecía capaz de dejar de reír. Como si la situación fuera realmente divertida.

Justine retrocedió, jadeante. Por el bien de su marido, para no hablar del suyo propio, y del de su matrimonio, tenía que hacerle creer a Radcliff, y creer ella misma, que todavía podía salvarse. Que todavía podía derrotar aquello, fuera lo que fuera, que le estaba consumiendo el alma.

-El hecho de que no te des cuenta de lo apurado de tu situación me preocupa infinitamente, Radcliff. ¿Te das cuenta?

Las risotadas se interrumpieron bruscamente. Justine oyó su voz ronca en medio de la oscuridad.

-Mi queridísima Justine. No necesitas preocuparte por mí. Yo, Radcliff Edwin Morton, he sido duque deslos catorce años. Desde entonces he tenido que supervisar y ocuparme de la vida de todo el mundo, desde el último sirviente o aparcero hasta mi propio hermano, y ni una vez, ni una sola, he dependido de nadie para nada. Sé cuidar perfectamente de mí mismo -asintió, con su figura en sombras tambaleándose contra el escritorio-. Lo que necesito ahora mismo es tiempo y distancia. No puedo funcionar bien cuando estoy cerca de ti. Y... no puedo.

Volvió a tambalearse, con sus botas resonando en el suelo, y de repente Justine perdió de vista su sombra al tiempo que oía un batacazo, señal de que había caído al suelo. Se dirigió a toda prisa hacia él. El corazón le latía tan rápido que apenas podía respirar.

-¡Radcliff!

Cayó de rodillas a su lado y buscó a tientas su cabeza, deslizando las manos por los botones de su chaqueta de noche y su corbata de seda. Por fin alcanzaron sus dedos su rostro cálido, áspero por la barba, con la ancha y suave cicatriz. Al menos todavía respiraba. Pero no se movía. Ni reaccionaba a su contacto.

Un sollozo de impotencia escapó de su garganta, pero de alguna manera encontró la fuerza necesaria para exclamar:

—¡Jefferson! —y volvió a gritar por encima de su hombro, hacia la débil luz del umbral—. ¡Jefferson!

De repente sintió las manos de Radcliff en sus brazos, y el corazón le dio otro vuelco. Sus fuertes dedos se hundían en la tela de su vestido.

—No. No necesito a nadie. Ni a ti ni a él. Déjame. Necesito estar solo. Es lo único que sé.

—Oh, Radcliff... —susurró, con una lágrima resbalando por su acalorada mejilla. ¿Por qué tenía que quererlo tanto? ¿Y por qué se empeñaba en creer que podría cambiar, cuando ni él mismo se lo creía? Se inclinó hacia él, acunándole la cara entre las manos—. Tú ya no estás solo. Me tienes a mí. Siempre me tendrás a mí. Lo sabes, ¿verdad?

Radcliff relajó los dedos mientras le susurraba suavemente:

—Sí, lo sé. Y gracias a Dios que eres increíblemente buena fornicando. Porque, si no lo fueras, creo que no sería capaz de sobrevivir.

Justine le soltó la cara con un firme empujón. ¿Era eso lo único que ella sería siempre para él? Le dio un manotazo en el pecho. Y otro más, aún más fuerte, como si quisiera devolverle el sentido común a golpes.

—¡Yo valgo algo más que una simple fornicación, Bradford!

Resonaron unos pasos en el corredor. Jefferson se detuvo en la entrada del despacho, con la respiración acelerada, su colosal figura recortada por el resplandor del candelabro que tenía detrás.

–¿Excelencia? –escrutó la oscuridad–. ¿Qué...?

Radcliff se sentó pesadamente en el suelo, gruñendo.

–No necesito nada, Jefferson. Retírate. Vete. Por mí como si te marchas de esta casa.

Jefferson vaciló antes de volverse en silencio y abandonar la habitación

«El muy canalla...», exclamó Justine para sus adentros. Cerró el puño y golpeó a Radcliff en un hombro con toda la fuerza de que fue capaz.

–¡Ay, mujer! –rugió–. ¿A qué ha venido eso?

–Por lo que acabas de decirle a Jefferson. Ha sido completamente inapropiado.

–¿Qué le he dicho?

Ahogó un sollozo. Carecía de sentido intentar razonar con él. ¿Por qué esforzarse tanto en salvar el alma de un hombre así?

Radcliff se inclinó entonces hacia ella, palmeándole las faldas con una mano.

–¿Por qué estás llorando? Justine, no llores. Ven. Ven aquí...

Apretando los dientes, le apartó las manos. Con fuerza.

–¡No me toques! ¡No estás en condiciones de tocarme!

–Maldita sea. Parece que nunca consigo gustarte –se levantó de golpe y se tambaleó hacia un lado. Irguiéndose, enfiló hacia la puerta. Se detuvo en el último momento, con su alta figura recortada contra la penumbra del umbral, sin volverse–. Tú, en cambio, no dejas de gustarme –y desapareció.

Justine soltó un suspiro y se levantó también, preguntándose cómo iba a sobrevivir a aquello. A tientas, atravesó apresurada la habitación hacia el corredor iluminado, nada deseosa de quedarse a solas en el despacho oscuro.

Se llevó las manos temblorosas a su rostro húmedo por las lágrimas, en un esfuerzo por borrar toda evidencia de sus sentimientos. Deseaba creer que lo que Radcliff había querido decirle antes de marcharse era que la quería. Que la quería mucho. Pero iba a necesitar algo más que palabras para convencerse de que era capaz de sentir algo así por ella.

–¿Qué te ha hecho? –inquirió de pronto una voz femenina–. Te oí gritar pidiendo ayuda.

Justine se quedo helada, bajando las manos.

Matilda corría hacia ella por el pasillo iluminado, sujetándose su vientre con las dos manos, todavía ataviada con su vestido mañanero.

El corazón le dio un vuelco. Lo último que quería era que Matilda se preocupara por ella. Matilda necesitaba tranquilidad y fuerzas para soportar el parto. Sacudiendo la cabeza, fingió un gesto de indiferencia mientras la veía acercarse.

–No ha pasado nada. Nada.

Matilda se detuvo ante ella, escrutando su rostro. Entrecerró los ojos.

–Mientes. ¿Cómo es que estás llorando?

–Estoy un poco sensible, eso es todo.

Matilda la agarró de los hombros con tanta fuerza que le clavó los dedos a través de la fina tela de su vestido. Inclinándose hacia ella, la sacudió con energía mientras susurraba con voz ronca:

—No lo disculpes. Así es como se empieza. Una disculpa, una excusa tras otra. Yo hacía lo mismo con Carlton, y sin embargo, ¿me gané su amor? No. Solo gané una cosa: desprecio hacia mí misma, Justine. No creas que podrás ganar el amor de un ser torturado. No lo conseguirás. ¿Quieres que tu vida se parezca a la mía? ¿Quieres vivir cada momento de tu vida temiendo respirar siquiera en presencia de un hombre?

Justine tragó saliva y sacudió la cabeza.

—Bradford no es como Carlton. Él jamás me levantaría la mano. Yo sé que no.

—Yo también pensaba que Carlton nunca me la levantaría a mí. Pero lo hizo. Repetidas veces. Y el hecho de que ambos sean hermanos me preocupa —musitó mientras bajaba las manos por los hombros de Justine, acariciándoselos. Soltándola, se volvió hacia la zona del corredor no iluminada por las velas—. No deberías dormir sola. Duerme conmigo esta noche. Y, si es necesario, cada noche —girándose de nuevo hacia ella, la tomó de la cintura y tiró suavemente de ella hacia las habitaciones—. Ven.

—Se supone que soy yo la que debería estar ayudándote a ti —repuso Justine mientras se dejaba llevar—. Y no al revés.

Matilda le apretó delicadamente la cintura.

—Para eso están las amigas. Y después de lo que has hecho por mí hoy, tú eres y siempre serás mi amiga.

Justine le apretó cariñosamente a su vez el hombro. Aunque Radcliff, por no hablar de todo Londres, no aprobara aquella nueva amistad, ella sí. Y eso era lo único importante.

A partir de aquel momento, se encargaría personalmente de que la estancia de Matilda en la Casa Bradford fuera algo a recordar. Algo memorable que Matilda pudiera contar con orgullo a su hijo durante los años venideros.

Y Bradford contribuiría a la causa, tanto si le gustaba como si no.

Escándalo 16

Es cierto. A menudo gastamos la mitad de la vida en intentar comprender verdaderamente su sentido. Mi esperanza estriba, sin embargo, en evitar que desperdiciéis más vida de la realmente necesaria para ello.

Cómo evitar un escándalo
Anónimo

Una radiante luz dorada presionaba contra los párpados cerrados de Radcliff. Sentía los miembros insoportablemente rígidos y pesados. El olor del oporto se adhería a su nariz, a su piel. Y lo que era aún peor: tenía su agrio sabor pegado a la boca.

Al menos podía respirar. Aunque apenas, visto que la garganta le ardía y fruncía los labios resecos a cada aliento. Esbozó una mueca, con un fuerte dolor de cabeza apretándole el cráneo.

Alguien le tocó un hombro.

—¿Excelencia?

Radcliff entreabrió los ojos contra el resplandor que lo cegaba. Mientras la vista se le acostumbraba a la inesperada luz solar que se filtraba por los ventanales, la carota y los enormes hombros de Jefferson aparecieron ante él.

Parpadeó varias veces. ¿Cómo era que estaba en el suelo? ¿En el del recibidor? ¿Y con su mayordomo arrodillado a su lado?

Jefferson se sonrió, con un evidente brillo de diversión en sus ojillos azules.

—Por un momento pensé que estabais muerto, Excelencia.

Radcliff soltó una corta carcajada y esbozó una mueca, consciente de que no era solamente de la cabeza de lo que se resentía. El pecho y el resto de su cuerpo le dolían como si un coche con su tiro entero de caballos le hubiera pasado por encima.

—Discúlpame por haberte decepcionado, Jefferson. Todavía sigo vivo y coleando.

—Ah. Yo no me preocuparía, Excelencia. Estoy bastante acostumbrado a que la gente me decepcione —Jefferson deslizó sus manos enguantadas bajo los brazos de Radcliff y tiró de él hasta dejarlo sentado en el suelo—. ¿Os encontráis lo suficientemente bien como para levantaros?

Radcliff asintió y, tras respirar profundo, se levantó pesadamente. Parpadeó varias veces, y mientras la habitación se tambaleaba momentáneamente, su cerebro intentó recordar lo sucedido la noche anterior. Reprimió la náusea que le subió por la garganta. Aunque era muy poco lo que recordaba, lo único que resonaba con inolvidable claridad en su mente eran los sollozos de Justine.

«¡Oh, Dios mío!», exclamó para sus adentros. ¿Qué había hecho?

Bajó la mirada a su pantalón y se llevó las manos a la

bragueta, solo para descubrir que estaban perfectamente abrochados. Lo que no quería decir, si embargo, que no...

Volviéndose, agarró con fuerza a Jefferson de su oscura librea.

—¿Qué es lo que he hecho? —le espetó—. ¿Le he hecho daño? ¿He hecho daño a mi esposa?

Jefferson se lo quedó mirando fijamente.

—No que yo sepa, Excelencia. Pero todo ese oporto y brandy que habéis bebido no os ha puesto de buen humor. Que yo sepa.

Aquello no estaba sucediendo. No *podía* estar sucediendo. Se suponía que tenía que hacer que Justine se sintiera orgullosa de él. No hacerle llorar. Soltó al mayordomo y retrocedió tambaleándose, con una náusea apretándole el estómago y la garganta.

—¿Dónde está?

—La duquesa y la señorita Thurlow salieron tarde esta mañana, Excelencia. Hace unas dos horas.

Radcliff se quedó de piedra. Esperaba que no lo estuviera abandonando...

—¿Salieron? ¿Adónde?

—La señorita Thurlow se encontraba urgentemente necesitada de ropa, dado lo delicado de su estado. Como podréis recordar, no trajo equipaje consigo y tampoco quería mandar a traer sus pertenencias de la residencia de lord Carlton.

—¿Quieres decir que mi esposa se llevó a la señorita Thurlow de compras? ¿En pleno día?

—Sí. Estamos efectivamente en pleno día, Excelencia. Es habitualmente a estas horas cuando permanecen abiertas las tiendas.

Maldijo para sus adentros. Todo aquello era culpa

suya. ¿En qué diablos había estado pensando cuando se le ocurrió beber tanto la noche anterior?

–¿Te dijo adónde iba?

–No, Excelencia –Jefferson se llevó una mano al bolsillo interior de su librea y sacó una nota doblada–. Pero la duquesa dejó esto para vos.

Radcliff se la arrebató de sus dedazos enguantados. Temiendo cada palabra que contenía, la desdobló y leyó:

Excelencia,
La señorita Thurlow y yo hemos decidido salir a disfrutar de este soleado y radiante día. Espero que no os importe ampliar vuestro crédito a unas pocas tiendas.
Respetuosamente,
La duquesa de Bradford

«¿Respetuosamente?» No le gustaba nada la manera en que había escrito aquella palabra. Al contrario que todas las otras que estaban escritas con una perfecta caligrafía, aquel «respetuosamente» había sido garabateado con evidente apresuramiento. Como si se hubiera visto obligada a aplacarlo de algún modo, y solamente se le hubiera ocurrido aquel «respetuosamente».

Se quedó mirando fijamente el nombre que él le había dado: duquesa de Bradford, a ella, a su Justine, y acarició las letras con un dedo, sin importarle que Jefferson estuviera delante para verlo.

Respiró hondo y soltó el aire lentamente. Tenía la sensación de que sabía adónde había ido Justine. Y esperaba que estuviera en lo cierto. La buena sociedad era de todo menos generosa en asuntos de aquella clase. Debía procurar además que Carlton no se enterara de su salida, ya que, en caso contrario, el muy canalla no tardaría en presentarse ante su puerta.

Dobló la nota y miró a su mayordomo.

–Manda que mi coche esté listo para salir dentro de diez minutos.

–Sí, Excelencia –Jefferson se retiró después de hacerle una reverencia.

A partir de aquel momento, iba a mostrarse merecedor de Justine. Aunque tuviera que morir en el intento.

Escándalo 17

En esta sociedad, la ropa que lleváis define vuestra alma. Cuidad bien de las dos.

Cómo evitar un escándalo
Anónimo

The Nightingale, Regent Street 28

Filas de resplandecientes ventanas de cristal revelaban un impresionante salón color verde París, decorado con maceteros de palmeras, arañas de vidrio veneciano y mostradores de caoba con mármoles blancos de Italia.

Justine entró en el pórtico de columnas, alejándose por momentos de la multitud de caballos y carruajes lacados que atiborraban la calle empedrada detrás de ella y de Matilda.

Mirando a los caballeros y damas bien vestidos que caminaban sin prisa, Justine apretó el brazo de Matilda y juntas penetraron por la puerta en forma de arco de la tienda. De pronto, Matilda se llevó una mano al vientre y la obligó a detenerse.

–Se nos quedarán mirando, pese al sombrero y al velo que cubre mi rostro, y nos harán preguntas.

Justine le apretó de nuevo el brazo, tirando de ella hacia adelante.

–Dejadlos, *señora Porter* –le dijo, bromista–. Nuestra única esperanza descansa en que no exista otra pobre señora Porter en Londres cuyo nombre estemos usurpando.

Matilda se rio al tiempo que volvía la vista atrás. Inclinándose hacia ella, susurró:

–Esto es algo tan excitante, y tan encantador por tu parte... Siempre he querido comprar en The Nightingale, pero era demasiada cara. Aunque Carlton nunca lo admitiría, sus rentas son bastante limitadas. Un solo metro de una tela de esta tienda vale ya unas cuantas libras. E incluso Carlton, con lo estúpido que es, sabe que es necesario más de un metro para hacer un vestido.

Justine se rio a su vez y entraron por fin en la tienda, donde varias mujeres con elegantes sombreros y vestidos mañaneros estaban examinando rollos de telas de brocado, muselinas, crepes y moirés.

Una joven, que era nueva en la tienda desde la última vez que Justine estuvo allí con Radcliff, hacía dos semanas, salió apresurada de detrás del mostrador para atenderlas. Gruesos rizos rojizos bailaban bajo las flores de seda blanca y cintas de satén amarillo que llevaba entretejidas en el pelo. Tanto las flores como las cintas combinaban escrupulosamente con los tonos de su vestido.

La joven se detuvo ante ellas y esbozó una radiante sonrisa, exhibiendo un hoyuelo en su mejilla izquierda.

–Buenas tardes. Soy la señorita Wyatt. ¿En qué puedo ayudarlas? –se interrumpió, borrada su sonrisa cuando vio el velo bordado que cubría el rostro de Matilda.

Justine se apresuró a soltar el brazo de Matilda y adelantó un paso hacia la empleada. Inclinándose hacia ella en un gesto poco convencional, destinado a que no la oyeran las demás damas que escogían telas para sus vestidos, le susurró:

–Señorita Wyatt. Mi querida amiga, la señora Porter, ha sufrido un desgraciado accidente a manos de su marido, por el cual ruego a usted que no la juzgue. Yo solamente deseo regalarle unos cuantos vestidos que convengan mejor a sus necesidades en su actual estado de buena esperanza. No tengo intención de ahorrar gastos, y la compensaré debidamente por cuantas atenciones tenga a bien prodigarle.

La señorita Wyatt miró a Matilda, y se volvió luego hacia Justine.

–¡Pobre mujer! Puede estar bien segura de que la atenderemos lo mejor posible, pero me gustaría saber a quién tendremos que facturar...

Justine abrió su retícula de cuentas y sacó la tarjeta de visita que Radcliff había mandado hacer recientemente para ella. Sostuvo la tarjeta de color marfil y letras grabadas en oro entre sus dedos enguantados.

–Todo será facturado a esta dirección.

La señorita Wyatt tomó la tarjeta, leyó el nombre y volvió a alzar la mirada toda sonriente. Ejecutó una rápida reverencia.

–Será un honor sin precedentes para mí poder serviros, Excelencia. Si os place a las dos, podría tomar las medidas a la señora Porter en un reservado especial para garantizar tanto su intimidad como la vuestra.

Justine sonrió, complacida de que un simple nombre pudiera conseguir una colaboración tan instantánea.

–¡No puedo esperar para admirar mis vestidos! –exclamó Matilda con tono entusiasmado mientras se alzaba el blanco velo bordado sobre el sombrero–. Gracias, Justine.

–No hay necesidad. Su Excelencia pagará la factura –le estrechó la mano. Estaba disfrutando con la situación–. Quédate aquí con la señorita Wyatt, que no quiero hacerte caminar demasiado. Yo me encargo de que el carruaje te recoja en la puerta –se volvió hacia la empleada de la tienda–. Gracias, señorita Wyatt.

–Ha sido un placer, Excelencia. La señora Porter recibirá sus vestidos en el transcurso de esta semana. Cualquier arreglo que sea necesario correrá de nuestra cuenta, como siempre.

–Gracias.

Radiante de alegría, se dirigió apresurada hacia la puerta de la tienda. Acababa de cerrarla y se volvía hacia la calle cuando chocó contra un ancho y sólido pecho.

–¡Oh! –desesperadamente intentó agarrarse a la oscura chaqueta de satén del hombre para no caerse hacia atrás.

El hombre la agarró a su vez de la encorsetada cintura y la atrajo de manera escandalosa hacia su cuerpo grande y musculoso, sujetándola con sus diestras manos. El ala curva de su sombrero ocultaba a medias su hermoso pero desfigurado rostro.

Justine perdió el aliento cuando la mirada de obsidiana de Radcliff capturó la suya.

—Justine —pronunció con voz ronca.

Se quedó rígida: el tono de Radcliff parecía esperar mucho más de lo que ella estaba dispuesta a ofrecerle en aquel momento. No sin recibir antes una disculpa, al menos. Sus manos enguantadas, que tan pequeñas parecían en comparación con su ancho pecho, seguían desvergonzadamente apoyadas sobre su chaleco de hilos dorados.

Instantáneamente lo soltó y retrocedió un paso hacia la puerta que tenía detrás.

—Buenas tardes, Excelencia —lo saludó con un tono frío que daba a entender que lo estaba todo menos contenta con él.

Radcliff la observó con atención y se inclinó para susurrarle:

—Dime que no has estado usando el verdadero nombre de la señorita Thurlow en público.

Justine, a su vez, lo fulminó con la mirada.

—No tengo la cabeza de corcho. He estado utilizando el nombre de la señora Porter.

—No has debido abandonar la casa —sacudió la cabeza—. No con ella.

—¿Y qué iba a hacer? Necesitaba ropa. Ningún vestido mío le sentaba bien, y no iba a envolverla en una cortina.

—No importa. ¿Dónde está? —la rodeó para dirigirse hacia la puerta.

—En la tienda, ¿por qué? —Justine se apartó para dejarlo pasar, pero él la tomó de la encorsetada cintura con la intención de entrar con ella.

Apartándose con brusquedad, Justine se volvió hacia la calle repleta de gente. Aparte de que no tenía ningún deseo de que la tocara después del etílico enfrentamiento de la noche anterior, del cual por cierto aún no se había disculpado, la indignaba la descarada intimidad que estaba exhibiendo en público. En plena Regent Street.

Radcliff abrió por fin la puerta y entró en la tienda. Al ver a Matilda, que seguía en compañía de la señorita Wyatt, se dirigió hacia ella.

—Os suplico me perdonéis, mis queridas damas. ¿Señora Porter? ¿Os importaría reuniros con mi esposa y conmigo? Se trata de un asunto importante. Gracias —y sostuvo la puerta abierta.

Matilda no tardó en abandonar la tienda. Ya en la calle, se apresuró a tomar a Justine del brazo.

—No permitas que te convenza de nada de lo que haga o diga —le aconsejó Matilda en voz baja, insistente—. Solo está buscando redimirse. Siempre se comportan igual.

Justine le apretó el brazo, como asegurándole tácitamente que no era tan crédula.

Radcliff se acercó a ellas. Inmediatamente se colocó al lado de su esposa, avasallándola con su cercanía pese a la multitud que los rodeaba.

Sus abrasadores ojos se encontraron con los de Justine bajo el ala de su sombrero de copa.

—Espero que encontraras satisfactorio mi crédito.

Justine entrecerró los ojos en un esfuerzo por demostrarle que no estaba dispuesta a dejarse intimidar.

—¿A qué has venido? —le preguntó en voz baja, en un intento por no llamar demasiado la atención. Al fin y al cabo, estaban en Regent Street—. Dudo que hayas venido hasta aquí para preguntar por tu crédito.

Radcliff enarcó las cejas.

—Me parece que confías demasiado en la gente de Londres para exhibirte de esta manera.

Le sostuvo la mirada, algo avergonzada.

–Como si me importara algo lo que pueda pensar la gente de Londres...

Radcliff se inclinó para susurrarle:

–Será mejor que lleves cuidado, Justine. Porque si Carlton se entera de esto y se presenta ante mi puerta, ¿qué pasará entonces? Con un velo no basta para ocultarse. Dado que ahora mismo no tengo intención alguna de montar una escena en Regent Street, te pido que me sigas –después de llevarse una mano caballerosamente al sombrero, echó a andar.

Justine pudo ver como su alta y musculosa figura se dirigía hacia un carruaje que esperaba a unos pocos pasos. Un joven criado de oscura librea mantenía abierta la portezuela lacada.

Aunque su orgullo la impulsaba a arrojarle un zapato a la cabeza por no haberse disculpado todavía con ella, sabía que tenía razón. Y, pese a sus quejas al respecto, resultaba ciertamente conmovedor que se hubiera molestado en ir a buscarlas para velar por su seguridad.

Justine apretó el brazo de Matilda y se recogió las faldas con la otra mano, al tiempo que miraba a su alrededor.

–Vamos. Tenemos que irnos.

Matilda se inclinó hacia ella.

–Yo debería tomar un carruaje por separado. No quiero imponerte mi presencia más de lo que ya lo he hecho.

–Absurdo –insistió Justine, tirando de ella–. Radcliff tiene razón. No debemos correr más riesgos. Vamos.

Y se apresuraron a seguirlo, intentando sortear a las damas y caballeros que parecían haberse tomado un súbito interés por sus personas.

Radcliff se detuvo ante la portezuela abierta del carruaje y se volvió, estirando hacia ellas una mano enguantada al objeto de ayudarlas.

Justine guio a Matilda hacia él, que la ayudó a subir junto con el criado. Una vez que Matilda estuvo instalada, Radcliff se volvió hacia su esposa y volvió a tenderle la mano, con la mirada clavada en sus ojos.

Justine puso la mano en la de él y se recogió las faldas con la otra. Su mano ancha y fuerte se cerró sobre la suya mientras la ayudaba a subir al carruaje. Se mordió el labio, disfrutando por dentro de su fortaleza y de su calor.

Justine lo soltó por fin y se sentó junto a Matilda, suspirando. Dado que deseaba hablar con Radcliff de lo sucedido la noche anterior, y sabiendo al mismo tiempo que no podía, tenía la sensación de que aquel iba ser un trayecto muy incómodo.

Radcliff mantenía fija la mirada en los edificios y bulliciosas multitudes que desfilaban ante sus ojos, al otro lado de la ventanilla de cristal. Mejor era no decir nada mientras durara el trayecto. De todas formas, a nadie le habría importado lo que pudiera decir él.

Matilda y Justine reían y charlaban sobre su visita a la tienda, sobre las diversas telas elegidas, sobre lo excelente de los cortes y sobre la cortesía y amabilidad que todo el mundo les había demostrado. Efectivamente. Sobre todos aquellos temas que un hombre no tenía ninguna necesidad de escuchar.

De vez en cuando, Matilda apretaba cariñosamente la mano de Justine o le palmeaba la rodilla. Y Justine, a su vez, hacía lo mismo.

Tragó saliva y contempló cómo los labios de Justine se curvaban en una radiante sonrisa mientras miraba a Matilda. Resultaba obvio que su propia esposa parecía disfrutar muchísimo más de la compañía de Matilda que de la suya. Y él era el único culpable.

Cuando finalmente llegaron a su destino, Radcliff ayudó en silencio a las dos mujeres a bajar del carruaje. Se las quedó luego mirando mientras desaparecían en la casa, del brazo, todavía parloteando con alegría hasta que sus voces se perdieron en la distancia.

Permaneció allí durante unos segundos, pensativo.

El criado lo miró, como refrenándose cortésmente de señalarle que había sido abandonado por todos. Después de recoger la escalerilla, cerró la portezuela.

Radcliff suspiró. Suponía que debía dejar que Justine disfrutara de la compañía de su nueva amiga, sin controlarla ni agobiarla con su presencia.

Volviéndose de pronto hacia el cochero, le ordenó:

—Llévame a Brook's. Tengo ganas de comer algo y jugar a las cartas.

—Sí, Excelencia.

El portero se apresuró a desplegar de nuevo la escalerilla y abrirle la puerta.

Radcliff le dio las gracias con una inclinación de cabeza y subió al carruaje. Debería haberse acostumbrado a estar solo. Sin embargo, su corazón y su alma se resentían de una manera insólita, como nunca le había ocurrido en sus treinta y tres años de existencia. Y sabía que Justine tenía todo que ver en ello.

Escándalo 18

El amor siempre aparece de la más inesperada de las maneras. Una vez que seáis capaces de entender eso, podréis comprender mejor por qué el amor dista tanto de ser perfecto. Es lo que es.

Cómo evitar un escándalo
Anónimo

Aquella misma tarde

Justine miraba repetidamente el asiento vacío en la mesa mientras se preguntaba cómo era que Radcliff no se había reunido con Matilda y con ella para cenar. En realidad no había vuelto a verlo desde que él las dejó en casa aquella misma tarde.

—¿Justine?

Miró a Matilda, que estaba sentada frente a ella.

—¿Sí?

Matilda suspiró, dejó el tenedor y el cuchillo junto al plato y bajó la barbilla con una suave y cortés expresión de reprimenda.

—¿No lo estarás echando en falta, verdad? Ni siquiera te ofreció una disculpa por lo que te hizo anoche.

Justine desvió la mirada y se encogió de hombros.

—Ya lo sé. Yo... estoy preocupada por él, eso es todo. Después de lo de anoche, me di cuenta de que realmente no tiene a nadie que le cuide.

Matilda volvió a suspirar, arrojó su servilleta y se levantó de la silla. Rodeó la mesa lo más ligeramente que pudo en su estado y se detuvo junto a Justine. Tomándole la mano, insistió:

—Ahora me tienes a mí. Lo sabes, ¿verdad?

Justine miró sonriente la mano que agarraba firmemente la suya. Se la apretó y se levantó también de la mesa.

—Sí lo sé.

Matilda le soltó la mano y se la quedó mirando con tristeza.

—¿Le amas?

Justine tragó saliva. Aunque sabía con todo su corazón que era cierto, temía decirlo en voz alta. Porque eso solo le haría sentirse aún más vulnerable de lo que ya se sentía.

—No lo ames —Matilda le acarició el dorso de los brazos y la atrajo hacia sí—. Él no es merecedor de tu amor. Ningún hombre lo es. Hay otras cosas que pueden hacer feliz a una mujer.

—¿Cómo cuales? —musitó Justine.

—Como esta.

Matilda se inclinó entonces hacia ella y le rozó los labios con los suyos. Luego la obligó delicadamente a entreabrirlos con la lengua y exploró el dulce interior de su boca, al tiempo que enterraba los dedos en su pelo y le soltaba los alfileres del pelo.

Justine se quedó tan sorprendida como confusa, intentando comprender lo que estaba sucediendo.

Seguía sintiendo la presión de la boca de Matilda contra la suya, mientras la rizada melena, ya suelta, se derramaba sobre sus hombros.

A tientas, le sujetó las manos que tenía ya sobre su pelo y retrocedió un paso, tambaleándose.

–¿Qué estás...?

Podía sentir el aire frío refrescándole los labios. Por unos segundos, fue incapaz de dejar de mirar a Matilda. Y mucho menos de moverse.

Matilda la había besado.

¡Con la misma urgencia que un hombre!

–Perdóname –admitió finalmente Matilda, en voz ronca y baja–. Yo... yo siempre he querido hacer esto. Desde el momento en que te conocí. Y dado el tema de las investigaciones de tu padre, sabía que lo comprenderías. Yo tolero a los hombres, ya lo sabes, y llevo tolerándolos durante todos estos años porque eso es lo que la sociedad espera que haga. Pero no quiero tolerarlos más. No puedo. Siento asco hacia mí misma por haber fingido ser algo que nunca fui. Porque esto es lo que soy. *Esto*.

Justine tragó saliva mientras retrocedía, mirando a los criados que esperaban en silencio en las esquinas de la habitación. Pese al rubor que cubría sus afeitados rostros, continuaban estoicamente inmóviles, con la mirada clavada al frente como era su deber.

Resultaba más que obvio que a Matilda no le importaba exhibirse ante ellos. ¿Habría sido ella misma quien la había inducido a pensar que podía hacer algo semejante?

Matilda continuaba mirándola con una expresión apasionada en sus ojos azules.

–No me importas que estés casada y que tengas que compartir su cama. Podemos disfrutar mutuamente las dos. Él no necesita saber nada.

–Yo... oh, Dios... Matilda...

Justine sacudió la cabeza. Y volvió a sacudirla, incapaz de encontrar las palabras con qué contestarle. Porque su corazón, su mente y su alma pertenecían a Radcliff: siempre le pertenecerían a él, y ella no podía traicionarlo. Ni por una mujer, ni por un hombre, ni por nadie.

Matilda asintió con la cabeza, como si le hubiera leído el pensamiento, y se apartó a su vez.

–No quería abrumarte con mis propios deseos. Sé que te resulta aborrecible desear a una mujer. Pero... ¿no lo es más todavía que yo me haya negado la felicidad a mí misma, por culpa de las presiones de la sociedad? Yo... perdóname, Justine. No tenía intención de besarte. Yo... –volviéndose, se recogió las faldas y se marchó corriendo.

Justine se llevó una mano temblorosa a la boca inflamada, que todavía le ardía por el calor de los labios de Matilda. ¿Qué iba a hacer? No podía decírselo a Radcliff. Se quedaría lívido. Arrojaría a Matilda a la calle. Y luego, ¿qué le sucedería a ella y a su hijo?

«¡Oh, Dios!», exclamó para sus adentros. Necesitaba encontrar a Radcliff. No quería quedarse sola en aquel estado de confusión, sin que tuviera la menor idea sobre lo que debía o no debía hacer. Lo necesitaba. Desesperadamente. Porque en aquel momento se dio cuenta de algo. Se dio cuenta de que si nada existía entre ellos, ni amor ni amistad siquiera... cualquier persona, cualquier cosa podía interponerse entre los dos. Y eso no podía soportarlo. No podía. Porque amaba demasiado a su marido.

* * *

Dos horas después

Radcliff no sabía por qué seguía sentado en la oscuridad de su carruaje en la puerta de su propia casa. O por qué continuaba contemplando el asiento vacío que tenía delante.

Cerró los ojos, desafiándose a sí mismo a entrar en la casa y espetarle a Justine que iba a convertirse en el hombre que se merecía. Incluso aunque tuviera que arrastrarse durante todo el proceso.

Un taconeo en la acera resonó a los lejos, y, de pronto, alguien abrió la portezuela con tanta energía que tembló todo el carruaje. Abrió los ojos de golpe.

—¡Radcliff! —Justine entró a trompicones en el coche, tirando de sus faldas. Después de cerrar la puerta, se dejó caer en el asiento frente a él—. Estoy tan contenta de que por fin hayas vuelto...

—¿De veras?

—Sí.

Radcliff parpadeó extrañado mientras la observaba removerse en su asiento, advirtiendo extrañado que se había echado su chaqueta de noche... la chaqueta de *él*... sobre la cabeza y los hombros, como si fuera un chal. Rio por lo bajo.

—Quizá deberías haberte comprado un chal cuando saliste de compras esta tarde.

Justine sacudió la cabeza.

—No es eso —susurró—. Necesitaba algo tuyo que me reconfortara mientras esperaba a que volvieras. ¿Dónde estabas?

El leve resplandor del fanal del coche apenas bastaba para iluminarle un lado de la cara. Por alguna razón, su cabello castaño había perdido sus alfileres para derramarse en una encantadora cascada de rizos sobre sus hombros y su espalda, casi hasta la cintura.

—Estaba en el club ¿Qué pasa? ¿Qué ha sucedido? ¿Por qué está tu pelo...?

—Lo único que importa es que tú estás aquí —Justine corrió las cortinas de las ventanillas del coche y, acto seguido, se lanzó hacia él para sentarse sobre su regazo, con la chaqueta resbalando por sus hombros.

Radcliff inspiró hondo mientras ella le acunaba el rostro con sus manos heladas y le besaba las mejillas una y otra vez. Se quedó asombrado, intentando no tocarla, y soltó el aliento en un vano esfuerzo por dominarse.

—Justine, no deberías...

—Sí. Debería. Debemos demostrarnos mutuamente que nos importamos el uno al otro, ¿verdad? Dime que te importo. Necesito oírtelo decir.

—Por supuesto que me importas. Justine...

—¿Te importo? —insistió—. ¿Te importo de verdad?

—Sí, por supuesto. Justine, ¿qué...?

Le tiró el sombrero, que cayó sobre el asiento, y continuó besándole la frente y acariciándole el cabello con fruición.

—Tócame, Radcliff. Demuéstrame lo mucho que te importo.

«¡Cristo!», exclamó Radcliff para sus adentros mientras rezaba para que no se despertara nunca de aquel sueño. Se atrevió a acariciarle suavemente los costados de su vestido de muselina, vacilante al principio.

—Quizá deberíamos entrar en casa.

—No. Te quiero para mí sola. Aquí y ahora. Di a los criados y al cochero que nos dejen. Díselo.

Radcliff tragó saliva y deslizó sus manos enguantadas hacia su encorsetada cintura, intentando convencerse a sí mismo de que sería un loco si no satisfacía su demanda. Aspiró la leve y juguetona fragancia a polvos y a naranja que impregnaba su piel mientras los delicados rizos de su melena le cubrían las manos y los brazos. Se concentró en respirar únicamente por la boca para evitar perder el control demasiado pronto, aunque su falo estaba ya dolorosamente rígido.

Golpeando de pronto el techo del carruaje, gritó por la ventanilla:

—¡Atad los caballos y retiraos! ¡Todos! ¡Y será mejor que os deis prisa!

—¡Sí, Excelencia! —gritaron dos voces.

El carruaje se balanceó con los movimientos del criado y del cochero al bajarse. Se marcharon corriendo, con los pasos de sus botas resonando hasta desaparecer.

Usando los dientes, Radcliff se quitó los guantes y los arrojó a un lado. Acunando su rostro con las manos por fin desnudas, aspiró profundamente y susurró:

—Si no quieres esto, Justine, entonces será mejor que te bajes del coche.

No podía respirar mientras esperaba su respuesta. Tenía miedo de que su simple aliento la ahuyentara, haciendo desaparecer aquella fantasía.

—Quiero más que esto, Radcliff. Te quiero a ti.

El calor de su cuerpo y las tiernas palabras pronunciadas por aquellos labios fundieron todas y cada una de las barreras que los habían mantenido separados. Inclinó la cabeza y la besó, sin darle oportunidad a que pudiera arrepentirse. La obligó a abrir la boca, buscando urgentemente aquella candente, tersa lengua.

Estaba ardiendo por dentro, de una manera que nunca antes había experimentado. Bajando el brazo con que la había sujetado con fuerza de los hombros, bajó la mano por su espalda, hacia el vestido que envolvía su cuerpo.

Le subió luego las faldas hasta que ambos quedaron casi enterrados hasta la barbilla en ellas, y apretó luego con fuerza sus muslos abiertos contra su miembro. Un gruñido escapó de su garganta mientras continuaba devorando su boca y tanteando su lengua con la suya.

Quería aquello. La quería a ella. Siempre.

La sintió estremecerse cuando las puntas de sus dedos rozaron la fina camisola, interrumpiendo el sensual viaje que había querido hacer hacia su sexo. Alzó la prenda y la apartó, desnudándola de ese modo de cintura para abajo.

Podía sentir sus dedos en su pelo, agarrándoselo con fuerza hasta hacerle daño en su frenesí. El miembro le latía dolorosamente cuando bajó los labios a su cuello. Sirviéndose de la punta de la lengua, delineó su elegante curva desde el lóbulo de la oreja hasta el comienzo de su busto. El pecho de Justine se henchía bajo su lengua a cada temblorosa y repentina inspiración.

Tenerla para él solo en su carruaje, a su capricho, resultaba enloquecedor. Anhelaba que aquel momento no terminara nunca.

Justine lo abrazó entonces con fuerza, besándole la barbilla, la cicatriz, las cejas.

Radcliff deslizó los dedos todo a lo largo de sus piernas, enfundadas en las medias de seda, y se las abrió para instalarse entre sus muslos.

–¿Por qué estás consintiendo todo esto? Yo creía...

–Si no hay nada entre nosotros, Radcliff, nada en absoluto, ni siquiera estos momentos de intimidad entre nosotros... entonces cualquier cosa, cualquier persona, puede interponerse en lo nuestro. Y yo me niego a aceptar que eso suceda.

Después de desatarle los lazos de satén que las sujetaban, Radcliff le bajó las medias hasta los tobillos, deslizando al mismo tiempo las manos por la tersa piel de sus piernas.

–Nada se interpondrá entre nosotros –susurró–. Nunca me he entregado a nadie, ni me entregaré jamás, de la manera en que me estoy entregando a ti.

–Dime qué es lo que hay entre nosotros, Radcliff. Por favor. Necesito saberlo.

–Por encima de todo, devoción. Algo que tampoco nunca he sentido por ninguna mujer –le ardía la piel y tensó los músculos de los brazos mientras se inclinaba para desabotonarse el pantalón. Extrajo su grueso falo, liberándolo de la presión de la ropa.

–¿Podría esa devoción convertirse en algo más?

–Las palabras nada significan, Justine. Permite que te demuestre lo que siento –sujetándola de la encorsetada cintura con una mano, guio con la otra su miembro hacia su cálida y húmeda abertura. Y se enterró profundamente en ella con un tembloroso jadeo que estuvo a punto de hacerle verter por entero su semilla.

La oyó gemir mientras se aferraba a sus hombros, con su dulce y apretada humedad cerrándose sobre él.

–Justine... –echó la cabeza hacia atrás, contra el tapizado respaldo del asiento, y se recreó gozoso en el momento de la posesión, tirando de ella hacia él una y otra vez. Cada vez con mayor fuerza. Esforzándose por demostrarle de qué manera su cuerpo, su mente y su alma le estaban completamente consagrados, a ella y solo a ella.

—Radcliff... —gimió, deslizando las uñas desde sus hombros hasta su cabeza. Se removió contra él y volvió a gemir, cerrando los puños sobre su pelo y tirando con fuerza.

Él continuaba agarrándola de los muslos y tirando de ella cada vez más rápido, todo a lo largo de su falo, intentando profundizar el orgasmo. Podía sentir cómo se tensaba el corazón de su feminidad conforme la cálida humedad lubricaba su rígido miembro. Esbozó una mueca de dolor debido a la insoportable presión que estaba soportando, con el cuerpo reclamando también su desahogo. Pero no. No podía. No hasta que ella...

Justine gritó en aquel preciso instante, cortando con la voz la oscuridad que los envolvía. Le tembló el cuerpo mientras se arqueaba y retorcía en sus brazos. Radcliff se hundió aún más rápido en ella, deseoso de que gozara aún más. Cuando sintió sus caderas percutir contra las suyas para detenerse luego con un dulce suspiro, supo que había alcanzado el límite.

Entre hondos y casi dolorosos jadeos, su mente quedó en blanco y no pudo ya hacer otra cosa que entregarse al placer que tan desesperadamente había anhelado. La sujetó con fuerza mientras su cuerpo se estremecía con urgencia explosiva.

Gimió conforme se vertía en su apretado y húmedo calor. Y gimió de nuevo, más alto, cuando se dio cuenta de que aún seguía derramando su semilla en su interior. Cerró los ojos, mental y físicamente exhausto, mientras se preguntaba admirado por lo que acababa de suceder. Era algo que jamás antes había experimentado.

Justine se apartó suavemente y, en silencio, se acomodó en el asiento junto a él. Apoyando la cabeza sobre su pecho, suspiró feliz.

Todavía aturdido, la envolvió con fuerza en sus brazos.

–Después de esto, puede que nunca vuelva a necesitar tener placer... –pronunció de pronto. Apenas podía reconocer su propia voz.

Justine se rio por lo bajo contra su pecho mientras delineaba con un dedo los botones de su chaleco.

Permanecieron sentados en silencio durante lo que a Radcliff le pareció una eternidad.

–¿Radcliff? –susurró ella al fin.

–¿Sí?

–Debo decirte algo antes de que entremos en casa.

–¿Qué es?

–Prométeme que, te diga lo que te diga, no echarás a Matilda

Radcliff se quedó helado, con el corazón latiéndole a toda velocidad.

–¿Qué ha pasado?

–Prométeme que no la echarás de casa.

–No puedo prometerte nada cuando ni siquiera sé qué es lo que pretendes decirme.

–Prométemelo –lo sacudió suavemente. Una, dos veces–. Hazlo por mí.

Que Dios lo ayudara... ¿Por qué tenía que ser tan condenadamente blando cuando estaba con ella?

–Yo... está bien. Te lo prometo. Y ahora dime. ¿Qué es lo que ha pasado?

Justine vaciló antes de apartarse para correr las cortinas, descubriendo las ventanillas del carruaje. La pálida luz dorada de los fanales del coche se filtró en el interior.

Con un suspiro, se sentó al lado de su esposo mientras intentaba arreglarse el pelo. Su mirada tropezó con el miembro expuesto y, con otro suspiro, se inclinó para guardárselo y abotonarle el pantalón.

—¿Qué? —exigió saber él, impaciente ante su silencio—. ¿Qué diablos sucedió durante mi ausencia?

—Matilda me besó. Parece que prefiere a las mujeres a los hombres.

Radcliff contuvo el aliento, asombrado.

—¿Qué? ¿Ella... *te besó*? ¿En la boca, quieres decir? ¿Usando la lengua?

Justine bajó la mirada y le recogió los guantes, que estaban a punto de caerse del asiento.

—Sí. En la boca. Y sí, usando la lengua.

Radcliff sintió que le daba un vuelco el estómago. De repente recordó que las únicas veces que había visto a Justine feliz había sido con Matilda. Solo ahora sabía por qué.

—¿Es por eso por lo que acabas de fornicar conmigo? ¿Porque la culpa te ha impulsado a hacerlo? ¿Porque te has enredado con Matilda? ¿Es eso lo que me estás diciendo?

—Por favor, no uses ese tono ni ese lenguaje conmigo. La respuesta es no. Simplemente quería asegurarme de que nada se interpondría entre nosotros. Quería compartir algo significativo contigo después de lo de anoche.

—¿Y piensas compartir ese *algo* también con Matilda? ¿Es de eso de lo que me estás informando?

—No seas ridículo. Yo en ningún momento le he dado alas.

—¿No? ¡Y un cuerno que no! ¿Crees que no he visto esas manos tuyas acariciando a esa mujer a cada momento, y las suyas acariciándote a ti a su vez? Solo te habría faltado anunciar al mundo entero que sois amantes –se interrumpió para mirarla–. ¿Sois amantes?

Justine se volvió para mirarlo también, sorprendida.

–No. Por supuesto que no. Yo... –esbozó una mueca y sacudió la cabeza–. Mis caricias no tenían esa intención. Somos amigas. Nada más.

Radcliff frunció el ceño.

–Una amiga no se aprovecha de otra de esa forma.

–No estaba intentando aprovecharse de mí. Solamente estaba... Matilda suponía que yo sentía lo mismo por ella, y por eso hizo explícito su deseo. No puedo menos que apiadarme de ella y de la vida que ha llevado, fingiendo que era algo que no era realmente. Seguro que tú podrás comprenderlo. Tú mismo has apoyado los estudios de mi padre durante todos estos años. Estudios que han dejado perfectamente demostrado que no hay nada malo en que una mujer ame a otra mujer. O un hombre a otro hombre.

Radcliff abrió la boca y volvió a cerrarla. Pese a saber que era la digna hija de lord Marwood, no podía evitar sentirse consternado por el tono tan pragmático que había utilizado.

–¿Radcliff? –susurró, tocándole esa vez una rodilla–. Deja que se quede. Por favor. Matilda sabe que yo no siento lo mismo que ella. Sabe que estoy entregada a ti y solo a ti, y que jamás permitiría que nadie más me tocara, fuera hombre o mujer.

Aquellas palabras y la cálida presión de su mano lo sacaron del abismo de incertidumbre en que se había visto precipitado, deseoso como estaba no ya de confiar en ella, sino de entregarle su alma. Le tomó la mano y se la apretó con tanta fuerza entre las suyas que pudo sentir su pulso.

—¿Hablas en serio? —escrutó su rostro—. ¿Nunca permitirías que nadie, fuera hombre o mujer, te tocara de la misma manera en que yo acabo de hacerlo?

—Nunca —se inclinó hacia él—. Jamás.

Aquellas palabras le suscitaron un insólito sentimiento de paz, porque la creía y porque sabía que podía creer en ella. Le acarició tiernamente los nudillos.

—¿Y cómo sabes tú que ella no volverá a aprovecharse de ti?

Justine no se movió. Ni pestañeó siquiera.

—No lo sé.

Radcliff se esforzó por permanecer tranquilo, con el pulso cerrándole la garganta.

—¿Cómo puedes insistir en que se quede en nuestra casa?

—Porque es la decisión más justa —le apretó las manos—. Porque ella no tiene a nadie. Por favor. Dale esta última oportunidad. Si sobrepasa los límites, tú mismo podrás echarla de casa.

Incapaz de luchar contra aquel lacerante dolor, sabiendo como sabía que lo único que deseaba era que Justine fuera feliz con él y con su propia vida, se llevó sus manos a los labios y se las besó con fruición.

—Está hecho, entonces. Porque tú lo quieres.

Justine parpadeó varias veces, como luchando contra sus propios sentimientos, y sonrió con los labios apretados.

—¿Sabes lo que también deseo más que cualquier otra cosa en el mundo?

—Vas a acabar matándome, Justine. Te das cuenta, ¿verdad?

Ella se rio por lo bajo.

—No, no... Lo que yo quería decirte es que... que ojalá pudieras llegar a amarme algún día. Quiero que llegues a amarme como yo te amo a ti. Porque yo te amo.

Él se quedó sin aliento, con un nudo de emoción en el pecho. Si bien durante todo el tiempo había anhelado escuchar aquellas palabras de sus labios, sabía también que no podía recrearse en ellas, como tampoco darle a entender que las aceptaba. Porque, al fin y al cabo, no eran más que palabras.

Retiró las manos de entre las suyas y sacudió la cabeza. Con energía.

—No digas esas cosas. Ni aunque las pienses.

Justine se lo quedó mirando fijamente.

—¿Qué quieres decir? ¿Por qué no?

—Mi madre le decía a mi padre que lo amaba todos los días de su vida... Cada día de los quince años que duró su matrimonio, hasta que él murió de una apoplejía. Yo siempre pensé que el suyo había sido un matrimonio perfecto, pero, al final, resultó que ella nunca había creído en las palabras que con tanta liberalidad le regalaba. Se había entregado a otro hombre en un momento de placer que ni siquiera estuvo dispuesta a confesar hasta que ya fue demasiado tarde. Si le dijo esas palabras fue solamente porque era lo que se esperaba de ella, y porque mi padre siempre había deseado escucharlas. Yo no espero que me declares tu amor. Y, de la misma manera, tú no puedes esperar que yo te declare el mío. Porque esas palabras no significan nada. No para mí.

—Yo no te las estoy diciendo porque es lo que se espere de mí o porque tú quieras escucharlas, sino porque expresan lo que tengo en mi corazón —Justine parpadeó rápidamente y se apresuró a desviar la mirada—. ¿Quiere esto decir que nunca serás capaz de declararme tu amor?

¿Jamás? ¿Ni siquiera en el caso de que sintieras amor por mí?

Radcliff suspiró mientras sacudía lentamente la cabeza.

—Yo nunca seré capaz de pronunciar esas palabras. Pero te demostraré con mucho gusto lo que siento, y lo haré cada día de mi vida. ¿No significa esto más que tres irrelevantes palabras?

—Yo... Supongo que sí —asintió. Tras un breve silencio, musitó—. Yo sé que te amo. Y espero que tú me ames a mí algún día. Buenas noches.

Abriendo de golpe la puerta del coche, se recogió las faldas y bajó rápidamente. Sus pasos resonaron apresurados mientras se dirigía de regreso a la casa. La puerta de entrada se abrió para volver a cerrarse con fuerza, en un sonido que restalló como un disparo tanto en la cabeza de Radcliff como en su corazón.

Escándalo 19

Una dama no debe perder nunca la paciencia. La ira puede llegar a perjudicar muchas más cosas que su bello cutis.

Cómo evitar un escándalo
Anónimo

Dos días después, por la mañana temprano, mientras Radcliff todavía dormía

Justine paseaba de un lado al otro del despacho de Radcliff, sin saber qué más se suponía que tenía que hacer. Desde aquella noche en el carruaje, era como si Radcliff hubiera cesado de existir. Y se le rompía el corazón solo de pensar que ella había causado toda aquella desgracia al declararle su amor. No era así como supuestamente reaccionaba un hombre a una declaración de amor.

Se detuvo en medio de la habitación, alzando la mirada hasta el gran retrato que colgaba sobre la repisa de mármol de la chimenea. El retrato de una bella mujer de pelo oscuro y mejillas sonrosadas, ataviada con un vaporoso vestido color amarillo narciso, la mano enguantada apoyada en el murete de un jardín. La madre de Radcliff.

Aquellos ojos negros, los mismos que había heredado Radcliff, le devolvían la mirada. Y parecían burlarse del apuro en que se encontraba en aquellos momentos.

–Tú lo destrozaste –susurró Justine a la mujer–. Y, de rebote, destrozaste nuestra oportunidad de llegar a conocer la felicidad que ambos nos merecemos.

La mujer del retrato continuaba mirándola en silencio.

Ahogada por la furia, sintió un ardor de lágrimas en los ojos. En un impulso fue hasta la chimenea, se estiró y agarró la base del marco dorado de la pintura. Con los dientes apretados, tiró de él. Con fuerza. Consiguió que se tambaleara, pero no logró arrancarlo por lo bien que estaba fijado a la pared.

–No te quedarás en esta casa –siseó, tirando todavía con mayor fuerza–. Por fin he encontrado a alguien... a quien pueda llamar mío... y no toleraré que tú ensombrezcas eso.

El retrato se despegó por fin de la pared y cayó a un lado de la chimenea con un fuerte estruendo, volcando de paso una mesita y derribando un antiguo jarrón que estalló en pedazos. Pedazos que rodaron con un tintineo, y que muy bien habrían podido ser los de su propio corazón.

Justine avanzó a trompicones hacia el retrato y lo arrastró como pudo hacia la puerta del despacho. Estaba decidida a deshacerse del cuadro. No se quedaría en su casa. Ni siquiera entendía cómo podía haberlo conservado Radcliff hasta entonces.

–¡Justine! –Matilda apareció de repente en el umbral,

mirándola con los ojos muy abiertos y sosteniéndose su abultado vientre con las manos–. ¿Qué...? ¿Te encuentras bien? ¿Qué estás haciendo?

Justine continuó arrastrando el cuadro hasta la puerta, hacia Matilda.

–Retirando simplemente este retrato.

La campanilla del vestíbulo sonó a lo lejos, con su eco flotando por el corredor. Justine seguía arrastrando el cuadro y logró rebasar el umbral, pasando por delante de Matilda, que se hizo a un lado.

–Justine –susurró Matilda, estirando una mano hacia ella–. Me duele verte así. Por favor, no....

–No necesitas temer nada –gruñó Justine–. Al fin y al cabo, no es tu pariente.

Se oyeron las voces de Jefferson en la distancia mientras un rumor de pasos apresurados hacía temblar la casa. Un angustiado grito cortó el aire.

Justine dejó caer el cuadro con un ruido sordo y se quedó paralizada, acelerado el corazón, escuchando aquellos determinados pasos que se acercaban por momentos. ¿Qué...?

Un hombre con un bastón de marfil apareció de pronto, volviéndose hacia las dos mujeres.

Justine se apresuró a rodear el cuadro y tomó a Matilda del brazo mientras el hombre, un joven de penetrantes ojos azules, bien vestido y tocado con sombrero de copa, se dirigía hacia ellas con gesto agresivo. Poco tardó en darse cuenta de que se trataba del hermanastro de Radcliff, Carlton.

–¡Vamos! –tiró de Matilda hacia el despacho–. Debemos...

Pero Matilda se liberó de Justine y la empujó con una fuerza que la dejó estupefacta.

–No. Me niego a salir corriendo –Matilda alzó la barbilla y dio un paso adelante, pisando con ello el rostro del cuadro que yacía en el suelo a sus pies. El bastidor de madera crujió bajo su peso cuando pasó por encima. Recogió luego una de las pequeñas estatuillas de bronce que decoraban una mesa lateral del pasillo y se encaró con Carlton.

–¡Matilda! –Justine fue tras ella–. ¡No! ¡No...!

Carlton se sacó su sombrero, descubriendo su oscura y ondulada caballera, y lo arrojó a un lado.

–Debí haber supuesto que estarías aquí –sacudió la cabeza, mirando a su alrededor, y golpeó con fuerza el suelo con la contera del bastón–. No cesas de decepcionarme, Matilda.

–Pues no volveré a decepcionarte más –Matilda corría ya hacia él, levantando la estatuilla de bronce bien alta sobre su cabeza.

Carlton blandió entonces su bastón contra ella. El ruido sordo de la carne al ser golpeada resonó en el pasillo.

Justine perdió el aliento mientras la estatuilla rodaba por el suelo y Matilda caía de rodillas soltando un desgarrador gemido.

Carlton se tiró de las solapas de la chaqueta, ajustándosela sobre sus anchos hombros. Sacudió luego la cabeza y, esbozando una mueca, se inclinó hacia Matilda, que en ese momento se protegía el vientre, sollozando.

–¿Por qué te empeñas en hacerme esto? –le espetó con voz estrangulada–. ¿Por qué? ¿Es que no entiendes que yo...?

–¡Salid de mi casa! –le ordenó Justine. Apenas podía respirar mientras se encaraba con él, cerrando los puños–. ¡Salid ahora mismo!

Carlton se irguió y la miró.

—Lamento que hayáis sido testigo de esto, Excelencia, pero no tenéis derecho a entrometeros en nuestros asuntos.

—Esta es mi casa y ella es mi amiga, por lo que tengo todo el derecho a entrometerme. Como también lo tendrá vuestro hermano cuando se entere —inspirando hondo, empezó a gritar—: ¡Radcliff! ¡Radcliff! —esperaba que no estuviera durmiendo aún.

—Basta —Carlton la apuntó con el puño de plata de su bastón mientras se la quedaba mirando con un brillo demente, fantasmal, en sus ojos azules—. Debería pegarte, Justine. En serio que debería pegarte. Porque entonces mi hermano se moriría de dolor viéndote sufrir. He oído que sois condenadamente felices juntos. ¿Es cierto? Dime que lo es. Quiero oírlo.

El pasillo pareció difuminarse, como si se hubiera puesto a girar de pronto. Podía sentir cómo se le inflaban las venas de la garganta mientras su corazón bombeaba sangre a toda velocidad. La mente se le quedó en blanco y toda razón voló de su cerebro.

Se volvió, lamentando que Radcliff no tuviera panoplias de pistolas o espadas colgando en las paredes. No encontrando nada más que pinturas, agarró otra de las estatuillas de bronce de una mesa lateral y se lanzó contra Carlton.

—¿Quieres atacarme? —ladró él—. ¿Es eso lo que quieres?

Justine cerró la distancia que los separaba y le lanzó la improvisada arma directamente a la cabeza. Carlton se agachó, con lo que la estatuilla impactó en la pared, derribando de paso un cuadro. Enloquecida, se abalanzó entonces sobre él con la intención de abofetearlo.

Carlton le sujetó la mano abierta antes de que pudiera hacer contacto con su cara, y le tiró el brazo hacia atrás. Enseñando los dientes, le estrujó la mano con sus fuertes dedos. A Justine se le nubló la vista por el dolor desgarrador que le recorrió todo el brazo y la muñeca.

Perdió el aliento mientras él le doblaba no ya el brazo sino el cuerpo entero, hacia el suelo de mármol. Aunque recurrió a todas sus fuerzas para permanecer de pie, no le sirvió de nada. Sus rodillas fueron a estrellarse contra el suelo.

Con un gruñido de satisfacción, Carlton la soltó por fin y retrocedió hacia donde se encontraba Matilda.

–Vamos, Matilda –le tendió su mano enguantada.

Matilda soltó otro sollozo, sacudió la cabeza y no se movió, protegiéndose todavía el vientre con las manos.

–Matilda –gruñó–. Levántate.

Justine intentó incorporarse, solo para encontrarse con que Carlton se volvía hacia ella. La mirada que le lanzó pareció traspasarle el alma.

–Tú quédate en el suelo.

–No soy un perro, canalla –siseó, plantando ambas palmas en el suelo y tomando impulso.

El primer golpe de bastón rebotó en la espalda de Justine con tanta rapidez como descendió, robándole el aliento y haciéndola tambalearse. Pero aunque el impacto fue brutalmente fuerte y le ardía la espalda por el dolor, de alguna manera consiguió no ya enderezarse, sino abalanzarse incluso contra él.

El bastón descendió de nuevo, esa vez en un hombro, antes de que ella pudiera alcanzarlo. Le flaquearon las rodillas y la vista se le nubló de dolor mientras caía pesadamente al suelo.

–¿Qué diablos estás haciendo? –tronó de pronto una voz.

Justine sollozaba, sin dar crédito a lo que estaba sucediendo. Intentó incorporarse, pero le temblaban demasiado los brazos. Un estruendo de gritos furiosos y golpes pareció envolverla.

–¡Te mataré! –los gritos de Radcliff resonaban en su cerebro como si estuviera soñando–. ¡Te mataré, aunque tenga que morir en la horca por ello!

Aunque podía ver a Radcliff descargando repetidamente su puño contra la cabeza de Carlton y arrojándolo violentamente contra la pared, derribando más cuadros, su mente solo podía registrar la imagen de Matilda, que sollozaba a su lado.

–¡Justine! –Radcliff apareció de pronto de rodillas ante ella, vestido únicamente con un pantalón. Con manos temblorosas le palpó la cara y los hombros. Su musculoso pecho desnudo subía y bajaba con rapidez, jadeante.

La atrajo suavemente hacia sí mientras escrutaba ansioso su rostro. El pelo despeinado le caía sobre los ojos.

–Justine –repitió, con lágrimas en los ojos–. ¡Jesucristo! ¿Estás bien?

–Radcliff –se las arregló para pronunciar entre sollozos–. Sí, estoy bien.

–¡Excelencia! –Jefferson, junto con un enjambre de criados, corría por el pasillo hacia ellos–. ¡Excelencia! ¡Vuestro hermano forzó la entrada!

Jefferson, que lucía un tajo en el rostro, agarró a Carlton y lo arrastró hacia los demás criados, que procedieron a maniatarlo.

–Bradford –jadeó Matilda mientras se acercaba rápidamente a ellos, sosteniéndose el vientre. De repente, soltó un grito de angustia al tiempo que se balanceaba hacia delante y hacia atrás–. Yo... he roto aguas. El bebé. ¡Ya viene!

Justine parpadeó varias veces y se separó de los brazos de Radcliff toda temblorosa. Incorporándose, se tambaleó por un instante, borrosa la visión.

–¡Radcliff! El bebé. Necesitamos un médico. Y una cama.

–Justine, por favor... –Radcliff volvió a sentarla delicadamente en el suelo y le acunó el rostro entre las manos–. Quédate aquí. Por el amor de Dios, no te muevas. Yo me ocuparé de ella y haré que los criados llamen a un médico. Quédate aquí. Ahora vuelvo.

Justine asintió y respiró profundamente varias veces, esforzándose para que el dolor que sentía no acabara por obnubilar del todo sus sentidos.

Matilda soltó otro angustiado grito cuando Radcliff se aproximó a ella y la levantó en brazos.

Pese a las instrucciones de Radcliff, Justine se levantó del suelo y caminó tambaleante hacia ellos. Nada, ni siquiera su propio cuerpo, iba a impedirle asistir al nacimiento del bebé de Matilda.

Escándalo 20

El nacimiento de un niño siempre es un gozoso acontecimiento, a no ser, por supuesto, que el niño sea un fruto ajeno al matrimonio...

Cómo evitar un escándalo
Anónimo

Un largo y angustiado grito cortó el silencio haciendo temblar las paredes del corredor. Radcliff se pasó una mano por la cara mientras permanecía de pie a la puerta de la alcoba de Justine, incapaz de quedarse quieto.

No era así como había imaginado a Justine viviendo su vida de duquesa. Golpeada por su propio hermano. Y, en ese momento, asistiendo a Matilda en su parto.

Aquellas horribles imágenes no cesaban de asaltar su corazón y su mente. Su preciosa Justine... *su* Justine en el suelo, apaleada como un animal. No era así como había imaginado su vida juntos.

Radcliff se apoyó en la pared y cerró los ojos con fuerza mientras Matilda chillaba con una intensidad que lo desgarró por dentro.

–Perdóname, Justine –musitó con voz ronca–. Perdóname por no haberte protegido mejor.

Aquella misma tarde

–Excelencia –insistió el doctor Ludlow–. Por favor. Os estoy pidiendo que abandonéis la habitación.

Negándose a obedecer al médico, Justine se acercó a Matilda, que continuaba retorciéndose en la cama. Matilde la necesitaba. Más que nunca.

La rubia melena empapada colgaba a ambos lados de su congestionado rostro. Inspiró hondo, y otro estridente chillido escapó de sus labios resecos, resonando en la habitación.

Justine no pudo soportarlo más. Volviéndose hacia el doctor Ludlow, exigió:

–¡Haced algo! ¡No puede continuar sufriendo así!

El hombre calvo gruñó algo, sacudió la cabeza y se dirigió hacia la mesa lateral sobre la que estaban dispuestos diversos instrumentos médicos.

Justine agarró la húmeda mano de Matilda y se la apretó con gesto consolador.

–Ten fe.

Matilda apretó los ojos con fuerza mientras susurraba:

–La tengo. La tengo.

–El dolor pasará. Pronto. Pasará, ya lo verás –Justine se inclinó para besar su frente empapada. Sintió en los labios el ardor de su piel: la fiebre le estaba subiendo. Impaciente, se volvió de nuevo hacia el médico.

El médico se secó las manos en el delantal y recogió

un cuchillo de cirujano de una de las bandejas de la mesa. Acercándose al pie de la cama, apartó las sábanas para dejar al descubierto el abultado vientre y las blancas piernas de Matilda.

Justine sintió por un momento que el corazón dejaba de latirle. Abalanzándose sobre el hombre, le sujetó la muñeca.

–¿Qué es lo que pretendéis hacer?

El doctor Ludlow se detuvo y la miró, entrecerrando los ojos.

–El bebé morirá.

Justine le apretó con mayor fuerza la muñeca.

–¡Como morirá también la madre si decidís abrirla!

–Debemos tomar una decisión, Excelencia.

–No. Así no. Las tribus del África, señor, no requieren el uso de cuchillos durante el parto. Encontrad otra manera.

Suspirando, el doctor Ludlow se volvió de nuevo hacia la mesa y dejó el cuchillo sobre la bandeja.

–Lleva sufriendo mucho tiempo. No puedo hacer nada más.

–Doctor Ludlow, si la salváis a ella y al bebé, me ocuparé de que recibáis cien libras. Cien libras.

El médico se la quedó mirando fijamente. Hasta que asintió con la cabeza.

Rodeándola, se acercó a la cama donde Matilda continuaba jadeando.

Con tensa determinación, recogió la sábana que antes había retirado del cuerpo y la colocó sobre el vientre y las piernas flexionadas de la parturienta, como si fuera una tienda.

–Intentémoslo de nuevo, señorita Thurlow –insistió, introduciendo las manos bajo la sábana–. No hay otra forma. Debéis hacer salir a vuestro bebé usando las fuerzas que todavía os queden.

Justine corrió de nuevo al lado de Matilda. Agarrándole la mano húmeda y temblorosa, le susurró al oído:

–Puedes hacerlo. Yo sé que puedes. Yo te ayudaré. Usa toda tu fuerza.

–No. No, no puedo –Matilda soltó un sollozo de puro agotamiento, con los ojos cerrados–. Justine... –jadeó–. Si sobrevive el bebé, prométeme que lo criarás. Prométemelo. Si es un niño, llámale Radcliff. Y si es niña, Justine.

Las lágrimas nublaron la vista de Justine, y aunque se esforzó por permanecer fuerte, sintió que se desmoronaba por dentro.

–Tú no te vas a morir. Es por eso por lo que no te haré esas promesas.

–¡No me las niegues! –gritó Matilda, sollozando.

Las lágrimas rodaron por el rostro de Justine mientras, a ciegas, le apretaba la mano. ¿Cómo podía aquello terminar así? No era posible...

–¡Justine! –chilló Matilda.

–Te lo prometo –musitó al fin Justine, cerrando los ojos con fuerza–. Te lo prometo.

Tal como resultaron finalmente las cosas, no hubo ninguna necesidad de prometer nada. Matilda y su preciosa niña sobrevivieron. Matilda, muy debilitada, cayó en un profundo sueño, pero el médico le aseguró a Justine que estaba perfectamente y que no veía señal alguna de complicaciones.

El médico no cesaba de decir que era un milagro.

Aunque los criados habían intentado convencerla en

varias ocasiones de que se retirara a descansar, Justine decidió quedarse al menos para ayudar a bañar a la recién nacida.

Nunca había visto unas manos y unos pies tan diminutos. No en un humano, al menos. Nunca había tocado una piel tan suave. Justine sonrió mientras terminaba de envolver cuidadosamente a la criatura en una toquilla. Acunó su delicada cabecita en el hueco del brazo, todavía resentida de los golpes que había recibido, pero sonrió de todas formas entre lágrimas, ignorando el dolor. Se moría de ganas de tener un bebé propio.

Henri chasqueó los labios mientras se apartaba el rizado flequillo de los ojos y se acercaba a ella, con los brazos tendidos:

–Permitidme, Excelencia. He tenido en brazos a muchos bebés a lo largo de mi vida y vos necesitáis descansar.

Justine besó la diminuta cabecita varias veces antes de entregar el bebé a Henri con exquisito cuidado. Suspiró.

–¿Dónde está Su Excelencia?

Henri enarcó una ceja mientras mecía suavemente a la criatura en sus brazos.

–Esperando al pie de la puerta. Donde ha estado todo el tiempo.

–Gracias –antes de marcharse, volvió la vista atrás.

Henri acunaba al bebé en sus delgados brazos, sonriendo feliz como si se tratara de su propia hija.

–*Enchanté, mademoiselle* –musitó con ternura mientras arreglaba los pliegues de la toquilla alrededor de la carita dormida–. Llorar está permitido, pero no en este particular momento. Vuestra mamá duerme. Y lo prudente es que durmáis vos también.

Justine abandonó la habitación, cerrando la puerta a su espalda. Pensó que quizá sería mejor que Henri se quedara en la casa, una vez que volviera la servidumbre femenina. Porque era todo lo que podía desear y esperar en una doncella.

Se acercó a Radcliff, que dormía en el suelo junto a la puerta. Y se dejó caer también en la alfombra, a su lado, en el pasillo iluminado por las velas.

–Es increíble lo que pueden conseguir cien libras en estos tiempos –rezongó.

Radcliff se despertó e intentó incorporarse, pero ella lo atrajo hacia sí y lo abrazó de los hombros. Se apoyó luego en él, esbozando una mueca por el esfuerzo.

–Todo está bien. Matilde y su niña se encuentran perfectamente. Es lo único que importa.

–Vamos. Ahora que ya ha venido el bebé, eres tú quien necesita que la cuiden. Mandaré que te preparen un baño –poniéndose en cuclillas, deslizó un brazo bajo sus piernas y la levantó en vilo.

Justine esbozó una mueca cuando él le rozó con los dedos los moratones de los golpes, pero lo abrazó agradecida mientras la llevaba a su alcoba. Si aquello no era amor, si Radcliff no la amaba... entonces podía estar segura de que no sabía nada del amor en absoluto.

Escándalo 21

Respetad siempre los deseos de los otros, incluso aunque esos deseos no os respeten necesariamente.

Cómo evitar un escándalo
Anónimo

Diez días después, por la mañana

Radcliff hacía girar una gruesa amatista sin pulir, de un morado intenso, entre las yemas de los dedos. Removiéndose en su sillón, alzó la piedra hacia la puerta ventana que tenía detrás. La luz del sol atravesó sus cristalinas aristas, proyectando diminutos prismas sobre su chaqueta negra, su chaleco a rayas y su pantalón gris.

Recostado en el sillón y estirando las piernas bajo el escritorio de caoba, pensó que efectivamente era perfecta para el collar que pensaba encargar para Justine.

Un golpe en la puerta le hizo levantar la mirada. El pensamiento de que fuera Justine le aceleró el corazón. Apenas la había visto durante aquellos últimos días, teniendo en cuenta todo el tiempo que había pasado con Matilda y con el bebé.

—¿Justine? ¿Eres tú?

Las puertas se abrieron y apareció Jefferson.

—Perdonadme —carraspeó—. ¿Estáis disponible, Excelencia? Lord y lady Marwood se disculpan por haberse presentado a una hora tan temprana, pero desean veros y os piden que no molestéis a la duquesa sumándola a la conversación.

Radcliff cerró el puño con fuerza sobre la piedra. Los padres de Justine se habían mostrado sorprendentemente silenciosos durante aquellos diez últimos días, en respuesta a la detallada carta que él había insistido en que Justine les remitiera explicándoles todo lo sucedido, adelantándose a los rumores. Un silencio que a Radcliff se le había antojado la calma que precedía a toda tormenta.

—Por supuesto que estoy disponible. Los recibiré aquí.

—Sí, Excelencia.

Radcliff se inclinó sobre el escritorio cubierto de bandejas con diferentes piedras preciosas, que el joyero le había mandado la víspera para que las inspeccionara. Dejó la amatista en una con lecho de terciopelo rojo y empujó el sillón hacia atrás, levantándose.

Tras rodear el escritorio, se dirigió al centro de la habitación. No pudo evitar sonreírse al mirar el gran espacio vacío de pared encima de la chimenea, consciente de que su madre le gustaba a Justine tan poco como a él. Era una duquesa nueva la que ahora mandaba en aquella casa.

No tardaron en resonar unos pasos apresurados acercándose por el corredor. Radcliff juntó las manos detrás de la espalda y se volvió hacia la doble puerta, preparándose para lo peor.

Lord y lady Marwood entraron del brazo, ambos ataviados con lo que parecían vestimentas de viaje. Se detuvieron muy juntos, como formando un muro directamente frente a Radcliff, y se lo quedaron mirando como si quisieran destriparlo allí mismo.

Jefferson se había demorado en el umbral.

–¿Requerís algo más, Excelencia?

No, pensó Radcliff, a no ser que el mayordomo pretendiera ayudarlo a batirse en duelo con su familia política. Carraspeó mientras se lo imaginaba.

–No, gracias. Cierra por favor la puerta cuando te marches.

Jefferson retrocedió, cerrando la doble puerta. Un silencio letal se hizo en la sala.

Lady Marwood alzó ligeramente la barbilla, en un gesto que Radcliff reconoció haber visto en Justine.

–Mi hija nos ha informado de que los rumores que andan circulando por Londres son, de hecho, ciertos. Que efectivamente ella fue brutalmente maltratada por vuestro hermano. Como si eso no constituyera causa suficiente de preocupación, existen otras que Justine no ha querido admitir. Como por ejemplo que ambos habéis estado albergando a una mujer de dudosa reputación, que recientemente ha dado a luz un hijo de vuestro hermano. ¿Es eso cierto?

Radcliff pensó que Justine iba a terminar pidiendo su cabeza por haberlo confesado.

–Lo es. La señorita Thurlow se encontraba urgentemente necesitada de ayuda y yo decidí ofrecérsela por una cuestión de caridad.

–¿Caridad? –repitió lady Marwood–. ¿Así llamáis a

albergar en vuestra casa a la amante de vuestro hermano delante de las narices de vuestra propia esposa? ¿Caridad? Pues bien, Excelencia, yo estoy aquí para anunciaros que no estamos en absoluto satisfechos ni con vos ni con este matrimonio.

Radcliff sacó pecho y aspiró profundamente para tranquilizarse antes de responder:

—Lo entiendo, lady Marwood, y solo puedo disculparme por mí y por el monstruoso comportamiento de mi hermano. Os juro que nunca más permitiré que algo como esto vuelva a ocurrir. Carlton ha sido despojado de su pensión anual, con lo que se encontrará irremisiblemente endeudado. En cuanto a la señorita Thurlow y su hija, ambas partirán mañana mismo hacia Escocia para empezar una nueva vida.

—Eso está bien —repuso lord Marwood—, pero mi esposa y yo hemos decidido que lo mejor es que nos llevemos a Justine con nosotros. Lejos de este embrollo y de las cosas horribles que Londres anda diciendo sobre nuestra hija. Podéis estar seguro, Excelencia, de que nos encargaremos de todos los gastos.

Radcliff entrecerró los ojos.

—¿Qué es lo que pretendéis decirme exactamente, milord?

Lord Marwood miró nervioso a su esposa. Radcliff continuaba mirándolos fijamente.

—No hay necesidad de mayores formalidades. Os aseguro que no me daré por ofendido.

Lord Marwood tomó aire y anunció:

—Queremos llevarnos a Justine con nosotros a Ciudad del Cabo. Nos trasladamos allí de manera permanente, y os pedimos permitáis a nuestra hija que nos acompañe.

Radcliff apretó la mandíbula, negándose a dar crédito a lo que estaba sucediendo. Ellos no tenían ningún derecho. Justine era suya, que no de ellos. Ya no.

—Ciudad del Cabo está muy lejos tanto de mí como de Londres.

—Precisamente —lady Marwood clavó en él sus penetrantes ojos castaños—. Llevar a Justine a un lugar que siempre ha amado tranquilizará su alma y su mente. Con tiempo como tendrá para reflexionar, lejos de vuestra influencia o de la de Londres, podrá tomar una mejor decisión. Aunque agradecemos todo lo que habéis hecho por nuestra familia, resulta obvio que aquello que nos es más importante ha sido gravemente descuidado. Si algo os importa el bienestar de Justine, Excelencia, os pedimos que le permitáis que resida con nosotros en Ciudad del Cabo durante un año.

—¿Un año? —Radcliff dio un paso hacia ellos, esforzándose por dominar su furia—. No haré tal cosa. ¿Cómo os atrevéis? ¿Cómo os atrevéis a venir aquí a intentar separarnos? Ella es *mi* esposa. Y se quedará a *mi* lado hasta que la muerte decida separarnos.

—Indudablemente que es vuestra esposa, Excelencia —replicó lady Marwood—. Y sin embargo, ¿podéis decirme qué clase de respeto y felicidad le habéis dado hasta ahora? ¿Habéis oído lo que la gente anda diciendo sobre vos y sobre su persona? ¿Esperáis que mi marido y yo nos mantengamos al margen mientras su felicidad se evapora? Quizá si optáis por negarle a Justine esta oportunidad de libertad es porque sabéis, en el fondo, que nunca volverá. En lo más profundo, sabéis que su felicidad no reside en vuestra compañía. ¿Cómo podría, después de todo lo que le habéis hecho pasar?

Radcliff apretó la mandíbula. Pese a lo que pudiera

pensar lady Marwood, sabía sin ninguna duda que Justine volvería con él. Que su felicidad residía efectivamente a su lado. Y que en el momento en que Justine descubriera que había sido embaucada por sus padres, clamaría al cielo y exigiría que él se reuniera con ella en África. Eso despejaría ciertamente las ridículas dudas que sus padres tenían sobre la felicidad de Justine y el estado de su matrimonio.

Radcliff se encaró pues con ellos con renovada determinación, con el fin de demostrarles que estaban equivocados.

—Yo cubriré todos los gastos, incluidos los vuestros, durante dos meses. Después de esos dos meses, esperaré una carta de Justine, de su puño y letra, informándome de dónde reside verdaderamente su felicidad. ¿Os conformáis con eso?

—Sí —lady Marwood se inclinó ante él y requirió el brazo de su esposo—. Me doy cuenta de lo difícil que puede resultar esto, Excelencia, pero a veces debemos hacer sacrificios que convengan a las necesidades de los demás. Mandad por favor que Justine esté lista con su equipaje de aquí a una hora. Mi marido y yo estaremos esperando en nuestro carruaje.

—¿Pensáis partir de aquí a una hora? —repitió Radcliff. «¡Jesucristo!», exclamó para sus adentros. Si apenas tendría tiempo de abrazarla, para no hablar de explicarle todo aquello de una manera racional...

—Los preparativos de la partida fueron ultimados poco después de que recibiéramos la carta de Justine —le informó lady Marwood—. Os pedimos que no desveléis esta conversación. Justine es una joven orgullosa, y no toleraría esta intervención nuestra.

Eso era cierto, pensó Radcliff. Se sonrió.

–No pronunciaré una palabra.

Lady Marwood lo miró con ojos entrecerrados.

–Es obvio que encontráis divertida la situación. Os aseguro que no lo es en absoluto –giró sobre sus talones y se dirigió hacia la puerta, seguida de su esposo.

–No pronunciaré una palabra –musitó Radcliff–. Pero ciertamente que la escribiré.

Escándalo 22

Sin la verdad no hay sustancia ninguna. Y sin sustancia no hay alma. Decir mentiras siempre terminara pasándoos factura.

Cómo evitar un escándalo
Anónimo

Cuarenta minutos después

Justine se asomó al despacho, a donde Jefferson había insistido que acudiera, y espió a Radcliff sentado ante su escritorio. Desde el umbral, pudo ver como se inclinaba hacia delante para acercar una roja barra de lacre a la llama de la vela.

El oscuro cabello le cayó sobre los ojos mientras aplicaba un extremo de la barra sobre el pergamino doblado. Hizo luego a un lado el lacre, que rodó por el escritorio, y presionó su sello de cristal firmemente sobre la cera todavía derretida.

Solo entonces levantó la cabeza y sus miradas se encontraron, de un lado a otro de la habitación. Pese a la solemne intensidad que despedían aquellos ojos, no tardó en asomar a sus labios una lenta sonrisa.

–Acércate, querida. Debo hablar contigo en seguida. Disponemos de muy poco tiempo.

Enarcando una ceja, Justine se dirigió apresurada hacia él. Rodeó el escritorio y se plantó junto a su sillón.

–¿De qué se trata?

Radcliff se levantó, ajustándose su chaqueta negra sobre sus anchos hombros. Le tendió la carta que acababa de sellar con el lacre, sin dejar de mirarla en ningún momento a los ojos.

–Esto es para ti. Lo único que te pido es que no la abras hasta una semana después de tu llegada a Ciudad del Cabo.

Contempló estupefacta el pergamino lacrado antes de levantar nuevamente la mirada hacia él.

–¿Ciudad del Cabo? –repitió–. ¿Qué significa eso? ¿Es por eso por lo que Henri y los demás criados andan afanándose con los baúles de viaje?

Radcliff carraspeó y se alisó varias veces la corbata.

–Se suponía que esto tenía que ser una sorpresa, pero yo... –volvió a aclararse la garganta, retirando la mano de la corbata, y la miró a los ojos. Al cabo de un buen rato, volvió a sonreír–. Me temo que no se me dan muy bien estas cosas –asintiendo con la cabeza, insistió en que recogiera el pergamino–. Toma esto. Tus padres te están esperando en su carruaje, a la puerta de casa, para llevarte a África.

–¿Qué? ¿Por qué? Yo no...

–No hagas preguntas, Justine. Simplemente ten fe en tu marido y disfruta de estas inesperadas vacaciones. Henry te ayudará con los preparativos del viaje. Solo dispones de veinte minutos, así que aprovéchalos bien.

–¿Veinte minutos? –Justine le arrebató el pergamino de la mano y se quedó mirando a Radcliff con expresión incrédula–. Ni siquiera puedo ponerme mi sombrero como es debido en ese tiempo... ¡como para dedicarme a preparar un viaje a África! Además, Matilda parte mañana para Edimburgo. Tengo que ocuparme de ella y de la pequeña Justine.

Radcliff estiró ambas manos para frotarle cariñosamente los brazos, arrancando un rumor de sedas a las abombadas mangas de su vestido.

–Yo mismo me encargaré de Matilda –le dijo en voz baja, reconfortante–. Después de todo lo que has hecho por ella, estoy completamente seguro de que lo comprenderá. Espero que confíes en mí y no pienses que me propasaré ni con ella ni con nadie mientras estés fuera. Te pertenezco, Justine, a ti sola. Ni siquiera mi obsesión puede oponerse a eso.

Justine frunció el ceño. No podía evitar sentirse terriblemente aturdida por todo lo que él le estaba diciendo.

–No entiendo. ¿Por qué tengo que marcharme? ¿Y por que tú no...?

–Yo llevaba semanas planeando este viaje –se apresuró a asegurarle–. Quería sorprenderte. Pero entonces surgió todo este embrollo con Matilda y Carlton, con lo que los planes pasaron a un segundo lugar. Pero me niego a cancelarlo. Te mereces pasar unas buenas vacaciones con tus padres. Y ahora vete. Te están esperando fuera. Yo me reuniré contigo pronto. Te lo prometo.

La perspectiva de volver a Ciudad del Cabo le aceleraba el corazón. Volver a aquella vida tan sencilla, lejos de la mirada de la alta sociedad. Volver a una vida cálida y paradisíaca, con inmensos cielos azules en los que la única regla era respirar y vivir. Una vida que había echado de menos desesperadamente. Y que iba a volver a ser suya... ¡en quince minutos!

Pero el pensamiento de separarse de Radcliff aunque fuera por poco tiempo no le gustaba nada.

–Es maravilloso, Radcliff. Y nunca podré agradecértelo lo suficiente. Pero... ¿podría sugerirte un pequeño cambio de programa? ¿Por qué no permites que mis padres viajen primero, para que yo pueda ocuparme de Matilda y de la pequeña Justine durante unos días más? Espero que no te importe, pero quería entregarle cien libras a Matilda para que pueda arreglárselas de momento –inclinándose hacia él, añadió–: Una vez que se haya marchado, me tendrás finalmente para ti solo... Y solo después, una vez que estés listo, ambos podremos partir para Ciudad del Cabo. Juntos.

Un profundo suspiro escapó de los labios de Radcliff mientras le acariciaba una mejilla con el pulgar.

–Por mucho que me tiente ese cambio de programa, has de entender que tengo asuntos de los que ocuparme aquí, en Londres. Estoy en proceso de despojar a Carlton de todos sus fondos. Es un pequeño lío del que tengo que hacerme cargo antes de partir, y prefiero que tú no estés cerca cuando lo haga. Me reuniré contigo lo antes que pueda. Te prometo en este mismo momento que Matilda recibirá las cien libras que tú quieres para ella. Pero lo que yo quiero, Justine, más que cualquier otra cosa, es que te tomes un tiempo para ti misma y que disfrutes yéndote de vacaciones con tus padres. Hazlo. Por mí. Por nosotros.

Ella parpadeó, sorprendida. Y volvió a parpadear cuando tomó conciencia de lo que le estaba ofreciendo. Le estaba ofreciendo Ciudad del Cabo. ¡Dentro de quince minutos! Le estaba ofreciendo tiempo para estar a solas con sus padres. ¡En quince minutos! Al diablo con Londres y con todos sus estúpidos estirados. Se iba a casa.

Una sonrisa se dibujó lentamente en sus labios mientras lo miraba entusiasmada.

—¡Oh, Radcliff...! Es el regalo más generoso que me han hecho nunca. ¿Te reunirás con nosotros tan pronto como puedas hacerlo? ¿Me lo prometes?

Radcliff asintió, acariciándole en ese momento los labios con el pulgar mientras le acunaba la mejilla en la palma.

—Por supuesto que sí, querida —murmuró.

Se le escapó una repentina carcajada mientras tomaba su rostro entre las manos, arrugando contra su mejilla el pergamino que él le había entregado antes.

—¡Te adoro! ¡Te adoro absolutamente! —le plantó un sonoro beso en los labios. Y volvió a besarlo una y otra vez.

Radcliff la tomó de la cintura para atraerla hacia sí, presionándola firmemente contra el calor de su cuerpo. Luego, retirando la boca de sus labios, enterró el rostro en la curva de su cuello al tiempo que la abrazaba con fuerza.

—Justine —murmuró contra su hombro—. El pergamino que llevas en la mano es un testimonio de mi afecto. Ábrelo una semana después de que llegues a Ciudad del Cabo. Ni un día antes. Espero de verdad que te haga compañía mientras estemos separados.

Justine cerró los ojos para saborear mejor tanto su presencia como sus palabras.

—Gracias —susurró—. Te amo, Radcliff. Te amo tanto...

La habitación quedó en silencio, de manera que el

único sonido que pudo escuchar Justine fue el de su aliento mezclándose con el de Radcliff. Y aunque sabía que él nunca llegaría a pronunciar esas mismas palabras, en aquel preciso momento no le importó. Porque, en lo más profundo de su corazón, sabía que sentía lo mismo que ella. Podía sentirlo en la fuerza con que continuaba abrazándola. Aquel abrazo hablaba de amor. No de deseo.

Radcliff se apartó al fin, soltándola. Retrocediendo, rodeó su sillón y la despidió con un gesto.

—Date prisa. Y, por favor, no acabes encaprichándote de algún hotentote mientras estemos separados.

—Nunca —se rio Justine—. Tú eres mi único hotentote —sonriendo, señaló el pergamino que llevaba en la mano—. Te prometo que no abriré esto hasta una semana después de mi llegara a Ciudad del Cabo. Por muy grande que sea la tentación.

Radcliff apoyó ambas manos en el respaldo del sillón y sonrió.

—Bien. Que tengas un feliz viaje, mi querida Justine.

—Lo tendré —después de soplarle un beso, corrió a despedirse de Matilda y de su hijita.

A la mañana siguiente

Radcliff paseaba de un lado a otro del vestíbulo, esforzándose por concentrarse. El demasiado fugaz beso que tan ardientemente le había ofrecido Justine antes de marcharse seguía impregnando sus labios a la manera de un dulce, ardiente brandy. Apenas había transcurrido un día y ya le había parecido un año. Estaba empezando a creer que lo había echado todo a perder con su ciega determinación por demostrarles a sus padres que se equivocaban.

El eco de unos pasos, acompañado de un rumor de faldas, llamó su atención. Se volvió.

Matilda se dirigía hacia él, ataviada con un precioso vestido de seda color azul índigo con un sombrero oval a juego. Portaba a su bebé en los brazos. El bebé al que había bautizado con el nombre de su Justine. Deteniéndose ante él, lo miró.

Radcliff procuró sonreír, lo que le costó algún esfuerzo.

–Vuestros baúles ya han sido cargados en el carruaje, señorita Thurlow.

–Gracias, Excelencia –repuso ella con tono formal.

No iba a echarla de menos. En absoluto. Aparte de Carlton, y de los padres de Justine, aquella mujer había intentado acostarse con su esposa. Delante de sus propias narices.

Se llevó una mano al bolsillo interior de su chaqueta y sacó el fajo de billetes que había estado contando poco antes. Se lo tendió.

–Estas cien libras cubrirán los gastos de viaje y vuestro mantenimiento durante un año. Si os administráis sabiamente, os durarán más.

La expresión de Matilda se suavizó. Bajando la mirada al bebé que dormía plácidamente en sus brazos, sacudió la cabeza.

–No puedo aceptarlas.

Radcliff suspiró.

–No soy yo quien os las ofrece, sino Justine. Fue ella quien insistió en ello, y os pido por tanto que demostréis vuestra gratitud aceptándolas.

Matilda alzó la vista y parpadeó varias veces mientras una solitaria lágrima resbalaba por su pálida, cremosa mejilla. Extendió en silencio una mano y tomó el dinero antes de esconderlo bajo el bebé que sostenía.

–Sé lo que hiciste, Bradford –le tuteó, olvidada toda formalidad–. No creas que no lo sé. ¿Sabías que Justine besó esa carta que le entregaste durante los dolorosamente breves segundos de su despedida? Estúpidamente insistía en que por fin podría leer en ella las palabras de amor que en vano había estado esperando escuchar durante todo este tiempo. Pero tú y yo sabemos que no es así, ¿verdad? No había palabras de amor en esa carta tuya ¿verdad?

Radcliff se limitó a bajar la barbilla, sin decir nada.

Matilda entrecerró los ojos.

–Te juro por mi alma que si le hieres el corazón, no solo me verás de vuelta en Londres, sino que me encargaré de que el tuyo no vuelva a latir más. Yo nunca habría perdido de vista a Justine. Existe una diferencia entre el amor de un hombre y el de una mujer. Una mujer lucha por amor, mientras que un hombre huye de él –y, sin más, pasó de largo a su lado, hacia el carruaje que esperaba.

Radcliff retrocedió un paso, resopló furioso y cerró la puerta con tanta fuerza que hasta tembló la araña del vestíbulo. Una cosa era cierta. Matilda no sabía una maldita cosa de los hombres. Ni de las mujeres, por cierto.

Escándalo 23

Derramar lágrimas por algo, especialmente por un hombre, es de pésima educación.

Cómo evitar un escándalo
Anónimo

Ciudad del Cabo, Sudáfrica
Dos semanas y media después

Justine juntó las manos y saludó a Aloysius con una profunda reverencia, haciendo bambolear la gran cartera que llevaba atada a la cintura. Aloysius era el amigo más querido de su padre desde los años en que los había guiado de poblado en poblado por buena parte de Sudáfrica. El hombre se había distinguido brillantemente en el reconocimiento no solo de las diversas localizaciones, sino también de las huellas y rastros de cada animal que habían querido estudiar.

Aunque su hirsuto pelo rizado había encanecido por completo y su redonda cara había adelgazado visiblemente, seguía luciendo la habitual vestimenta de los hotentotes y bosquimanos. Una larga túnica de piel le cubría desde los anchos hombros hasta la espalda, con otra pieza a la cintura que hacía las veces de falda. El cuello, el pecho estrecho y los tobillos y pies quedaban por tanto al descubierto.

Aloysius le señaló con un gesto la pradera agostada por el sol que se extendía al pie de un antiguo árbol lleno de nudos. Él y los padres de Justine habían extendido esterillas de paja en el suelo y dispuesto un verdadero banquete de cuencos de madera con huevos de avestruz y sangre de buey que, hervida, alcanzaba la consistencia del hígado.

–*Juustiin...* –insistió, señalando con su mano oscura un lugar vacante en las esterillas, al lado de sus padres–. Siéntate.

Justine reprimió una carcajada. Después de tantos años y el hombre seguía sin pronunciar bien su nombre. Como tampoco parecía ofrecerle una comida mejor. Pero... ¿qué importaba todo eso cuando estaba de vuelta en casa?

Se quitó el sombrero y se enjugó el sudor que le corría por los lados del rostro. Recogiéndose las faldas, se apresuró a reunirse con ellos a la sombra, necesitada de escapar al castigo del sol.

Aunque era maravilloso estar finalmente de vuelta en Ciudad del Cabo, sin Radcliff a su lado todo le parecía absurdo, carente de sentido. Ese día, sin embargo, era especial. Y no solo porque sus padres y ella habían vuelto a reunirse con Aloysius tras dos años de separación, sino porque ese día se cumplía una semana justa de su llegada a Ciudad del Cabo. Lo que quería decir que por fin podía abrir la carta de Radcliff, la carta que había estado portando en su cartera durante toda la jornada.

Justine se arrodilló en la esterilla y se compuso las faldas con gesto solemne, ceremonial.

–¿Cómo estás, Aloysius?

Los inquisitivos ojos del hombre se encontraron con los de ella mientras se acuclillaba a su lado. Sonriendo, Aloysius cabeceó indicando que se encontraba bien. Luego dio una palmada con sus manos largas y morenas y la señaló con el dedo, dándole a entender lo muy contento que estaba de volver a verla. Justine dio otra palmada y lo señaló a su vez, indicándole lo mismo.

–¿Y tu esposa? ¿Cómo está Cokkie?

–¿Cokkie? –chasqueó la lengua–. Fastidiando. Como siempre. ¡Aj!

Justine soltó una carcajada. Le alegraba tanto descubrir que seguía recordando sus conversaciones después de tanto tiempo...

Lady Marwood se inclinó hacia ellos.

–¿Dónde ha aprendido la palabra «fastidiar»? –susurró, asombrada–. No creo habérsela oído antes. No en todos los años que lo conozco.

Justine esbozó una mueca.

–Su memoria es impecable. En una de nuestras últimas conversaciones antes de abandonar África, me sorprendió quejándome de ti. De que siempre estabas fastidiándonos a papá y a mí.

Lord Marwood se rio por lo bajo.

–Sí. Tu madre sabe mucho de fastidiar, ¿verdad?

–¡Charles! –exclamó su esposa, asestándole un sonoro golpe en un hombro con su parasol cerrado–. Yo no fastidio a nadie.

–Sí que fastidias –resopló su marido.

–No es verdad. La palabra fastidiar tiene un matiz reiterativo.

—A eso me refería, precisamente —volvió a resoplar lord Marwood.

Justine se dirigió a Aloysius, esbozando una mueca.

—¿Ves la que has organizado? Eres malo.

Aloysius sonrió. Aunque su dialecto era principalmente deudor del holandés, Justine había preferido siempre hablarle en inglés. Sabía que ponía mucha atención y aprendía muy rápido.

Vio que recogía un cuenco de madera lleno de sangre de buey hervida, o «pudín de sangre», como lo llamaba ella, y se apresuraba a ofrecérselo.

Justine sonrió, negando con la cabeza.

—No, gracias.

Aloysius suspiró y se removió en su posición en cuclillas, alargando el bol hacia su padre.

—Ah, sí. Gracias, Aloysius —lord Marwood se inclinó hacia el bol y recogió un poco de masa de color castaño oscuro con los dedos—. Esto es lo que yo llamo caviar sudafricano, Justine. En serio que deberías probarlo. Es buenísimo.

Justine arrugó la nariz.

—El caviar me gusta tan poco como la sangre de buey hervida. Tú deberías acordarte mejor que nadie de que la última vez que la probé, me pasé dos días vomitando...

Lord Marwood se encogió de hombros mientras se chupaba la masa de los dedos.

—Ni siquiera los franceses pueden competir con esta cocina. ¿No es cierto, Aloysius?

Aloysius asintió, satisfecho, y alargó caballerosamente el bol hacia su madre, que también recogió un poco de masa con los dedos.

Mientras los demás comían y charlaban, Justine inspiró hondo y abrió la cartera de cuero que llevaba a la cintura. Sacó el doblado y sellado pergamino que la había acompañado durante semanas y alisó sus arrugados bordes con cariñoso gesto. Por fin.

—Justine —su madre se acercó rápidamente a ella, frunciendo el ceño cuando vio la carta— ¿Es necesario que leas eso ahora? Estamos de visita...

—¡Tonterías! Hoy se ha cumplido oficialmente una semana desde que estoy en Ciudad del Cabo y no tengo intención de esperar ni un segundo más para leerla. Estoy convencida de que a Aloysius no le importará. Incluso le mostraré la carta cuando acabe de leerla. Si no es demasiado verde, claro... —arqueando las cejas, deslizó los dedos bajo el sello que ya había empezado a ablandarse con el calor. El lacre cedió, más que romperse, y pudo desdoblar la carta.

Con el aliento contenido, leyó con rapidez:

Mi queridísima Justine,
Primero debo disculparme por haber traicionado tu confianza y no haberte revelado toda la verdad antes de tu viaje. Tus padres estaban gravemente preocupados por el estado de tu matrimonio y me pidieron que pasáramos un tiempo separados con el fin de que pudieras decidir, en mejores condiciones, si realmente eres feliz a mi lado. Decidas lo que decidas, querida, solo puedo darte las gracias por haberme obligado a hacer un inventario personal de mi vida. Tú has hecho por mí mucho más de lo que yo habría podido hacer por mí mismo. Después de leer ese maldito libro de etiqueta tuyo, me di cuenta de algo. En muchos aspectos, los hombres nos encontramos en clara desventaja y carentes de la dirección en la vida que sí les es dada a las

mujeres. Aunque supongo también que demasiada dirección, como a menudo les es impuesta a las mujeres, puede llegar a ser también una carga. Una falta de dirección y una falta de comprensión sobre mis propias necesidades fueron lo que en última instancia me empujaron hacia mi obsesión. No tengo duda de que eso comenzó con la tensión que me produjo convertirme en duque a una edad tan temprana, cuando todavía era casi un niño. La constante responsabilidad suscitada por las exigencias de la gente que me rodeaba, incluidos mi madre y mi padre, siempre me hicieron desear escapar del mundo que me rodeaba. Teniendo como tengo ahora esta abierta y valiosa comprensión de mí mismo, sé que seré capaz de superar esta obsesión, y quiero darte las gracias por haber vuelto a hacer un hombre completo de aquel hombre roto. Espero con ansia tu respuesta, sabiendo que no estaremos separados mucho tiempo.

Agradecido y para siempre tuyo,
Radcliff

Justine seguía conteniendo el aliento, y a pesar del incesante calor del día que reverberaba a su alrededor, se sintió como si le hubieran frotado con hielo la piel de todo el cuerpo. Le temblaron las manos mientras volvía a doblar el pergamino, negándose a mirar por más tiempo las palabras de Radcliff. Negándose a creer que había tolerado que sus propios padres los separaran de aquella forma. ¿Y para demostrar qué?

Guardando el pergamino en la cartera, clavó la mirada en sus padres, que seguían hablando con entusiasmo de sus viajes.

Su madre se interrumpió entonces, percibiendo que

su hija los estaba observando, y se encontró con su mirada. Al cabo de un buen rato, lady Marwood le espetó:

–Te lo dijo.

Justine tragó saliva y asintió. Sus padres lo habían sabido. Lo habían sabido durante todo el tiempo. Y ni una sola vez le habían dicho una palabra. Cruelmente habían intentado separarla de Radcliff. Sus propios padres.

Lady Marwood se inclinó hacia delante y estiró una mano hacia ella con un gesto de ruego.

–Justine. Había que hacerlo. Estaba destrozando tu persona y tu buen nombre delante de todo Londres.

Inesperadas lágrimas nublaron la vista de Justine mientras se levantaba bruscamente.

–¿Cómo pudiste....? –inquirió con voz ahogada–. ¿Cómo pudisteis pensar en separarnos? Él es mi marido y le amo.

Lady Marwood se levantó también, pero no hizo ningún intento de acercarse.

–¿Cómo puedes proclamar tu amor por un hombre que te lo ha hecho pasar tan mal? No es precisamente el hombre perfecto. ¿Es que no te das cuenta? Necesitas pasar tiempo alejado de él para entender mejor la situación.

Las lágrimas rodaban ya por las mejillas de Justine cuando abandonó la sombra para exponerse al calor abrasador del sol. Un sol que habría deseado que hubiera podido derretir el tormento interno que le helaba el alma.

–¡Qué poco sabéis vosotros! Radcliff me enseñó algo inestimable. Algo que hasta ahora nunca llegué a valorar verdaderamente –más lágrimas rodaron por sus mejillas–. Que el respeto por uno mismo es mucho más importante que el respeto dado a los demás. Él también me enseñó que el amor no es algo que pueda ser expresado con palabras, y que además está lejos de ser perfecto. Tiene muchos defectos. Pero es que todo el mundo los tiene. Incluso tú tienes defectos, madre. Y sin embargo... yo te sigo queriendo, ¿no es cierto? ¡Te sigo queriendo pese a que me has roto el alma y arrojado los pedazos al aire como si tuvieras todo el derecho a hacerlo!

Lady Marwood se la quedó mirando en silencio. Finalmente avanzó hacia ella pasando por delante de su marido, que tenía la mirada clavada en sus manos.

–Justine, yo solo estaba intentando protegerte. No me di cuenta...

–No, no te diste cuenta. Porque no preguntaste –giró sobre sus talones y se dirigió hacia su tienda de lona, plantada al otro lado del campo. ¿Cómo podían Radcliff y sus propios padres haberla traicionado de aquella manera?

Escándalo 24

Si no fuera por los desgraciados dolores y sufrimientos que acarrean los rigores de la vida, el maravilloso gozo del descubrimiento del amor nos parecería insignificante y carente de sentido. ¿Y por qué no? Como dicen los franceses: «Mis en place». O como dicen los ingleses: «todo en su lugar».

Cómo evitar un escándalo
Anónimo

Dos semanas después, última hora de la mañana

Radcliff se aflojó la corbata que lo había estado estrangulando durante toda la mañana y se sacó el cuello duro de la camisa. Lo arrojó al escritorio y se recostó en su sillón, con la mirada clavada en el montón de libros de contabilidad que aún tenía que revisar. Estaban apilados junto al volumen encuadernado en piel roja de Justine: *Cómo evitar un escándalo*. Lo había leído ya dieciocho veces y lo cargaba a todas partes. Diablos, si incluso había dormido con el libro bajo la almohada, como si de algún modo hubiera podido sustituir aquello que tanto echaba de menos en su vida: Justine.

Suspiró. Diez semanas. Diez semanas y ni una sola palabra de Justine. Ni una maldita palabra. ¿Qué significaría aquel silencio? ¿Que su matrimonio había acabado? ¿Que había encontrado la felicidad en otra parte?

Aunque intentaba convencerse días tras día de que podía sobrevivir sin verla de nuevo, sin volver a hablar con ella, sin volver a hacerle el amor... todo era en vano.

No podía.

Y por primera vez en sus treinta y tres años de existencia, había perdido el gusto por *cualquier* placer físico. El pensamiento de darse placer a sí mismo o de acostarse con cualquier otra mujer que no fuera Justine solamente servía para dejarle un sabor a bilis en la boca.

Unos pasos resonaron en el pasillo, acercándose por momentos.

Jefferson entró en la habitación. Se detuvo y, con expresión impasible, le tendió un paquete de considerable tamaño envuelto en una tela parda, con un fajo de cartas encima.

—La correspondencia de hoy, Excelencia.

Radcliff apretó la mandíbula y tiró de un manotazo el libro de etiqueta del escritorio. Recogió uno de los gruesos libros de contabilidad que tenía delante y lo abrió. Colocándolo ante él, clavó la mirada en los números de las diferentes columnas.

—Déjala en alguna parte. Tengo que terminar de hacer estas malditas cuentas. Es una de las ventajas de ser una persona responsable —masculló, irónico.

Aunque las cuentas podían esperar todavía una semana más, no quería pensar en la correspondencia. No quería volver a pasar por la terrible decepción que suponía examinarla a diario sin encontrar carta de Justine.

Jefferson carraspeó. Dos veces.

—Excelencia, el paquete es de la duquesa.

El estómago le dio un vuelco cuando volvió a mirar al mayordomo.

—¿De veras?

—Sí, Excelencia —respondió, sonriendo.

Bradford sintió una opresión en el pecho mientras miraba el paquete que le alargaba Jefferson, con el montón de correspondencia encima. Aunque por un lado deseaba creer que su Justine le había enviado aquel regalo para expresarle lo mucho que lo echaba de menos y que lo amaba, temía, por otro, que se tratara exactamente de lo contrario. Porque, por lo que sabía, bien podría tratarse de un cráneo humano con su nombre grabado en la frente...

Jefferson enarcó una poblada ceja mientras se acercaba a él.

—Yo nunca dudé de que mandaría recado. Ni por un momento.

Radcliff se aclaró la garganta con expresión incómoda y empujó el sillón hacia atrás. Se levantó con lentitud, esforzándose por adoptar un aspecto tranquilo e indiferente. Cuando lo que realmente quería era abalanzarse sobre aquel paquete como habría hecho un niño con su primer regalo de la Navidad.

Rodeando el escritorio, se dirigió hacia Jefferson mientras intentaba dominar el atronador latido de su corazón. Quería creer que Justine no podía vivir ni respirar sin él.

Una vez ante el mayordomo, se tiró de las mangas de la chaqueta como si dispusiera de todo el tiempo del mundo. Recogió el fajo de correspondencia y se la guardó en un bolsillo sin mirarla. Solo entonces tomó el paquete, sorprendiéndose agradablemente de que pesara tanto.

—Gracias, Jefferson.

Jefferson asintió, pero se quedó donde estaba, con la mirada clavada en el paquete.

Radcliff lo acercó a su pecho con gesto protector, mientras miraba ceñudo al mayordomo.

—¿Te das cuenta, Jefferson, de que esto es algo privado entre la duquesa y *yo*? ¿Y no entre la duquesa, *tú* y yo?

El mayordomo suspiró y abandonó la habitación.

Radcliff sacudió la cabeza. Él no era el único que echaba de menos a Justine. Todos los sirvientes, Henri de manera especial, se arrastraban como almas en pena.

Soltó un suspiro de cansancio y se acercó a la chimenea dando vueltas al pesado paquete de tela entre las manos y palpando su irregular contenido.

Se sentó en el suelo y lo dejó sobre la alfombra Axminster. Secándose el sudor de las manos en sus pantalones de lana, se inclinó hacia delante y empezó a desatar el cordel que sujetaba la tela con múltiples vueltas.

—Dios mío, Justine —se rio por lo bajo mientras continuaba desenredando el cordel, que parecía no terminar nunca—. Nunca me lo has puesto fácil.

Al fin acabó de soltarlo y desdobló la tela. Piedras de variados tamaños, texturas y colores rodaron por la alfombra ante él.

Parpadeó asombrado. Inclinándose de nuevo hacia delante examinó el rico surtido de pequeñas rocas, intentando comprender el significado de aquel extraño regalo mientras se manchaba los dedos de polvo y suciedad. Diablos. No había más que piedras y más piedras. Una decena de ellas o así. Y sin carta alguna de explicación.

Tragó saliva y las reunió todas, amontonándolas de nuevo sobre el trapo. ¿Qué demonios estaría queriendo decirle? ¿Que no estaba en absoluto contenta con él? ¿Que todo había terminado? ¿Que bien podía atarse todas aquellas piedras a la cintura y arrojarse al Támesis?

La maldijo en silencio. Había esperado diez semanas para saber de ella. Diez semanas enteras. ¿Simplemente para recibir un puñado de rocas?

–Diantres –recogió el paquete y se levantó. Desahogando toda la amargura y frustración que había acumulado durante aquellas últimas semanas, lo arrojó al otro lado de la habitación, contra el escritorio en el que se había sentado tantas veces. El trapo se abrió en el aire, con lo que las piedras cayeron por todas partes.

Aspiró profundo varias veces, intentando tranquilizarse, y se acercó a la chimenea. Sacando el fajo de cartas que se había guardado, se dedicó a revisarlas en busca de alguna de Justine. Si tampoco le decía nada, estaba dispuesto a embarcar en el primer barco que zarpara para Ciudad del Cabo y a perseguirla para recibir una explicación.

Una invitación. Y otra. Y otra más... La Temporada había terminado ya, y sin embargo las invitaciones no dejaban de llegar. Sacudió la cabeza mientras las iba arrojando a las brasas de la chimenea, sin molestarse en responderlas. Estaba a punto de arrojar la última cuando reconoció la pulcra y elegante letra de Justine.

La giró y rompió el gran sello de lacre amarillo con

el escudo de armas del conde. Frenéticamente desdobló el pergamino, conteniendo el aliento.

Mi amado Radcliff,

Suspiró aliviado. Un buen comienzo. Exactamente el que había estado esperando. Se humedeció los labios y leyó:

Perdona mi silencio. Me ha llevado algún tiempo decidir qué es lo que debía decirte. Supongo que debo comenzar siendo lo más cortés posible.

Sus dedos se tensaron sobre los bordes del pergamino, arrugándolo, tensos también los músculos de los brazos. Se obligó a proseguir la lectura.

Quería enviarte un regalo de mis viajes, algo que no pudiera marchitarse ni morirse. De ahí la elección de las piedras. Desde que era niña he cultivado la afición de coleccionar las de los variados lugares a los que viajo. Cada piedra me recordaba dónde había estado y lo que había hecho. Dado que no estás aquí, conmigo, te las envío con la esperanza de que puedas imaginar los diversos sitios en los que he estado. Dicho todo esto, me he cansado ya de ser cortés. Estoy sumamente decepcionada contigo. Me siento traicionada. Estoy empezando a creer que no me amas, que nunca me has amado, ya que de lo contrario no habrías sentido la necesidad de demostrar nada a mis padres. Si estoy de alguna manera equivocada sobre tus sentimientos, confío en que te esforzarás por sacarme de mi error a la mayor rapidez. No quiero una carta. No quiero palabras ni promesas vacías, porque tienes razón. Las palabras no significan nada. Sobre todo cuando es tanta la distancia que nos separa. He aprendido que el hecho de que cada uno revele sus pensamientos al otro es, para mí, mucho más importante que las palabras que podamos compartir. Residiré en el Kloof durante los próximos cuatro meses, visitando a un antiguo amigo de la familia. Es un pequeño poblado hotentote situado cerca de las montañas Asbestos. En carreta de bueyes deberías tardar tres semanas en llegar desde Ciudad del Cabo. Si me amas, Radcliff, haz este largo viaje y no vuelvas nunca a apartarte de mi lado. Que nos quedemos aquí, en África, o que volvamos a Londres es algo que no me importa. Lo único que importa es que estemos juntos. Si, en cambio, resulta que no me amas, te pido que te quedes en Londres y me concedas el divorcio. Porque yo no puedo vivir así. Como tampoco deseo llevar el apellido de un hombre que no me quiere. Yo nunca esperé que fueras el hombre perfecto. Solo esperaba que fueras un hombre bueno. Y eso, mi queridísimo Radcliff, estoy ya segura de que lo eres. Ardientemente espero tu llegada.

Tuya por siempre y para siempre,
Justine

Aún después de todo el tiempo transcurrido, de todas aquellas semanas que habían pasado separados, ella seguía deseándolo. Seguía necesitándolo. Al igual que él seguía deseándola, necesitándola, amándola.

—Justine —musitó.

Se llevó la carta a los labios y besó su nombre. Dobló luego cuidadosamente el pergamino y se lo guardó en el bolsillo interior del chaleco.

Aspiró profundamente, satisfecho. Sintiéndose repentinamente capaz de conquistar toda África con la fuerza de su brazo, se giró hacia la puerta y tronó:

–¡Jefferson! ¡Alista todos los malditos baúles de viaje que tengo! ¡Tú y yo partimos para Ciudad del Cabo en el próximo barco!

El Kloof, Sudáfrica
Mes y medio después

El sol seguía taladrando el sombrero de Justine y las muchas capas de algodón de su vestido de viaje, que se le había pegado a la piel bañada en sudor. De cuando en cuando se levantaba alguna brisa, proporcionándole el momentáneo alivio que necesitaba después de un largo día a la intemperie.

Se arrodilló para recoger una pequeña roca de asbesto del suelo reseco y resquebrajado. Con un suspiro, se incorporó haciéndola girar entre sus dedos y se dirigió de vuelta a la choza en la que sus padres y ella habían residido durante nueve semanas, con Aloysius. Deteniéndose ante la oquedad que servía de puerta, se volvió hacia el cesto de mimbre que había a un lado y echó allí la piedra de asbesto, que fue a reunirse con las otras que había recogido.

–Cincuenta y siete –murmuró.

Cincuenta y siete días habían pasado desde que envió a Bradford su ultimátum. Cincuenta y siete. Solo esperaba que el servicio de correos de África fuera tan fiable como el de Londres. Aunque más dispuesta estaba a culpar al servicio de correos de su ausencia que a reconocer que Bradford, sencillamente, no la amaba.

Suspiró y alzó la mirada al cielo azul sin nubes, que ya había empezado a teñirse de tonos anaranjados y rosados conforme el sol emprendía su descenso. Se asomó a la choza, sin entrar. Su padre estaba sentado en el suelo con las piernas cruzadas, sobre una esterilla de paja en el rincón más alejado, garabateando bocetos de lagartos como un niño pequeño ensimismado en su propio mundo. Su madre se hallaba sentada a su lado, la cabeza apoyada sobre su hombro, observándolo en silencio.

Justine intentó no imaginarse a sí misma sentada en aquella misma cabaña con Bradford, también con la cabeza apoyada sobre su hombro. Se obligó a desterrar la imagen.

Su madre levantó de pronto la cabeza.

–¡Justine! –una enorme sonrisa se dibujó en sus labios mientras se arreglaba las faldas y se levantaba–. ¿Dónde te habías metido? Llevo todo el día esperándote.

Justine se encogió de hombros.

–He estado por ahí fuera. ¿Por qué?

–Te sugiero que vayas al río ahora mismo, antes de que se haga más oscuro. Necesitas adecentarte un poco. Aloysius está preparando un banquete especial y ha invitado a todos los hombres del poblado.

–¿Otra vez? –rezongó Justine.

Su padre resopló, alzando la mirada de sus bocetos.

–A Aloysius le gusta ver cómo todos te lisonjean. Ya lo sabes.

Justine puso los ojos en blanco.

–En Londres no era tan popular –masculló mientras se desataba el pequeño lazo de encaje que sujetaba su sombrero–. Supongo que debería bajar al río. Llevo demasiado polvo encima.

Se quitó el sombrero y lo arrojó al interior de la choza. Luego se quitó las horquillas del pelo, que se derramó como una cascada sobre su espalda, y las dejó dentro también.

–Volveré antes de que se haga de noche.

Su madre se quedó callada por un momento.

–Te quiero, Justine.

Justine asintió, sin contestar. Le resultaba tan difícil escuchar esas palabras... Le recordaban demasiado a Radcliff.

Volviéndose, corrió hacia el río que bajaba detrás de la colina, deseosa de escapar tanto de sus padres como de sus propios pensamientos. Poco después, el lejano rumor del agua llegó por fin a sus oídos. Mientras se acercaba al río, se desabrochó el frente de su vestido beis, descubriendo la camisola que llevaba debajo. Se despojó luego de las botas, las medias, las ligas y del vestido entero hasta quedarse en camisola, y se lo cargó todo al hombro.

Se alegraba enormemente de no llevar corsé. Incluso su madre había insistido en que hacía demasiado calor y resultaba absurdo llevarlo.

Recogiéndose las largas guedejas detrás de las orejas para poder ver bien por dónde pisaba, caminó con cuidado entre las rocas, descalza. Poco después corría a meterse en el agua fría, con las faldas de la camisola formando un globo alrededor de sus piernas. Se le cortó el aliento mientras vadeaba la orilla internándose cada vez más, tambaleándose contra la fuerza de la corriente.

Se agachó para meter la cabeza en el agua y empaparse el pelo: la refrescante sensación borró de un golpe un día entero de calor. Se detuvo entonces para contemplar el valle que se extendía más allá del río, y allí se quedó, perfectamente inmóvil, oyendo el fragor del agua en torno a su cuerpo y el canto de los pájaros.

No supo durante cuánto tiempo permaneció allí, pero el sol empezaba ya a esconderse en el horizonte, oscureciendo algunas zonas del cielo. Se disponía a regresar a la orilla en la que había dejado su ropa cuando se quedó helada, con el corazón paralizado en el pecho.

Porque allí, apoyado cómodamente en una roca y vestido con una camisa blanca y un ajustado pantalón beis, no estaba otro que el propio Radcliff.

Su marido.

La mirada de sus oscuros ojos se encontró con la suya a través de la corta distancia que los separaba. Sonreía mientras la brisa jugaba con su pelo y acariciaba su rostro marcado por la cicatriz. Admiró sus senos, que resultaban más que visibles bajo la empapada camisola, y movió significativamente las cejas.

—Tengo que reconocer que África reúne los más impresionantes animales salvajes que he visto nunca.

Justine soltó una carcajada y empezó a caminar apresurada hacia la orilla, sin poder dar crédito a lo que estaba sucediendo.

—¡Radcliff! Has venido. ¡Has venido!

—Habría llegado antes si los bueyes de la maldita carreta no se hubieran mostrado tan lentos. Y cuando llegué, tú no estabas y no había maldita manera de encontrarte. Así que tus padres insistieron en que bajara al río y te esperara aquí —saltó por encima de la roca que tenía delante y cayó directamente en el agua.

Se acercó apresurado a ella para esperarla a mitad de camino, con el agua arremolinándose en torno a sus musculosas piernas. Justine se detuvo frente a él. Las lágrimas le anegaban los ojos, nublándole la vista.

Aunque ansiaba lanzarse a sus brazos y hundirse con él en el agua, tenía miedo de que aquello no fuera más que un glorioso sueño. Un sueño que desaparecería en el preciso instante en que intentara tocarlo.

Radcliff sonrió mientras abría los brazos.

—¿Vais a quedaros ahí parada, duquesa? ¿O vais a dar a vuestro marido la bienvenida que se merece?

Justine soltó un sollozo medio ahogado, lo abrazó y se apretó con fuerza contra el sólido calor de su duro pecho.

—Pensaba que no vendrías. Yo...

—Ssssh. No digas eso —le acunó el rostro entre sus grandes y cálidas manos.

Sus ojos oscuros escrutaron los de ella durante un buen rato. Su mirada era tan ferozmente apasionada, y a la vez tan desgarradora, que Justine sintió que todo en su interior se derretía y gritaba al mismo tiempo.

—Te amo —pronunció él con voz ronca, por encima del fragor del agua.

Justine se quedó sin aliento de puro asombro.

—Bradford...

Radcliff bajó rápidamente su oscura cabeza y se apoderó de su boca. Justine pudo sentir como el pulso le atronaba en las venas mientras se sumergía en el instante con el que había pasado tantas semanas soñando.

Su candente lengua presionó juguetona para obligarla a abrir más los labios, y se deslizó luego sensualmente en torno a la de Justine, tentando, empujando, besándola con exquisita ternura.

Aunque evidentemente Radcliff estaba intentando prolongar aquel momento, ella no estaba preparada para un encuentro tan moroso y delicado. No después de todos los meses que había pasado sin él.

Aquello era África. Y la alta sociedad de Londres no estaba por ninguna parte.

Interrumpiendo el beso, le agarró la camisa y tiró con fuerza de los faldones para sacárselos del pantalón. Pudo oír como contenía la respiración mientras ella se la sacaba por la cabeza, desnudando su pecho.

Arrojó la camisa a un lado. La prenda se alejó flotando río abajo y desapareció con la corriente.

–Espero que hayas traído más de una camisa, Bradford.

–¡Como si fuera a necesitarlas! –hundiendo las manos en el agua, agarró su empapada camisola y se la sacó también por la cabeza. La prenda siguió el mismo camino río abajo.

Sonrió mientras deslizaba los dedos por sus húmedos senos.

–Espero que no te importe, pero me he tomado la libertad de quemar tu libro de etiqueta –anunció– . Estoy harto de comportarme como una dama. Con tu permiso, querida, quiero volver a ser una prostituta. Tu prostituta, si quieres. Pero prostituta al fin y al cabo.

Justine se echó a reír mientras lo atraía hacia su cuerpo desnudo.

–¿Qué tal si, en vez de ello, vuelves a ser un hombre? ¿*Mi* hombre?

–Diablos, duquesa. Eso suena todavía mejor.

ÚLTIMOS TÍTULOS PUBLICADOS EN HQN

Mentira perfecta de Brenda Novak

Deseada de Nicola Cornick

Romance en la bahía de Sheryl Woods

Amar peligrosamente de Sarah McCarty

La última profecía de Maggie Shayne

Convénceme de Victoria Dahl

Crimen perfecto de Brenda Novak

Tiempos de claroscuro de Deanna Raybourn

Solo para él de Susan Mallery

Chicas con suerte de Kayla Perrin

Tirando del anzuelo de Kristan Higgins

La seducción más oscura de Gena Showalter

Un momento en la vida de Sherryl Woods

Prohibida de Nicola Cornick

Sin culpa de Brenda Novak

En sus manos de Megan Hart

SILUETAS DE PASIÓN

Los Ocho del Infierno eran los únicos que aceptaban su sangre mestiza... hasta que la conoció

SARAH McCARTY
La llamada del deseo

Para el despiadado ranger de Texas Tucker McCade, cuya sangre mestiza lo condenaba a la soledad y el rechazo, la fuerza y las armas eran el único medio de supervivencia en las tierras sin ley del salvaje Oeste. Era el polo opuesto de la mujer de la que se había enamorado, Sally Mae, una enfermera viuda, cuáquera y pacifista, que no podía entender cómo la misma mano que la hacía gemir de placer podía apretar el gatillo para arrebatar una vida. Tucker era todo cuanto su cuerpo anhelaba, pero por otro lado representaba todo lo que su fe rechazaba. La pasión salvaje y las fantasías prohibidas empezaban a unirlos a pesar de sus diferencias. Pero los inquebrantables principios de Sally siempre estarían condenados a chocar con la irrenunciable naturaleza de Tucker.

Consigue más información

www.ingramcontent.com/pod-product-compliance
Lightning Source LLC
LaVergne TN
LVHW030340070526
838199LV00067B/6380